MISSING
Nom de code : CASSANDRE

Meg Cabot

MISSING
Nom de code : CASSANDRE

Traduit de l'anglais (États-Unis)
par Luc Rigoureau

HACHETTE
Jeunesse

L'édition originale de cet ouvrage
a paru chez Simon Pulse,
une marque de Simon & Schuster Children's Publishing Division,
sous le titre :
1-800-Where are you, Code name Cassandra

Tous mes remerciements à Beth Adler,
Jennifer Brown, John Henry Dreyfuss,
Laura Langlie, Ingrid van der Leeden,
David Walton et, surtout,
Benjamin Egnatz

1

J'ignore pourquoi je le fais.

Écrire tout ça, s'entend. Ce n'est pas comme si on m'y obligeait, après tout.

Pas cette fois.

Mais j'ai le sentiment que *quelqu'un* devrait garder une trace des événements. Quelqu'un qui soit au courant de ce qui s'est *vraiment* passé. Pas question de compter sur les Fédéraux. Oh ! Ils pondront bien un rapport, aucun doute. Sauf qu'il ne sera pas exact. À mon humble avis, c'est un récit authentique et factuel qui est nécessaire. Voilà pourquoi je m'y colle. Et puis, ce n'est pas la mort. J'espère seulement que, un jour, ma prose sera lue. Histoire que je n'aie pas l'impression d'avoir complètement perdu mon temps... comme c'est toujours le cas, en dépit de mes efforts.

La bannière, par exemple. Si ce n'est pas un cas

typique d'efforts inutiles, ça... Et puis, si l'on y réfléchit, c'est là que tout a commencé. Avec la bannière.

BIENVENUE AU CAMP DE WAWASEE
OÙ LES SURDOUÉS SE RÉUNISSENT
POUR JOUER DE LA DOUCE MUSIQUE

Voilà ce qu'elle proclamait.

Vous ne me croyez pas, hein ? Je l'aurais parié. Vous n'arrivez pas à croire qu'il a existé, dans l'histoire de l'humanité, une banderole affichant son idiotie avec autant de gloriole. Pourtant, je vous jure que c'est vrai. Et je suis bien placée pour le savoir : c'est moi qui l'ai peinte.

Halte-là ! Ne vous méprenez pas. Je ne le voulais pas. Ils m'y ont obligée. Ils m'ont tendu un pot de peinture, un immense drap en coton blanc et m'ont ordonné d'y badigeonner ces âneries. D'après ce que j'avais compris, leur dernière banderole avait succombé à un tragique accident : quelqu'un l'ayant rangée dans le pavillon de la piscine, un redoutable produit chimique avait coulé dessus et rongé le tissu.

Voilà pourquoi ils m'ont forcée à en rédiger une nouvelle.

Et si cette bannière n'avait été qu'idiote ! Mais un seul coup d'œil aux mômes attroupés dessous vous aurait suffi pour vous rendre compte qu'elle était aussi complètement mensongère. Si ces moutards étaient des surdoués, moi j'étais Jean-Pierre Rampal.

Pour ceux d'entre vous qui l'ignoreriez, c'est un célèbre flûtiste.

Bref, sérieux, de ma vie, je n'avais jamais vu un tas de gamins aussi geignards. Or des morveux, j'en ai fréquenté à la pelle, grâce à mon talent unique, spécial et tout le tralala. Et ceux-là... Permettez-moi de vous dire qu'ils valaient leur pesant de cacahuètes. Ils étaient tous en train de pleurnicher qu'ils n'avaient aucune envie de partir en colonie de vacances, qu'ils préféraient rester à la maison, j'en passe et des meilleures. À croire que la seule perspective de se séparer de leurs parents durant six semaines était une épreuve. Moi, si à l'âge de dix ans et quelques, on m'avait annoncé que j'allais vivre un mois et demi loin des miens, j'aurais réagi, genre : « Tope-là, mec ! » Pas eux. Sûrement parce qu'ils étaient surdoués. J'imagine... pour ce que je m'y connais, en surdoués... Ils aiment peut-être leurs parents, allez savoir.

Mais bon, j'ai quand même essayé d'y croire, à cette fichue banderole. D'autant que je l'avais peinte. Enfin, avec l'aide de Ruth. Si l'on ose appeler sa contribution de l'aide, et je ne suis pas certaine que j'irais jusque-là, dans la mesure où elle s'était surtout bornée à me reprocher que mes lettres étaient tordues. En examinant plus tard mon boulot, j'ai été obligée d'admettre qu'elle n'avait pas tort. Tordues, mes lettres l'étaient. Sauf que personne ne l'a remarqué, j'en suis presque sûre. Ruth et moi exceptées.

— Ils ne sont pas adorables ?

Ça, c'était Ruth. Près de moi, elle contemplait les enfants d'un œil humide. Apparemment, les pleurs, les reniflements et les cris « Je veux rentrer chez nous ! » lui passaient complètement au-dessus de la tête.

Pas au-dessus de la mienne, cependant. Soudain, j'avais moi aussi envie de foncer au triple galop à la maison. Malheureusement, ça aurait signifié me retrouver de corvée aux tables chauffantes. Car tel est le programme estival de qui a le bonheur tout relatif d'avoir des parents propriétaires d'un restaurant : bosser aux tables chauffantes. Mes chances d'échapper à ce supplice étaient d'autant moindres que mes parents possèdent *trois* restaus. Le moins chic de tous, *Petit Joe*, propose un buffet varié de pâtes, toutes délicieusement maintenues à température, courtoisie de la maison. Or devinez quel môme est, par tradition, condamné à veiller au ravitaillement permanent de ce buffet ? C'est ça. Le plus jeune. Moi. Oh, il y a bien une alternative – le bar à salades. Sauf que, croyez-moi, j'ai eu mon compte de plongées en apnée dans la bassine de sauce au bleu afin d'y récupérer les tomates cerises qui s'y sont égarées.

Les tables chauffantes n'étaient néanmoins pas mon unique raison de vouloir rester à Wawasee.

— J'espère que j'aurai celle-ci, a déclaré Ruth en montrant du doigt une blondinette au visage angélique qui se tenait sous ma bannière en agrippant un minuscule violoncelle. N'est-elle pas craquante ?

— Ouais, ai-je ronchonné. Mais que dirais-tu d'avoir *celui-là*, hein ?

Je lui ai désigné un garçonnet qui avait tellement braillé à l'idée d'abandonner maman et papa durant un mois et demi qu'il avait réussi à se déclencher une crise d'asthme. Ses parents, hagards, lui plaquaient un inhalateur sur la bouche.

— Ah, j'étais exactement pareille, lors de ma première année, a souri Ruth, suant la mansuétude. Il sera en pleine forme d'ici l'heure du dîner.

J'ai décidé de la croire sur parole. Avec une cruauté consommée, ses vieux l'avaient envoyée au camp de Wawasee à l'âge avancé de sept ans. Elle avait donc neuf ans d'expérience de plus que moi. De mon côté, j'avais consacré tous mes étés à *Petit Joe*, m'ennuyant comme un rat mort parce que ma meilleure (et quasi seule) amie était absente. Bien que je sois autorisée à dîner à l'œil et à volonté dans les restaurants familiaux avec qui je veux, je n'ai jamais été Miss Popularité. Sans doute parce que, pour reprendre l'admirable phraséologie de mon conseiller d'éducation, j'ai de « petits problèmes de comportement ».

Raison pour laquelle d'ailleurs, je n'étais pas très sûre que la suggestion de Ruth – que je postule à un poste de mono – fût très fondée. Et d'une, en dépit de mon don, m'occuper des enfants n'est pas mon fort ; et de deux, comme je viens de le dire, j'ai des difficultés à m'adapter aux autres. Même si apparemment personne ne l'avait remarqué durant l'entretien d'embauche, vu que j'avais décroché la timbale.

— Rassure-moi, ai-je repris, tandis que Ruth et moi regardions avec tendresse la violoncelliste miniature. Nous sommes bien au Camp de Wawasee, boîte postale 40, route nationale 1, Wawasee, Indiana ?

Ma copine s'est arrachée au doux spectacle de Boucles d'Or.

— Pour la dernière fois, oui ! a-t-elle riposté, agacée.

— C'est que, ai-je expliqué en haussant les épaules, je veux être sûre d'avoir donné la bonne adresse à Rosemary. Je n'ai pas eu de ses nouvelles depuis plus d'une semaine et je commence à m'inquiéter.

— Nom d'un chien, tu veux bien arrêter, s'il te plaît ?

Cette fois, Ruth était carrément énervée.

— Arrêter quoi ? me suis-je défendue.

— De *bosser* ! Tu as le droit de prendre des vacances une fois de temps en temps, mince !

— J'ignore de quoi tu parles.

Sauf que c'était faux, et ni Ruth ni moi n'étions dupes.

— Écoute, a-t-elle enchaîné, tout va bien se passer, d'accord ? Je sais ce que j'ai à faire.

— J'ai juste peur de gâcher notre stratagème, ai-je répondu en laissant tomber le masque.

— Aucune crainte, a ronchonné Ruth en levant les yeux au ciel. Rosemary m'envoie les trucs, et je te les transmets. Qu'est-ce que tu crois ? Que je n'ai pas encore pigé après trois mois de ce régime ?

Alarmée par le volume qu'avait pris sa voix, je lui ai saisi le bras.

— Pour l'amour du ciel, ferme-la ! Ce n'est pas parce que nous sommes au milieu de nulle part que les tu-sais-qui ne sont pas à l'affût. N'importe lequel de ces parents trop indulgents pourrait travailler pour les F-É-D-É-R-A-U-X !

— T'es pas folle ? m'a rabrouée mon amie en soupirant.

Elle avait raison, j'avais tendance à exagérer. Mais Ruth s'était sérieusement relâchée, question discrétion. Depuis que ce projet de colonie de vacances avait été décidé, elle avait été incapable de se concentrer sur autre chose. Des semaines avant que nous ne partions pour notre formation de moniteur, elle n'avait cessé de me harceler : « Tu n'es pas excitée ? Transportée ? » A croire que nous allions nous envoler pour Paris avec le club de français du lycée ou quelque chose de ce style et non nous rendre au fin fond de l'État de l'Indiana, où nous serions bonnes pour marner pendant six semaines. J'avais eu du mal à ne pas riposter que, si ça semblait toujours mieux que les tables chauffantes, ça restait du *boulot*.

Après tout, j'avais déjà mon temps partiel officieux à assumer.

Malheureusement, l'enthousiasme de Ruth n'avait fait qu'empirer au fils des jours. Toute la sainte journée, j'avais eu droit à des discours enflammés sur les merveilleux après-midi que nous passerions à paresser sur des bouées au gré des eaux paisibles du lac Wawasee tout en bronzant comme des déesses. Ou sur les monos du sexe opposé qui se révéleraient parfaitement craquants et ne manqueraient pas de succomber à nos charmes, nous proposant des balades en décapotable dans les dunes du Michigan.

Sans blague.

Bref, au bout d'un moment, j'ai fini par la croire. Ne me demandez pas pourquoi.

Ce qui a été ma deuxième erreur. La première ayant été de postuler.

Prenez sa description des colons, par exemple. Elle les avait qualifiés d'enfants prodiges. Il est vrai qu'une audition était obligatoire pour être admis au camp, tant pour les participants que pour leurs tuteurs – autrement dit, nous. Les histoires que Ruth m'avaient racontées sur les mômes dont elle avait eu la charge l'année précédente – un bungalow rempli de fillettes sensibles, créatives et super intelligentes qui, douze mois plus tard, continuaient à lui écrire des lettres amusantes et charmantes – m'avaient impressionnée. N'ayant pas de sœur, lorsque Ruth s'était mise à délirer sur les séances de coiffage-commérages nocturnes, je m'étais dit : « ouais, pourquoi pas, après tout ? » Du coup, j'étais carrément passée de « ça reste un boulot » à « je *veux* escorter tous les jours d'adorables petites violonistes et flûtistes à leur plongeon matinal dans la piscine ; je *veux* m'assurer que nulle d'entre elles n'est une anorexique en puissance et surveiller leur ratio de calories aux repas ; je *veux* les aider à choisir la robe qu'elles mettront le soir du concert de clôture de la colonie. »

J'ai dû péter les plombs à un moment, je ne vois pas d'autre explication. Il me tardait de régner sur le chalet qu'on m'avait assigné – le Frangipanier. Huit petits lits (plus le mien dans une chambre séparée) installés dans une minuscule maisonnette en bois (heureusement dotée de l'air conditionné) équipée d'une kitchenette pour les en-cas sur le pouce et de sa propre salle de bains avec multiples toilettes et douches. J'étais allée jusqu'à suspendre une bannière sur le mignon porche d'entrée miniature astucieusement tendu d'une moustiquaire qui proclamait (en lettres tordues) : « Bienvenue, Frangipanniennes ! »

Bon, ça va. Ça paraît débile, je sais. Mais comprenez que Ruth m'avait contaminée, avec sa frénésie.

Sauf que là, en découvrant les gamins dont j'allais être responsable durant tout juillet et une partie d'août, je me suis surprise à éprouver quelques doutes. Si nul être humain un tant soit peu raisonnable n'a très envie de côtoyer un buffet de pâtes quand la température extérieure atteint les trente-deux degrés, les tables chauffantes ont au moins le mérite de ne pas se fourrer le doigt dans le nez avant de vous prendre la main.

Tandis que j'observais les morveux faire leurs adieux à leurs parents tout en me demandant si je n'avais pas commis la plus formidable erreur de mon existence, Pamela, la directrice adjointe du camp, s'est approchée de moi, un bloc-notes à la main.

— Je peux te parler ? m'a-t-elle lancé.

Je l'avoue. Un instant, mon cœur a palpité, et j'ai cru que j'étais cuite... Parce que, naturellement, j'avais pris soin d'omettre quelques menus détails me concernant quand je m'étais portée candidate. La vache, ils avaient été drôlement rapides à lever le lièvre.

— Euh... bien sûr.

Pamela étant ma supérieure, je pouvais difficilement l'envoyer promener, n'est-ce pas ? Nous nous sommes donc éloignées de Ruth, toujours plongée dans l'admiration béate de ce que, pour ma part, j'aurais qualifié de très malheureux colons. Je vous jure qu'elle n'avait même pas remarqué que la majorité des gosses pleuraient. Puis j'ai tout à coup compris pourquoi. Loin de regarder les marmots, Ruth dévorait des yeux un de nos futurs collègues, un violoniste particulièrement mignon appelé Todd, en pleine conversation avec des parents. Dans sa tête, ma copine était à des kilomètres de ma bannière et des gamins suppliant leurs mères de ne pas les abandonner. Oh que non ! Elle était déjà à bord de la décapotable de Todd, fonçant en direction des dunes, vers d'alléchantes perches frites avec sauce tartare et de non moins alléchantes caresses (attention : au-dessus de la ceinture uniquement !).

La veinarde était au côté de Todd (par l'esprit du moins), tandis que moi, je m'appuyais Pamela, une mémère de quarante balais pas très rigolote en tenue kaki, qui s'apprêtait à me virer... seule façon sans doute d'expliquer que, alors que nous déambulions lentement, elle ait posé un bras sympathique autour de mes épaules. La malheureuse ! Elle ignorait visiblement qu'un de mes problèmes – enfin, d'après Goodheart, mon CE au lycée Ernest-Pyle – est une aversion totale pour les attouchements. Pour lui, je serais extrêmement sensible au respect de mon espace vital, supportant mal qu'on l'envahisse.

Ce qui, techniquement, n'est pas exact. Il existe au moins un jeune homme dont j'adorerais qu'il envahisse mon espace vital. Le seul problème, c'est qu'il n'est pas du tout partant.

— Jess, m'a informée Pamela qui paraissait ne pas avoir noté que j'avais piqué une suée, rendue nerveuse par la perspective toute proche d'être fichue à la porte, sans parler des efforts que je déployais pour me retenir de lui faire ôter son bras, je crains qu'il ne nous faille quelque peu modifier nos plans.

Pardon ? Voilà qui ne ressemblait guère à un renvoi. Se pouvait-il que mon secret – qui n'en était plus vraiment un, d'ailleurs, sauf pour Pamela visiblement – n'ait pas encore été éventé ?

— Un de nos moniteurs, Andrew Shippinger est atteint d'une mononucléose, a-t-elle poursuivi.

Bien que soulagée de constater que notre conversation ne tournait pas à l'annonce de mon licenciement, j'avoue que je n'ai pas très bien compris en quoi cette nouvelle me concernait. Certes, j'avais rencontré Andrew lors de ma semaine de formation. C'était un joueur de cor d'harmonie obnubilé par *Tomb Raider* que Ruth et moi avions classé dans la catégorie des Inconsommables. Nous avions établi trois listes : les Inconsommables, tel Andrew ; les Consommables, regroupant les garçons qui n'étaient pas mal, sans plus. Et les Dieux, englobant ceux qui, à l'instar de Todd et du célèbre violoniste Joshua Bell, avaient tout : un physique avantageux, du fric, du talent et, le plus important... une voiture.

Ce qui est zarbi, je vous l'accorde. Que la possession d'un véhicule soit une condition préalable au statut divin, je veux dire. D'autant que Ruth avait sa propre bagnole, une décapotable, qui plus est. Mais selon elle, grande prêtresse de ces règles, se balader dans les dunes au volant de son auto personnelle comptait pour du beurre.

Le truc, c'est que les chances qu'un Dieu nous adresse, à Ruth et à moi, autre chose qu'un vague coup d'œil indifférent avoisinent le zéro. Sans être de parfaits cageots, nous ne sommes pas Gwyneth Paltrow.

Quant à cette histoire de Consommables/Inconsommables, dois-je préciser que ni elle ni moi n'avons jamais « consommé » qui que soit de notre vie ?

Et, vu le tour que prennent les choses, je ne crois pas que ça arrivera un jour.

Reste qu'Andrew Shippinger était vraiment Inconsommable. Pourquoi diable Pamela me parlait-elle de lui ? Pensait-elle que j'étais à l'origine de sa mononucléose ? J'aimerais qu'on m'explique un jour ce qui pousse les gens à m'accuser systématiquement de tous les maux. Mes lèvres n'auraient effleuré celles d'Andrew qu'à une condition : qu'il ait avalé la tasse à la piscine et ait un besoin vital d'être réanimé. Par ailleurs, quand Pamela allait-elle se décider à libérer mes épaules ?

— Donc, a-t-elle repris, nous voilà avec un moniteur en moins. J'ai des tas de filles sur ma liste d'attente, mais aucun garçon.

Une fois encore, j'ai tâché de deviner le rapport avec moi. J'ai beau avoir deux frères, Pamela se fourrait le doigt dans l'œil jusqu'au coude si elle croyait qu'ils étaient aptes au monitorat.

— Bref, a-t-elle enchaîné, cela te gênerait-il que je te confie le bungalow initialement destiné à Andrew ?

J'étais si soulagée qu'elle ne me flanque pas dehors que j'aurais exaucé tous ses désirs, y compris, pour peu qu'elle me le demande, assassiner ma propre mère. J'aurais aussi donné n'importe quoi pour qu'elle me lâche. Non seulement j'ai du mal à supporter les contacts physiques mais, pour moi, que les inconnus gardent leurs sales pattes par-devers eux est une simple question de bonne éducation. Vous seriez cependant surpris de constater à quel point ces organisateurs de camps de vacances aiment se tripoter, sous prétexte d'exprimer leurs sentiments, leur confiance et tout le toutim. Et puis Pamela représentait un autre défi. Car, en plus de tous mes « problèmes », j'éprouve quelques difficultés avec les individus représentant l'autorité. C'est sûrement dû au fait que, au printemps dernier, l'un d'eux n'a pas caché ses envies de me descendre.

Bref, j'étais là à suer sang et eau, à deux doigts de répondre : « Bien sûr, ouais, tout ce que vous voudrez. » quand Pamela s'est brusquement rendu compte à quel point je détestais qu'elle me touche ; ou alors elle a pris conscience de la moiteur de ma peau provoquée par mon abondante sudation ; quoi qu'il en soit, elle s'est écartée. Tout à coup, j'ai enfin pu respirer de nouveau normalement.

J'ai regardé les alentours, paumée. Toute à la panique qu'avait déclenchée la proximité de Pamela, j'avais perdu mes repères. Nous étions sur le sentier gravillonné qui desservait les différents bâtiments constituant le camp de Wawasee. Tout près de nous se dressait la cantine, récemment rénovée, avec son plafond haut de six mètres ; derrière, les bureaux de l'administration ; puis l'infirmerie. Au-delà, l'édifice consacré à la musique, une structure modulaire en grande partie souterraine – histoire de préserver l'atmosphère sylvestre des lieux – et surmontée d'une immense verrière qui surplombait un atrium planté d'arbres d'où partaient les couloirs menant aux salles de cours, de répétition et autres, toutes insonorisées.

D'où j'étais, je ne distinguais ni la piscine olympique ni la demi-douzaine de courts de tennis en terre battue. Non que les enfants auraient beaucoup l'occasion de nager ou d'échanger des balles, avec les innombrables heures d'exercices auxquelles ils devaient se soumettre afin d'être prêts pour le concert de clôture qui se tiendrait dans l'amphithéâtre en plein air pouvant accueillir neuf cents spectateurs. Mais rien n'était trop beau pour ces génies en herbe. Près de l'auditorium se trouvait la Fosse, où les colons se rassembleraient le soir, histoire de chanter, bras dessus-dessous, tout en bâfrant de la guimauve rôtie sur un feu de joie.

À partir de là, le sentier menait aux différents chalets – une dizaine réservés aux filles d'un côté, une dizaine réservés aux garçons de l'autre – avant de finalement descendre vers le lac privé de la colonie qui brillait dans toute la splendeur de sa surface miroitante et de ses rives boisées. Les fenêtres du Frangipanier donnaient d'ailleurs dessus et, de mon lit, je le voyais sans même devoir lever la tête.

Sauf que, apparemment, ce n'était plus mon pieu. Je sentais déjà le Frangipanier et son panorama fabuleux, ses flûtistes angéliques, ses petites bavettes et ses charmantes séances de coiffage nocturnes s'éloigner comme de l'eau dans le tuyau d'évacuation de... ben, d'une table chauffante.

— C'est juste que, parmi toutes les monitrices présentes cette année, continuait Pamela, je te jauge comme la mieux à même de gérer un bungalow de garçons. Par ailleurs, tu as tellement brillé durant les cours de premiers secours et de sauvetage...

Génial ! Voilà qu'on me persécutait à cause de ma connaissance de la méthode de Heimlich[1] – affûtée par des années de travail dans la restauration.

1. Manœuvre qui consiste à passer ses bras sous ceux d'une personne qui s'étouffe, à mettre un poing au-dessus de son nombril et l'autre main par-dessus le poing, et à enfoncer celui-ci d'un coup sec vers soi et vers le haut, ce qui permet l'expulsion du corps étranger coincé dans les voies respiratoires de la victime. *(Toutes les notes sont du traducteur.)*

— ... que je sais pouvoir te confier ces enfants sans inquiétude.

Là, elle en faisait des tonnes. Ne me demandez pas pourquoi. Étant ma supérieure, elle avait tous les droits de m'assigner à un autre chalet si l'envie lui en prenait. Et c'était elle qui me remettrait mon chèque à la fin du séjour. Elle avait peut-être, par le passé, procédé à pareil changement de dernière minute et s'était attiré des ennuis. Si ça se trouve, la malheureuse sur qui le destin s'était acharné était partie sans crier gare. Allez savoir. En tout cas, moi, je ne suis pas du genre à renoncer. Ces gaillards allaient certes représenter plus de boulot et moins d'amusement, mais avais-je le choix ?

— D'accord, ai-je donc acquiescé. Pas de souci.

Ma nuque était encore humide là où Pamela avait posé son bras. Elle m'a attrapée par le coude et m'a fixée des yeux. Intensément. Ce contact étant moins intolérable que celui qui avait précédé, je suis parvenue à garder mon calme.

— Tu es sérieuse, Jess ? Tu acceptes vraiment ?

Je n'allais tout de même pas lui balancer que non, hein ? Pour être renvoyée chez moi où je serais condamnée à passer mon été chez *Petit Joe* à transpirer au-dessus des plateaux de boulettes de viande et de farcis aux épinards ? Sans compter que les seules fréquentations possibles seraient 1) mes parents (sans façon) ; 2) mon frère Mike, qui s'apprêtait à partir effectuer sa première année à Harvard et consacrait tout son temps libre à échanger des mails avec son futur colocataire pour tâcher de déterminer qui apporterait le réfrigérateur qui le scanner ; 3) mon autre frangin, Douglas, qui ne fichait rien d'autre que lire des BD dans sa chambre toute la sainte journée, n'émergeant de son antre qu'à l'heure des repas et de *South Park*.

Sans mentionner la camionnette blanche garée devant notre maison (depuis des semaines maintenant) et qui semblait n'appartenir à aucun de nos voisins.

Non merci. Si ça ne dérangeait personne, je préférais encore rester sur place.

— Euh... oui. Peu importe. Dites-moi juste quel est mon nouveau chalet, et j'y déménagerai mes affaires.

Pour le coup, Pamela m'a carrément serrée contre elle. Ce qui m'a laissée rêveuse quant à ses compétences en matière de gestion du personnel. Vous ne verriez jamais mon père enlacer une de ses employées qui vient d'accepter d'exécuter l'ordre qu'il lui a donné. Au mieux, elle aurait droit à un « Bon vent ! » si elle avait le malheur de lui répondre autre chose que « Bien sûr, monsieur Mastriani. »

— Formidable ! s'est écriée Pamela. C'est tout bonnement génial ! Tu es une poupée d'amour, Jess !

Ben voyons. C'est tout moi, ça. La Barbie de service.

— Désormais, tu seras affectée au Bouleau, m'a-t-elle aimablement informée après un coup d'œil sur son calepin.

Le Bouleau. Je perdais le frangipanier pour le bouleau. Un résumé exemplaire de ma vie de maudite.

— Maintenant, a poursuivi Pamela, je n'ai plus qu'a m'assurer que ta remplaçante sera là ce soir. Je crois qu'elle vient de la même ville que toi. Tu la connais peut-être ? Karen Sue Hanky ?

Il a fallu que je me morde les lèvres pour ne pas éclater de rire. Karen Sue Hanky ? Si celle-ci avait appris qu'*elle* était réaffectée à un bungalow de garçons, elle aurait fondu en larmes. À coup sûr.

— Ouais, on s'est déjà croisées, ai-je confirmé sans m'avancer.

« La vache, ma vieille, tu es en train de commettre une belle ânerie », ai-je pensé. Évidemment, j'ai gardé cette réflexion pour moi.

— Son entretien a été plutôt bon, a continué mon chef en scrutant toujours son bloc-notes. Mais elle n'a obtenu que cinq sur dix lors de son audition.

Tiens donc ! Rien de nouveau sous le soleil. Karen Sue joue comme un pied. Néanmoins, j'ai trouvé un peu rude que Pamela l'admette devant moi. Ne pouvant savoir, bien sûr, que j'ai amplement mon compte d'amis, ma supérieure croyait sans doute que nous étions devenues copines, puisque je n'avais pas pleuré en apprenant qu'elle me refilait un groupe de petits mecs.

— En plus, elle n'est que quatrième flûte, a-t-elle marmonné avant de pousser un soupir à fendre l'âme. Tant pis, on n'a pas franchement le choix.

Elle m'a souri, puis est repartie en direction des bureaux. Visiblement, elle avait oublié que je ne suis que troisième flûte, juste un cran au-dessus de Karen Sue. Sauf que moi, à l'audition, j'avais eu dix sur dix.

Je sais. Je suis une bête.

Quand il s'agit de jouer de la flûte, en tout cas. Pour le reste, c'est une autre histoire.

Bref, je me suis dit que j'avais intérêt à m'activer. Il fallait que je rassemble mes affaires et que je débarrasse le plancher avant que les Frangipaniennes débarquent et commencent à la trouver un peu saumâtre. Genre : « Qu'est-ce qu'ils sont mal organisés, dans cette colo ! » Ce qui était on ne peut plus vrai. Le désastreux incident de la bannière (je vous en ai parlé) et mon embauche le prouvaient. S'étaient-ils seulement donné la peine de chercher mon nom sur l'Internet ? Des clous ! Sinon, ils auraient eu une drôle de surprise.

Contournant la meute de clébards affectueux – un peu trop affectueux à mon goût, si vous me suivez ; on était obligé de les repousser à coups de genou pour échapper à leurs grandes langues baveuses – qui erraient en toute liberté à travers le camp, j'ai regagné le Frangipanier, où j'ai fourré mes effets dans mon sac de marin. Ça m'agaçait un peu, que Karen

Sue Hanky soit celle à jouir de la vue magnifique sur le lac à partir de ce qui avait été, brièvement, mon lit. J'avais connu Karen Sue à la maternelle, et le moins que l'on puisse dire, c'est qu'elle souffrait d'un sérieux complexe de supériorité. Sans charre. Cette nana était convaincue d'être la meilleure, simplement parce que son père possédait la plus grosse concession automobile de la ville, parce qu'elle était blonde et parce qu'elle occupait le poste de quatrième flûte dans l'orchestre symphonique du bahut.

D'accord, l'entrée dans ce dernier se faisait sur audition seulement et, d'accord aussi, il avait remporté des tas de récompenses et, d'accord toujours, il était composé pour l'essentiel d'élèves de Première et de Terminale, mais Karen Sue et moi y avions été acceptées dès notre Seconde... n'empêche, quatrième flûte dans l'orchestre symphonique du lycée, qu'est-ce que c'est, à l'échelle universelle ? Que dalle ! Merci, c'est aussi mon avis.

Pas celui de Karen Sue cependant. Celle-ci n'aurait de cesse d'être première flûte. Sauf que pour y arriver, il faudrait d'abord qu'elle défie et batte le tenant du troisième rang.

C'est bien ça. Moi.

Et autant vous prévenir tout de suite, ce ne serait pas demain la veille. Jamais, pour être parfaitement franche. Je ne qualifierais pas le poste de troisième flûte dans l'orchestre symphonique du lycée Ernest-

Pyle comme un exploit de classe mondiale, mais je ne laisserais pas Karen Sue me le piquer. Plutôt crever !

Qu'elle me pique le Frangipanier était déjà bien suffisant.

De toute façon, ai-je décidé sur-le-champ, le frangipanier était un imbécile d'arbrisseau. Il puait. Les bouleaux, c'était carrément la classe, en comparaison.

Enfin, j'ai essayé de m'en convaincre.

Jusqu'à ce que j'arrive au Bouleau. Pour commencer, permettez-moi de vous dire que superviser huit morveux allait se révéler un cauchemar logistique. Comment allais-je en effet réussir à me doucher sans que l'un d'eux ne déboule dans les toilettes ou, pire, ne m'espionne, puisque c'est là une habitude à laquelle les jeunes garçons – et les plus âgés aussi, à en juger par mes deux frères aînés, qui passent un nombre d'heures démesuré à mater Claire Lippman, la voisine, à travers des jumelles – sont enclins à céder ?

Histoire d'empirer les choses, le Bouleau était éloigné de tout – la piscine, l'amphithéâtre, les salles de musique. Il était situé quasiment en pleine *forêt*. Pas de vue sur le lac. Pas même de lumière, dans la mesure où les épaisses frondaisons des arbres empêchaient les rayons de soleil de filtrer. Tout était humide et dégageait une vague odeur de moisi. D'ailleurs, les douches l'étaient, moisies. Permettez-moi d'être la première à vous l'annoncer : le Bouleau était nul. Le Frangipanier et ses petites filles dont j'aurais tressé les cheveux le soir me manquaient déjà. Si j'avais su faire des nattes, s'entend. Mais elles auraient pu m'apprendre. Mes petites pupilles.

Ce constat posé et mes affaires rangées, je suis ressortie sur le porche. Les premiers de mes futurs garnements fonçaient déjà vers moi au pas de charge, trimballant leurs valises et leurs instruments derrière eux. Le Frangipanier m'a soudain manqué encore plus. Je ne plaisante pas. De mon existence, je n'avais vu troupeau de moutards plus dépenaillés et furibonds. Âgés de dix à douze ans, ils n'avaient rien d'un Harry Potter malicieux au cœur tendre.

Oh que non !

Loin de là, même.

Ils avaient exactement la tronche de l'emploi : celle de petits musiciens prodiges pourris gâtés dont les parents n'attendaient qu'une chose – s'octroyer six semaines de vacances amplement méritées. Tout seuls.

En me découvrant, les mectons se sont arrêtés comme un seul homme et m'ont dévisagée à travers les culs de bouteille de leurs lunettes, embués par l'humidité régnante. Leurs géniteurs, qui les aidaient à transporter leur barda, semblaient mourir d'envie de filer le plus loin possible du camp de Wawasee, si possible dans un endroit où on l'on sert des margaritas[1] à profusion.

---

1. Cocktails à base de tequila, de liqueur d'orange et de jus de citron vert.

Je me suis empressée de leur offrir le petit laïus qu'on m'avait enseigné pendant la formation de mono, me rappelant juste à temps de remplacer le mot « frangipanier » par celui de « bouleau ».

— Bienvenue au Bouleau. Je suis votre monitrice, Jess. Nous allons passer de supers moments ensemble.

Les parents se fichaient comme d'une guigne que je ne sois pas un garçon. Leur suffisait que j'aie l'air de me laver régulièrement et que je parle anglais. Leurs fistons, en revanche, ont semblé sous le choc. Boudeurs et ébahis.

— Hé ! s'est écrié l'un d'eux. Mais t'es une fille !

— Qu'est-ce qu'une monitrice fabrique dans un bungalow de garçons ? a renchéri un autre.

— C'est pas une fille, a protesté un troisième. Visez ses tifs.

Réflexion qui m'a paru des plus insultantes, car mes cheveux ne sont pas si courts que ça.

— Tu parles que c'est bien une fille, a fini par asséner le plus ronchon de tous, un petit gros coiffé en artichaut – court dessus et long derrière. C'est même celle de la télé. La Fille Électrisée.

Tel quel.

Ce petit crétin venait de réduire à néant ma couverture.

2

La Fille Électrisée. Celle de la télé. C'était bien moi.

Si ce n'est pas de la veine, ça ! Non mais quelle veine ! Y avait-il une fille plus veinarde que moi sur terre ? Je ne pense pas... Un instant ! Si ! Une fille qui n'aurait pas été frappée par la foudre et qui, conséquemment, n'aurait pas développé un talent métapsychique en l'espace d'une nuit. Oui, c'était bien ça. *Cette* nana-là aurait eu plus de chance que moi. Vous ne pensez pas ?

J'ai baissé les yeux sur Artichaut. Enfin, pas vraiment, parce qu'il était presque aussi grand que moi – ce qui, de vous à moi, n'est pas immense. Bref, je l'ai toisé, et j'ai riposté aussi sec :

— Je ne vois pas de quoi tu veux parler.

Et toc ! Sans m'énerver ni rien. (Je vous le dis, j'assure comme une bête.) Sauf que ça n'a eu aucune incidence. Absolument aucune. Un des gamins, un rabougri agrippé à un étui à trompette a lancé :

— Mon œil ! C'est bien toi. Celle qu'a été foudroyée et s'est réveillée avec ces super-pouvoirs.

Les gars se sont dévisagés. Leurs regards étaient clairs. « Super, la mono est une mutante ! », y lisait-on

— Quels super-pouvoirs ? s'est cependant enquis l'un d'eux, un nain sombre de peau aux traits délicats, qui n'était pas accompagné de ses parents et parlait avec un léger accent.

Le potelé affligé de cette atroce coupe de cheveux, Artichaut, celui qui, le premier, m'avait dévoilée, a assené une formidable claque dans le dos du Noir chétif. Sa mère, dont il avait visiblement hérité les soucis de surcharge pondérale, ne l'a même pas engueulé.

— Comment ça, quels super-pouvoirs ? a-t-il beuglé. Tu viens d'où, espèce de débile ? Du petit bus[1] ?

Si la blague a déclenché les ricanements des autres, le minot a semblé ahuri.

— Non, a-t-il répondu, visiblement dépassé par la référence. Je viens de Guyane française.

---

1. Aux États-Unis, le ramassage scolaire se pratique à bord de grands bus jaunes. Il existe également un service de camionnettes (ou petits bus) qui se chargent du transport des handicapés.

— De Couillane ? a hurlé Artichaut qui avait l'air de beaucoup s'amuser. C'est près de la Chtouille ?

À ma grande surprise, Mme Artichaut a pouffé devant l'esprit dont son rejeton faisait montre.

Vous m'avez bien lue. Elle a *ri*.

J'ai aussitôt compris qu'Artichaut allait constituer un « défi », pour reprendre le qualificatif employé par Pamela lors de notre formation.

— Excuse-moi, suis-je intervenue, la suavité incarnée. Je sais que je ressemble à cette fille de la télévision, mais tu te trompes. Et maintenant, entrez et...

— C'était *toi* ! m'a interrompue Artichaut en fronçant les sourcils.

— Voyons, Shane, a protesté sa mère sur un ton trahissant sa fierté d'avoir un fiston qui n'était pas du genre à gober n'importe quelle baliverne.

Il était en effet plutôt du genre à vous briser les...

— Hum ! a lancé un des pères. Pardon de vous déranger, mais puis-je passer ? Ce tuba pèse une tonne.

M'écartant, j'ai laissé les mômes et leurs vieux pénétrer dans le chalet. Seul l'un d'eux s'est arrêté sur le seuil, le petit Français de Guyane. Il trimballait une valise énorme qui paraissait très chère. En revanche, pas la moindre trace d'un instrument.

— Je m'appelle Lionel, s'est-il présenté avec gravité.

Sauf qu'il ne prononçait pas son prénom comme nous et accentuait la dernière syllabe.

— Salut, Lionel ! ai-je répondu en prenant soin de répéter correctement. Bienvenue au Bouleau.

Pendant la formation, on nous avait avertis de la présence de nombreux enfants étrangers et priés de nous décarcasser pour prouver que le camp de Wawasee était ouvert aux autres cultures. Il m'a adressé un sourire éblouissant avant de repartir avec son fardeau.

Décidant de laisser les garçons et leurs géniteurs se dépatouiller seuls, je suis restée sur le porche, tendant l'oreille en direction du chambard qui régnait dans le bungalow – les gamins se ruaient çà et là pour choisir leur lit. Au loin, j'ai aperçu la silhouette d'un mono revêtu de l'uniforme de règle – chemisette blanche et short bleu – qui se tenait également devant son chalet. Tournant la tête vers moi, il a agité la main. Je lui ai rendu son salut, bien que j'ignore de qui il s'agissait. Une fille n'est jamais trop prudente – il avait peut-être une décapotable.

Il a fallu moins de deux minutes pour qu'éclate la première bagarre.

— Non ! C'est à moi ! a hurlé une voix angoissée.

J'ai déboulé dans mon royaume. Tous les lits étaient déjà couverts d'affaires, la dispute ne relevait donc pas d'une histoire de territoire. Apparemment, les petits gars ne s'intéressent guère aux panoramas et, par bonheur, ils ne connaissent rien au feng shui[1]. Non, l'objet du conflit était un paquet de pop-corn caramélisé que Shane tenait, tandis que Lionel cherchait à s'en emparer.

— C'est à moi ! a insisté le Français en sautant sur Artichaut. Rends-les-moi.

— Si tu n'en as pas assez pour partager, tu n'avais qu'à pas les apporter, a rétorqué l'autre, sentencieux.

Shane étant beaucoup plus grand que Lionel, il lui suffisait de brandir le paquet à bout de bras pour le garder hors de portée de son rival. Ce dernier, même en se mettant sur la pointe des pieds, n'arrivait pas à effleurer ses friandises. Pendant ce temps, la mère de Shane, un sourire aux lèvres, vidait la valise de son fils et rangeait ses effets dans les tiroirs placés sous le lit qu'il avait élu. Leurs camarades, cependant, et quelques parents, observaient avec intérêt le drame qui se jouait.

— On ne t'a pas appris à partager, en Couillane ? a raillé Shane.

Une réaction immédiate et décisive s'imposait. Il m'était hélas impossible de céder à mon impulsion première, qui était de flanquer une tape sur la nuque de Shane. Pamela et ses collègues avaient été très

1. Discipline ancestrale chinoise qui, en décidant de l'emplacement des meubles et des objets, cherche à harmoniser les énergies dans les maisons et sur les lieux de travail. Très à la mode aujourd'hui, notamment aux États-Unis.

fermes à ce sujet – les châtiments corporels étaient strictement prohibés. Quatre heures de notre formation avaient d'ailleurs été consacrées au règlement en douceur des problèmes de discipline. Frapper un trublion n'était pas envisagé. Je me suis donc avancée et j'ai arraché le paquet de pop-corn à Shane.

— Toute nourriture autre que celle servie par le camp est interdite ! ai-je ululé à la cantonade. Vous ne mangerez au bungalow que ce qui vient de la cantine. Compris ?

Tout le monde m'a contemplée avec consternation. La mère de Shane en particulier a paru ébranlée.

— Le règlement a changé, depuis l'année dernière ? a-t-elle objecté d'une voix bien trop aiguë et sucrée pour une femme qui, comme elle, avait engendré un démon. L'an passé, les garçons avaient droit aux bonbons et aux gâteaux apportés de la maison. D'ailleurs, j'ai préparé ça pour Shane.

Elle a soulevé une deuxième valise et l'a ouverte, révélant ce qui ressemblait à l'étalage de friandises d'une épicerie de quartier. La troupe s'est agglutinée autour de ce trésor, les yeux exorbités devant pareille profusion de douceurs.

— Contrebande ! ai-je décrété en tendant un doigt accusateur sur l'objet du litige. Vous aurez l'amabilité de me remporter ça chez vous.

Un grognement général a secoué les murs du chalet.

— Et si Shane a faim en pleine nuit ? a gémi Mme Artichaut dont les multiples mentons ont tremblоté.

— Je veillerai à ce que les garçons disposent d'en-cas en quantité suffisante et bons pour la santé, ai-je riposté aussi sec.

Faut-il préciser que je venais d'inventer cet interdit ? C'est que, voyez-vous, je n'avais aucune envie de régler des batailles rangées toutes les cinq minutes. Comme si elle avait lu dans mes pensées, la mère du démon a regardé le paquet de pop-corn que je tenais.

— Et ça, a-t-elle accusé en désignant les pop-corn, qu'est-ce que vous comptez en faire ? Vous ne pouvez pas demander à ses parents de le remporter à la maison, puisqu'ils ne sont même pas là !

« Hé, ils habitent en Guyane française, vous savez où ça se trouve ? » Si ces mots m'ont brûlé la langue, je me suis bien gardée de les prononcer. À la place, j'ai sorti une bêtise énorme.

— Ces sucreries seront confisquées par mes soins jusqu'à la fin de la colonie, date à laquelle je les retournerai à leur propriétaire légitime.

— Puisque Shane n'a pas le droit d'avoir de bonbons, a reniflé l'autre, j'espère que les autres non plus. Je compte sur vous pour fouiller leurs sacs.

Ce qui explique pourquoi, à l'heure du dîner, je me suis retrouvée heureuse dépositaire de cinq sachets de pop-corn caramélisé, de deux boîtes de biscuits fourrés au chocolat, de dix barres chocolatées, de deux paquets de frites acidulées, d'un cornet de chips, de sept berlingots de lait concentré à différents parfums, d'un paquet de cookies aux pépites de chocolat, d'une boîte de céréales au chocolat, d'un kilo de pastilles de chocolat (décidément !) et d'un pack de six briques de lait chocolaté (puisque je vous le dis !). Dieu merci, les parents s'étaient éclipsés, chassés de la colonie par le gong annonçant le repas du soir. Les adieux avaient été émus mais, sauf de la part de la mère de Shane, guère mouillés de larmes. Quelque part loin d'ici, les bouchons de champagne devaient sauter à tout-va.

Le dernier géniteur disparu, j'ai informé mes gaillards qu'il était l'heure de rallier la cantine. Auparavant, je tenais néanmoins à savoir comment ils s'appelaient. Je connaissais déjà Shane et Lionel. Le trompettiste haut comme trois pommes se prénommait John ; le joueur de tuba, Archibald. Nous avions deux violonistes, Sam et Doo Sun, et deux pianistes, Tony et Paul. Tous incarnaient le musicien surdoué par excellence – blancs comme des lavabos, enclins aux allergies et beaucoup trop futés pour leur bien.

— Pourquoi prétends-tu ne pas être la fille de la télé, puisque tu l'es ? m'a demandé John.

— Ouais, a renchéri Sam. Et comment ça se fait que tu n'arrives à retrouver que des enfants disparus et pas des trucs sympas comme de l'or, par exemple ?

— Ou la télécommande, a ajouté Archibald qui, je le sentais à plein nez, allait compenser son malheureux prénom en étant le clown de la bande.

— Écoutez, me suis-je entêtée, je vous ai dit que si je ressemblais à cette nana foudroyée, je n'étais pas elle. Et maintenant, me suis-je empressée d'ajouter, précisenous de quel instrument tu joues, Shane.

— De la flûte à deux balles, a rétorqué aussi sec le malotru.

Tous les morveux se sont esclaffés, sauf Lionel, qui n'avait pas compris l'allusion.

— Ah bon ! s'est-il exclamé, tout content. Moi aussi, je suis flûtiste.

— Tu m'étonnes ! a hurlé de rire l'autre. Après tout, tu viens de Couillane !

Maintenant que sa mère était partie, je me suis estimée autorisée à lui décocher une pichenette sur l'oreille, suffisamment forte pour produire un claquement très satisfaisant. Un de mes autres problèmes (j'avais promis à Goodheart de travailler dessus pendant les vacances), est une tendance à exprimer physiquement mon agacement, ce qui m'avait valu de passer l'essentiel de ma dernière année scolaire en colle.

— Aïe ! a braillé Shane en me jetant un regard indigné. Pourquoi tu m'as frappé ?

— Tant que tu vivras au Bouleau, ai-je précisé à son intention ainsi qu'à celle de ses collègues qui me fixaient avec ahurissement, tu te conduiras en gentleman. Ça signifie que non seulement tu ne te moqueras pas de l'origine de tes camarades, mais aussi que tu éviteras toute allusion sexuelle en ma présence.

— Quoi ? a-t-il marmonné, visiblement perdu.

— Pas de blagues cochonnes, a traduit John.

— Ah ! a grommelé Shane, dégoûté. Mais comment je vais me marrer, moi, hein ?

— Tu te contenteras d'amusements propres et sains, ai-je annoncé. Et pour commencer, je vais vous apprendre l'hymne officiel de notre bungalow.

Sur ces fortes paroles, nous sommes partis dîner. Tout en marchant, j'ai entonné la chanson en question.

J'ai vu la Véronique,
Une sacrée niqu'...
...douille.
En sortant de la messe,
Où l'avait fes...
...toyé.
Le vin elle avait bu,
De monsieur le cu...
...ré.
L'a fallu très, très vite,
Lui soigner sa bit..
...ure.

Notre chalet étant le plus éloigné de la cantine, les

garçons avaient eu le temps de la mémoriser quand nous sommes arrivés.

— Vous voyez, aucune cochonnerie ! ai-je lancé.

— *Presque* aucune cochonnerie ! s'est exclamé Doo Sun, ravi.

— C'est la chanson la plus idiote que j'aie entendue, a ronchonné Shane.

N'empêche, il la braillait à tue-tête, quand nous sommes entrés dans le bâtiment. Découvrant qu'aucun autre bungalow n'avait d'hymne, les résidents du Bouleau se sont fait un plaisir non dissimulé de chanter derechef le leur tout en prenant un plateau et en rejoignant la queue.

Ruth était avec ses filles. Elle m'a adressé un signe de la main, et je l'ai rejointe avec décontraction.

— Que se passe-t-il ? m'a-t-elle aussitôt demandé. Que fabriques-tu avec cette bande de garçons ?

Je lui ai expliqué la situation. Au fur et à mesure que je dévidais mon histoire, sa bouche s'est ouverte, et ses yeux bleus se sont mis à lancer des éclairs.

— Quelle injustice ! s'est-elle finalement écriée.

— Bah ! Ça va aller.

— Qu'est-ce qui va aller ? s'est enquise Shelley, une monitrice violoniste qui s'était approchée.

Ruth lui a raconté. Shelley a pris un air scandalisé.

— C'est vraiment lourd, a-t-elle commenté. Des garçons ? Comment feras-tu pour prendre ta douche ?

De constater que tout le monde compatissait à mon sort, je me suis sentie déjà mieux.

— Ce n'est rien, ai-je affirmé, désinvolte, je me débrouillerai.

— Tu sais quoi ? a suggéré Shelley. Tu pourras te laver dans les vestiaires des filles, à la piscine.

— Ou alors, a renchéri Ruth, un gars d'un des chalets voisins n'aura qu'à s'occuper de tes garçons. Après tout ça ne tuera pas Scott ou Dave d'avoir un groupe supplémentaire pendant une demi-heure.

— Qu'est-ce qui ne nous tuera pas ? a lancé Scott en débarquant.

C'était un hautboïste myope comme une taupe, ce qui ne l'avait pas empêché d'être admis au sein des Consommables grâce à sa taille (un peu plus d'un mètre quatre-vingt-trois) et de ses cuisses (musculeuses). Il était suivi de près par son ombre, un trompettiste asiatique trapu répondant au nom de Dave, également classé Consommable pour être doté de tablettes de chocolat plutôt inattendues.

— Ils ont refilé un chalet de mecs à Jess, les a renseignés Shelley.

— Sans blague, lequel ? a voulu savoir Scott, visiblement intéressé.

— Le Bouleau.

Les deux gars ont échangé un regard enthousiaste.

— C'est tout près de chez nous ! s'est exclamé Scott. Nous sommes voisins !

— Ainsi, c'est toi qui m'as salué ? a souri Dave.

— Ouais.

« Tu avais commencé. » Ce que je n'ai pas formulé à haute voix. Scott et Dave étaient-ils les heureux possesseurs d'une décapotable ? J'en doutais. Non que ça ait tant d'importance. Pour moi, tout du moins.

— Ne t'inquiète pas, Jessica, a repris Dave en m'adressant un clin d'œil. Nous veillerons sur toi.

Exactement ce dont j'avais besoin. De deux anges gardiens comme Scott et Dave. Youpi !

Ruth a enfourné une feuille de salade. Comme d'hab', elle mangeait de la salade. Elle était prête à s'affamer durant tout l'été pour être à son avantage dans le bikini qu'elle ne trouverait cependant jamais le courage de mettre. Si Scott, Dave, ou quiconque d'ailleurs, l'invitait à l'accompagner dans les dunes, elle irait en short et T-shirt qu'elle refuserait d'ôter, quitte à mourir d'un coup de chaud.

— Qu'est-ce que c'est que cette chanson paillarde que tes gars beuglaient en arrivant ? m'a-t-elle demandé par-dessus une feuille de romaine.

— Elle n'est pas paillarde, ai-je protesté.

— Elle m'en a pourtant tout l'air, est intervenu Scott.

Il avait pris place à côté de Ruth plutôt que de s'asseoir avec les locataires de son bungalow, contrairement à ce que stipulait le règlement. Il mangeait des boulettes de viande accompagnées de spaghettis. En plus, il s'y prenait mal, coupant les pâtes en petits tronçons au lieu de les enrouler autour de sa fourchette. En voyant ça, mon père aurait claqué d'une embolie. Il devait apprécier Ruth, me suis-je dit. Certes, Ruth avait des vues sur Todd, le violoniste craquant, mais Scott n'était pas déplaisant. J'ai espéré qu'elle lui laisserait sa chance. En général, les hautboïstes sont plus marrants que les violoneux.

— Techniquement parlant, ai-je insisté, cette chanson n'était pas le moins du monde paillarde.

— Bon sang ! a grondé Ruth en regardant par-dessus mon épaule. Qu'est-ce qu'elle fiche ici, celle-là ?

Me retournant, j'ai découvert Karen Sue Hanky dans mon dos. Je ne l'avais pas revue depuis la fin des cours, mais elle n'avait pas changé – même face de rate prétentieuse. Elle tenait un plateau chargé de légumes et de semoule. Karen Sue est végétarienne.

Tout à coup, j'ai noté Paméla à côté d'elle.

— Excuse-moi, Jess, m'a lancé cette dernière. Puis-je te voir un instant dans mon bureau ?

J'ai jeté un sale regard à Karen Sue, qui a minaudé.

Cet été risquait d'être plus long que prévu, me suis-je rendu compte.

De bien des façons.

3

— Elle n'est pas paillarde, me suis-je défendue en entrant dans le bureau sur les talons de Pamela.

— Oui, a-t-elle répondu avant de s'affaler sur sa chaise, mais elle le paraît, nous avons eu des plaintes.

— Déjà ? me suis-je insurgée, choquée. De la part de qui ?

Sauf que j'avais deviné. Non contente d'être végétarienne, Karen Sue est d'une pruderie renversante.

— Très bien, ai-je râlé, si c'est un tel problème, je leur demanderai de ne plus la chanter.

— Merci. En vérité, ce n'est pas pour ça que j'ai souhaité te rencontrer.

Soudain, j'ai eu l'impression que quelqu'un avait glissé un verre de glaçons dans mon dos. Elle savait. Pamela *savait*. Et je ne l'avais pas vu venir.

— Écoutez, je peux tout expliquer.

— Ah oui ? a soupiré ma supérieure en secouant la tête. J'imagine que c'est en partie notre faute. J'ai du mal à comprendre comment le fait que tu sois *la* Jessica Mastriani a pu nous échapper.

Des visions de tables chauffantes ont dansé devant mes yeux.

— Voyons, Pamela, ai-je murmuré à toute vitesse, je reconnais avoir été frappée par la foudre. Comme j'admets avoir eu, un temps, des pouvoirs particuliers. Enfin, un en tout cas. J'arrivais à retrouver ces mômes et tout le tralala. Mais c'est terminé. Comme vous avez dû le lire, mon don s'est tari.

J'ai prononcé cette dernière phrase très fort, juste au cas où mes vieux amis, les Agents Spéciaux Johnson et Smith auraient collé des mouchards ou je ne sais quoi dans le coin. Je n'avais pas remarqué de camionnettes blanches garées sur le territoire du camp, mais mieux valait être prudent...

— Vraiment ? a soupiré Pamela en me jetant des regards nerveux. Pour de bon ?

— Oui. Les médecins m'avaient avertie que ça risquait d'arriver, une fois que la foudre aurait fini de vibrionner en moi. (Ça, c'est que ce que j'aimais à croire.) Ils avaient raison. Je suis à présent complètement normale. Vous n'avez donc rien à craindre. Ni de mauvaise publicité pour la colo, ni de hordes de journalistes vous tombant sur le râble, rien de tout ça. Cette histoire est close. Définitivement.

Il n'y avait rien de moins vrai, mais ce que Pamela ignorait ne pouvait lui nuire, ai-je songé.

— Ne te méprends pas, Jess, nous sommes ravis de te compter parmi nous, surtout après la gentillesse dont tu as fait preuve en acceptant de changer de chalet, mais, depuis cinquante ans qu'il existe, le camp de Wawasee n'a jamais été sujet à la moindre controverse. Je détesterais que... que quelque chose de fâcheux arrive pendant ton séjour ici...

« Fâcheux » était, sans doute, la façon qu'avait Pamela de qualifier les événements qui s'étaient déroulés au printemps précédent, après que j'eus été foudroyée et « invitée » à passer quelques jours à la base militaire de Crane, où des scientifiques avaient étudié mes intuitions lumineuses en essayant de comprendre comment, rien qu'en regardant la photo d'une personne portée disparue, j'arrivais à me réveiller le lendemain matin en sachant précisément où localiser celle-ci.

Hélas, ils avaient fini par conclure que ce talent tout neuf serait très utile afin de traquer de prétendus traîtres et autres individus peu recommandables qui, pour autant que j'aie compris, ne souhaitaient pas du tout être retrouvés. Et j'ai beau tenir autant que tout un chacun à ce que les criminels en série et vilains cocos du même acabit soient sous les verrous, j'avais préféré m'en tenir aux seuls enfants... et notamment à ceux qui désiraient qu'on leur mette la main dessus.

Sauf que les gens de Crane n'avaient guère apprécié ma décision.

Même si, après que certains de mes amis et moi avions eu brisé quelques fenêtres, découpé un grillage et... ah, oui, fait exploser un hélicoptère, ils avaient fini par entendre raison. Enfin, en quelque sorte. J'imagine qu'avoir alerté la presse pour lui proclamer haut et fort que je n'étais plus capable de rien avait aidé. Mon petit talent s'était épuisé avant de mourir de sa belle mort. Pouf !

En tout cas, c'était ce que j'avais affirmé.

Il n'était cependant pas compliqué de voir ce que craignait Pamela. Après tout, un hélicoptère qui saute provoque un sacré feu d'artifice. L'incident avait fait la une de pas mal de journaux. Ça n'arrive pas tous les jours, ce genre d'éclats. Du moins, dans l'Indiana.

— Mon souci, Jess, a repris Pamela en fronçant les sourcils, c'est que tu as beau soutenir de plus avoir de... euh... de pouvoir médiumnique, j'ai entendu dire que... que des enfants disparus continuaient à... euh... à réapparaître un peu partout dans le pays. Bien plus qu'avant... euh... ton petit accident météorologique. Et ce, grâce à des... (elle s'est raclé la gorge)... « renseignements anonymes ».

Mon sourire enjôleur n'a pas vacillé.

— Si c'est vrai, ai-je répondu, ce n'est certainement pas grâce à moi. Je suis officiellement retirée des affaires.

Pamela ne m'a pas semblé franchement soulagée. Elle avait plutôt l'air de qui a très, très envie de croire ce qu'on lui raconte tout en sachant que ce n'est pas raisonnable. Un peu comme un morveux à qui ses amis ont annoncé que le père Noël n'existait pas, mais dont les parents essaient encore d'entretenir le mythe. De quelle marge de manœuvre disposait-elle, cependant ? Il lui était difficile de me balancer en pleine figure que je mentais. Avait-elle des preuves ?

Des tas, comme il s'est révélé plus tard. Simplement, elle l'ignorait.

— Bon, a-t-elle fini par marmonner, le sourire aussi raide que ma banderole de bienvenue l'avait été, alors... bien, j'imagine que... c'est tout.

Je me suis levée, vaguement tremblante. Vous l'auriez été tout autant que moi si vous aviez été aussi près que moi de passer le reste de votre été à remuer des plats fumants de *rigatoni* à la bolognaise.

— Oh, j'allais oublier, a ajouté Pamela. Tu es une amie de Ruth Abramowitz, n'est-ce pas ? Ceci est arrivé pour elle, l'autre jour. Ça ne rentrait pas dans son casier. Tu veux bien le lui transmettre ?

Elle m'a tendu une grande enveloppe matelassée. Je suis restée plantée là à la contempler, la gorge sèche.

— Hum... ai-je quand même réussi à grogner. Bien sûr. Aucun problème. Je la lui donnerai.

Ma voix était exceptionnellement rauque. Mais quoi de plus naturel, hein ? Pamela n'en savait rien, sauf que ce qu'elle venait de me remettre – son contenu en tout cas – pouvait prouver par A + B que ce que je lui avais servi à l'instant était un tissu de mensonges.

— Merci, a murmuré Pamela avec un sourire las. Les derniers jours ont été si mouvementés, tu comprends...

De mon côté, je souriais aussi, feignant la bonne humeur et tout et tout avec une telle constance que les commissures de mes lèvres commençaient à être douloureuses. J'aurais dû m'emparer de la lettre et m'enfuir. Je sais. Quelque chose néanmoins m'a contrainte à m'incruster et à demander, la voix toujours aussi enrouée :

— Puis-je vous poser une question, Pamela ?

Elle a paru surprise.

— Bien sûr, Jess.

Me grattant la gorge, les yeux fixés sur l'écriture décidée et ronde de l'enveloppe, j'ai dit :

— Qui a vendu la mèche ?

— De quoi parles-tu ?

— Vous savez bien. Qui vous a révélé que j'étais la fille foudroyée ? Et a mentionné ces enfants qui continuent à être retrouvés alors que je ne m'en mêle plus ?

Elle n'a pas répondu tout de suite. Ce n'était pas nécessaire. Je n'avais pas besoin de pouvoirs surnaturels pour deviner. Karen Sue Hanky pouvait numéroter ses abattis.

À cet instant, on a frappé. Pamela a crié d'entrer, visiblement très soulagée par cette interruption. Un vieux type a passé la tête dans l'encadrement de la porte. J'ai reconnu le Dr Alistair, directeur du camp. Plutôt rubicond, il était doté d'un crâne chauve luisant qu'entourait une couronne fournie de cheveux blancs. Il avait la réputation d'être un fameux chef d'orchestre. Laissez-moi rire. S'il était aussi célèbre, comment expliquer qu'il dirigeait ce qui n'était jamais que le glorieux orchestre d'une colo du nord de l'Indiana ?

— Pamela ! a-t-il lancé avec agacement. Il y a un jeune homme au téléphone qui demande à parler à l'une des monitrices. J'ai eu beau lui répondre que nous n'étions pas un standard et que, s'il voulait s'entretenir avec l'une de nos employées, il n'avait qu'à laisser un message comme tout le monde et que nous le punaiserions sur le tableau d'affichage, il insiste. Ce serait une urgence, et...

J'ai réagi si vite que j'ai failli renverser une chaise.

— C'est pour moi ? Jess Mastriani ?

Aucun talent particulier ici. La combinaison des

mots « jeune homme » et « urgence » avaient suffi pour que je devine que j'étais concernée. Tous les jeunes gens de ma connaissance, confrontés à un type comme le Dr Alistair, étaient du genre à recourir au stratagème de l'urgence pour peu qu'on leur serve le coup du standard. Le dirlo a semblé surpris... et pas très content.

— Euh... si vous vous appelez Jessica, oui, c'est pour vous. J'espère que Pamela vous a expliqué que nous n'étions pas un standard téléphonique, et que passer ou recevoir des appels personnels est, sauf le dimanche après-midi, expressément...

— Oui, mais c'est une *urgence*, ai-je précisé.

— Au bout du couloir, a-t-il grimacé. L'appareil de la réception. Appuyez sur la touche numéro un pour obtenir la ligne.

J'ai filé comme une flèche. Tout en trottinant, je me suis demandé qui diable tentait de me joindre. Oh, je savais qui j'aurais voulu que ce soit. Cependant, il n'y avait quasiment aucune chance pour que Rob Wilkins se donne cette peine. Après tout, il n'appelait jamais à la maison, pourquoi l'aurait-il fait ici ?

Malgré tout, je n'ai pu m'empêcher d'espérer que Rob avait surmonté ce préjugé ridicule qu'il avait contre mon âge. Quelle importance s'il avait dix-huit ans et déjà son bac, tandis que j'avais encore deux années de lycée devant moi ? D'ailleurs, il n'avait pas l'intention de quitter la ville à la rentrée pour s'inscrire en fac. Rob ne fera pas d'études longues. Il doit travailler dans le garage de son oncle pour entretenir sa mère qui a été récemment licenciée de l'usine où elle avait bossé pendant vingt ans et quelques. Elle avait eu du mal à retrouver un emploi, jusqu'à ce que je lui suggère de tenter sa chance dans la restauration et lui donne le numéro de téléphone du *Joe*. Mon père, sans même savoir qu'elle et moi nous connaissions, l'avait embauchée comme serveuse de jour chez *Mastriani*, ce qui n'est pas mal du tout. Il réserve les sales besognes à ses mômes, tant il est persuadé qu'il est nécessaire de nous enseigner ce qu'il appelle « une éthique du travail ».

Quand j'ai pris l'appel, ce n'était pas Rob. Évidemment. C'était mon frère Douglas. Alors, j'ai compris que ce n'était pas une urgence. Sinon, le coup de fil n'aurait pas émané de Douglas, il l'aurait concerné. Les seules urgences qu'a connues ma famille étaient liées à Douglas. Enfin, jusqu'à ce qu'il soit viré de l'université à cause des voix qu'il entendait dans sa tête et qui lui donnaient des ordres bizarres, comme de se taillader les veines ou de mettre sa main sur les charbons ardents du barbecue. Ce genre de trucs. Heureusement, depuis qu'il prend des médicaments, il va bien. Enfin, pour lui. Ce qui est relatif.

— Jess ? a-t-il dit après mon « allô ? ».

— Salut !

J'ai tâché de cacher ma déception.

— Comment ça va ? a-t-il poursuivi. Qui c'était, ce débile qui a répondu ? Ton patron ?

Il avait une bonne voix, ce qui signifiait qu'il se soignait. Parfois, il se croit guéri et arrête son traitement. Aussitôt, les voix resurgissent.

— Ouais, le Dr Alistair. Nous ne sommes pas censés recevoir de coups de fil perso, sauf le dimanche après-midi.

— C'est ce qu'il m'a expliqué. (Mon frère ne semblait pas le moins du monde impressionné par sa conversation avec le Dr Alistair, chef d'orchestre de renommée mondiale.) Tu préfères bosser pour lui que pour p'pa ? Au moins, p'pa nous autorise à téléphoner.

— Ouais. Tout en retenant le temps qu'on y passe sur notre paie.

Douglas a ri. C'était bon, de l'entendre rigoler. Ça n'arrive plus très souvent, aujourd'hui.

— C'est vrai. Je suis content de t'avoir au bout du fil, Jess.

— Je ne suis partie que depuis une semaine, tu sais.

— C'est long, une semaine. Sept jours. Soit cent soixante-huit heures. Dix mille quatre-vingts minutes. Six cent mille quatre cents secondes.

Douglas ne parlait pas ainsi à cause des médicaments. Ni même à cause de sa maladie. Il avait toujours sorti des choses pareilles. C'est pourquoi, à l'école, on l'avait appelé Le Dingue, Le Débile et autres gentillesses. Si je lui avais posé la question, il aurait été capable de me dire combien de secondes il restait avant mon retour à la maison. Il pouvait le calculer sans réfléchir. En revanche, aller à la fac, conduire, aborder une fille qui ne soit pas de la famille ? Hors de question. Ce genre d'exploits était hors de portée de Douglas.

— C'est pour ça que tu me téléphones, Doug ? Pour me signifier depuis combien de temps je suis absente ?

— Bien sûr que non, a-t-il riposté, blessé.

Aussi zarbi soit-il, lui ne se considère pas comme tel. Très franchement, il se trouve normal. Ben tiens ! Comme si tous les mecs de vingt ans passaient leur temps à lire des BD dans leur chambre. Quand je pense que mes parents le laissent faire ! Enfin, ma mère. Mon père voulait que Doug me remplace aux tables chauffantes. C'est ma mère qui a refusé, en prétendant qu'il était toujours convalescent...

— Je t'appelais pour t'annoncer qu'elle est partie, a-t-il enchaîné.

— Qu'est-ce qui est parti, Douglas ? ai-je sursauté, craignant une de ses crises.

— Tu sais bien, la camionnette. La blanche. Celle qui était garée devant chez nous. Elle a disparu.

— Ah ! ai-je sursauté de nouveau. *Ah !*

— Le lendemain du jour où tu t'es tirée, même. Tu comprends ce que ça veut dire.

— Oui.

Il a dû estimer que je ne pigeais pas vraiment, car il a développé :

— Ça prouve que tu n'es pas parano. Ils continuent vraiment à te surveiller.

— Flûte !

— Exactement. Et ce n'est pas tout. Tu te rappelles m'avoir demandé d'ouvrir l'œil si un inconnu posait des questions à ton sujet ? Eh ben, un mec s'est renseigné.

Ça m'a ragaillardie, et je me suis redressée sur la chaise de la réceptionniste. Celle-ci était rentrée chez elle après sa journée de travail, mais elle avait laissé des photos de famille punaisées sur les parois de son box. Elle devait adorer les courses de stock-car, parce qu'il y avait des tas de clichés représentant des mecs au volant de bagnoles déglinguées.

— Qui c'était ? ai-je demandé précipitamment.

— Aucune idée. Il a juste téléphoné.

Pour le coup, j'ai eu une pêche d'enfer. Rob. Ça ne pouvait être que lui. Les miens ignoraient son existence, parce que je ne leur avais jamais vraiment dit que nous sortions ensemble. Logique, puisque, techniquement, nous ne sortions pas ensemble. Pour d'absurdes raisons d'âge, comme je vous l'ai expliqué. Donc, à quoi bon en parler, hein ? En plus, ma mère m'aurait tuée si elle avait appris que je fréquentais un gars qui ne se destinait pas à des études supérieures. Et avait un casier judiciaire.

— Oui ? Et il a laissé un message ? me suis-je avidement enquise.

— Nan. Il voulait seulement savoir si tu étais à la maison.

— Ah.

En y réfléchissant, ce n'était sûrement pas Rob. Après tout, je n'avais pas ménagé mes efforts pour lui signaler que je serais absente tout l'été. J'étais même allée jusqu'à me rendre au garage de son oncle, où il bosse, et j'avais eu une longue conversation avec ses pieds, qui dépassaient de sous une Volvo break, insistant sur le fait que je m'apprêtais à partir pour sept semaines, soulignant que c'était la dernière chance qu'il avait (Rob, pas le break) de me dire au revoir, etc.

Avait-il cependant eu le moins du monde l'air bouleversé ? M'avait-il suppliée de rester ? M'avait-il offert une bague, un bracelet gravé à ses initiales, quelque chose qui entretienne son souvenir ? Non. Oh que non ! S'extirpant de sous la bagnole, il s'était contenté de marmonner :

— Ah ouais ? Et ben tant mieux pour toi. Tiens, passe-moi donc cette clé à molettes.

Croyez-en ma vieille expérience, le romantisme est mort.

— C'était un Fédéral ? ai-je demandé à Douglas.

— Aucune idée, Jess. Comment veux-tu que je le sache ? Il avait la voix d'un type normal. Monsieur Tout-le-monde.

Hum. C'est bien la difficulté avec les Fédéraux. Ils sont capables de ressembler à n'importe qui. Quand ils ne portent pas leur imperméable et leur oreillette, ils ont la tronche du premier venu. Pas comme ceux de la télé, genre Mulder et Scully. Par exemple, ils ne sont ni beaux ni charmants ni rien. Juste... moyens. Des gens à qui vous ne prêteriez aucune attention s'ils ne vous suivaient pas ou ne vous escortaient pas quelque part. Bref, ils sont sacrément rusés.

— C'est tout ? ai-je continué.

J'ai remarqué qu'un mec ne cessait de revenir sur les photos de la secrétaire. Sûrement son petit ami. Un petit ami pratiquant le stock-car. J'ai été saisie par une bouffée de jalousie. Les sentiments qu'elle éprouvait pour ce type étaient réciproques. Ça se voyait à la façon dont il souriait. Qu'est-ce que ça faisait d'être aimée par l'homme que vous aimiez ? Sûrement beaucoup de bien.

— Euh... non, il y a autre chose, a répondu Doug sur un ton qui m'a laissée entendre que je n'allais pas vraiment apprécier la suite.

— Quoi ?

— Écoute... Ce gars... eh bien, il paraissait avoir drôlement envie de te parler. Il n'arrêtait pas de demander quand tu rentrerais.

— Dis-moi que tu n'as pas fait ça.

— Il me suppliait presque, je te jure. J'ai bien été obligé de lui révéler que tu reviendrais dans six semaines, vu que tu étais au lac Wawasee. J'ai merdé (excusez son langage), Jess, je sais. Ne sois pas en colère, s'il te plaît.

Je ne l'étais pas. Comment aurais-je pu l'être ? Après tout, il s'agissait de Douglas. Ç'aurait été comme de m'emporter contre le vent. Celui-ci souffle, c'est sa raison d'être. De la même façon, mon frère aîné se conduit parfois comme le dernier des idiots, c'est plus fort que lui.

Pas que lui d'ailleurs. La plupart des garçons aussi, j'ai eu l'occasion de m'en rendre compte.

— Super ! ai-je soupiré.

— Je suis vraiment désolé, Jess.

— Ne t'inquiète pas. De toute façon, je ne pense pas être taillée pour ce métier de monitrice.

— Tu plaisantes ? s'est exclamé Doug, apparemment surpris. Ce boulot te va comme un gant.

— Tu crois ?

C'était mon tour d'être étonnée.

— Bien sûr. Toi au moins, tu n'es pas condescendante envers les mômes. Tu les traites comme tu traites tout le monde. Comme des merdes.

(Décidément ! Excusez son langage.)

— Merci du compliment.

— De rien. Au passage, papa te fait dire que si tu veux démissionner, pas de souci. Les tables chauffantes t'attendent.

— Ha, ha, ha ! Comment va Mikey ?

— Mike ? Il essaye de reluquer Claire Lippman en sous-vêtements un maximum, avant de partir pour Harvard fin août.

— C'est toujours bon d'avoir de saines occupations.

— Et maman est en train de te coudre une robe. (Cette horreur de Douglas se fendait la tirelire, maintenant qu'il m'avait annoncé les mauvaises nouvelles.) Elle s'est mis en tête que tu serais élue reine du bal de fin d'année l'an prochain, et elle a décidé qu'il te fallait une tenue appropriée.

J'aurais dû m'en douter. Sous prétexte qu'il y a trente piges ma mère a été élue reine du bal de fin d'année dans le même lycée que celui que je fréquente, il lui semble évident que je vais marcher sur ses traces. Preuve, s'il en est, qu'elle s'obstine à ne pas admettre que je suis une mutante. Mais nous avons l'habitude. Il nous est plus aisé de la laisser vivre dans son monde illusoire plutôt que de tenter de lui ouvrir les yeux sur la réalité.

— Voilà, c'est tout, a conclu Douglas. Tu veux

que je transmette un message à quelqu'un ? Tu as quelque chose à dire à Rosemary ?

— *Douglas !* ai-je sifflé, furibonde.

— Houps ! Pardon.

— Il vaut mieux que je te quitte. (J'entendais des pas qui se rapprochaient.) Bon, j'imagine que je dois te remercier de m'avoir mise au courant.

— Bah, ce n'est rien. Je tenais juste à ce que tu saches. Pour le type. Au cas où il débarquerait là-bas.

Formidable. Exactement ce qu'il me fallait. Un journaliste déboulant au lac Wawasee pour interviewer la Fille Électrisée. Pamela prendrait ça sûrement très bien.

— Bon, salut tête de piaf !

Le surnom affectueux que, petite, j'avais donné à Doug. Ce dernier m'a retourné la faveur.

— À plus, face de rat !

J'ai raccroché. Des clés ont résonné, un peu plus loin dans le couloir. Pamela était en train de fermer son bureau. Elle a surgi dans le hall où se trouvait la réception.

— Tout va bien, à la maison ? m'a-t-elle lancé, l'air sincère.

J'ai envisagé la question. Tout allait-il *réellement* bien à la maison ? Les choses étaient-elles *un jour* allées bien à la maison ? Non. Bien sûr que non. Et je ne pensais pas exagérer en prétendant que ce ne serait jamais le cas. Sauf que je n'ai rien dit de tel à ma supérieure.

— Très bien, ai-je assuré en serrant contre moi l'enveloppe matelassée. On ne peut mieux, même.

4

Malheureusement, une minute plus tard, j'ai été forcée de ravaler ces mots rassurants. Ça s'est produit quand je suis sortie des bureaux de la colonie dans le crépuscule étouffant, et qu'un hurlement a retenti.

Quelqu'un criait à perdre haleine. Mon prénom.

Pamela avait entendu, elle aussi. Elle m'a interrogée du regard. Les questions attendraient. J'ai piqué un sprint en direction des braillements. Pamela me collait aux basques, trahie par ses clés et des pièces de monnaie qui tintinnabulaient au fond de ses poches.

Le dîner était fini. Les mômes se déversaient comme un torrent de la cantine et se dirigeaient vers la Fosse pour leur premier feu de camp du séjour. Il y en avait de toutes les tailles et de toutes les couleurs, mais j'en ai tout de suite identifié deux – Shane et

Lionel. Cette fois, le premier avait coincé la tête du second sous son bras. Il ne l'étouffait pas ni rien, se bornant à l'immobiliser.

— Tout va bien, Lionel, disait-il (en prononçant *Laye-o-nel*, à l'américaine). Ce ne sont que des chiens. Ils ne te feront pas de mal.

Les clebs du camp aboyaient à qui mieux mieux en remuant la queue, ravis, bondissant partout, tentant de lécher Lionel et tous les gamins qui se trouvaient à leur portée. Vu sa petite taille, le Français de Guyane avait le visage couvert de bave.

— Je sais qu'en Couillane vous bectez les chiens, continuait Shane, mais ici, en Amérique, ce sont juste des animaux de compagnie...

— Jess ! s'égosillait Lionel entre deux sanglots. Jess !

Une bande de moutards s'étaient rassemblés autour des deux belligérants, se délectant du spectacle de Shane torturant un garçon plus faible que lui. Avez-vous remarqué que c'est toujours ainsi que ça se passe ? Moi, oui. Par expérience, j'ai noté que dès que je balance une patate à quelqu'un, les badauds s'attroupent aussitôt, alléchés par la perspective d'une bonne bagarre. Personne ne tente jamais de calmer le jeu. Au contraire. C'est comme pour les courses de voiture – on espère un accident.

Je me suis frayé un chemin à travers les gosses et les clébards. Consciente de la présence de Pamela, je n'ai pu régler le problème à ma manière. Aussi, j'ai dit :

— Lâche-le, Shane.

Ce dernier a levé la tête vers moi, et ses yeux, déjà petits, se sont encore rétrécis.

— Quoi ? a-t-il répliqué. Je lui montre juste que les chiens sont inoffensifs. Il a la trouille, tu comprends. Je lui rends service. Je l'aide à surmonter sa phobie...

A ce stade, Lionel pleurait comme une madeleine. Les cabots léchaient ses larmes au fur et à mesure qu'elles dégoulinaient sur son visage.

Percevant toujours les clés de Pamela tinter derrière moi, j'ai soudain compris qu'elle était encore à quelques mètres de la scène du drame. J'en ai donc profité pour, d'une main (l'autre tenait l'enveloppe), placer mon pouce et mon annulaire juste au-dessus du coude de Shane avant de serrer le plus fort possible. Le petit choléra a poussé un cri perçant et a aussitôt relâché sa victime. Au même instant, ma supérieure a fendu la foule amassée autour de nous.

— Que se passe-t-il, ici ? a-t-elle lancé, ahurie.

Lionel s'est rué sur moi. Nouant ses bras autour de ma taille, il a enfoui son minois dans mon estomac, interdisant ainsi aux animaux d'accéder à ses larmes.

— Ils ont voulu me tuer ! a-t-il piaillé. Jess ! Jess ! Ces chiens ont voulu me tuer !

Pendant ce temps, Shane se massait le coude.

— Pourquoi t'as fait ça ? a-t-il braillé. Si jamais je peux plus jouer, mon père va te coller un procès aux...

— Shane, ai-je calmement répondu en tendant l'enveloppe en direction de la Fosse tout en massant les épaules tremblantes de Lionel, je te colle un avertissement. Et maintenant, file.

— Un quoi ? s'est insurgé Shane, incrédule. Un averti-quoi ? En quel honneur ?

— Tu le sais très bien. Deux de plus, et tu boucles ta valise, mon pote. En attendant, va t'asseoir avec les autres autour du feu de camp et surveille tes gestes.

— Tu crois pouvoir me renvoyer ? a-t-il protesté en tapant du pied. Impossible ! T'as pas le droit !

— Tu paries ?

Il s'est tourné vers Pamela, accusateur. Contrairement à moi, elle était plus grande que lui, et il a été obligé de lever légèrement la tête pour la regarder en face.

— Elle a pas le droit, hein ? a-t-il insisté.

— Bien sûr que si, a riposté ma supérieure, à mon grand soulagement. Bon, rejoignez la Fosse. Tous !

Personne n'a bougé.

— Je vous ai dit de fiche le camp, a martelé Pamela.

Cette fois, le ton de sa voix les a incités à obéir. Voilà un talent que j'apprécierais d'avoir – forcer les autres à se plier à mes ordres sans devoir recourir à des pressions physiques.

Lionel continuait à se cramponner à moi en pleurant. Les chiens ne s'étaient pas éloignés. Typique des animaux, ça ! Comprenant que le gamin n'avait pas du tout envie de les approcher, ils s'entêtaient à lui coller au train, le fixant avec un intérêt non dissimulé, langues pendantes prêtes à lécher ses larmes dès qu'il se retournerait.

— Lionel, ai-je dit en le secouant gentiment, les chiens sont gentils. Tu ne risques rien. Tu crois vraiment qu'on les autoriserait à rester dans le camp s'ils s'en étaient pris à quelqu'un ? Tu parles ! La colo aurait des tas d'ennuis judiciaires. Je ne t'apprends rien en te rappelant combien les parents de surdoués sont procéduriers.

Ceux de Shane au premier chef, à en croire leur rejeton.

Pamela a vaguement haussé les sourcils, mais elle n'est pas intervenue, me laissant gérer la situation à ma manière. Lionel a fini par se détacher de mon ventre et m'a dévisagée de ses yeux humides. Alertés, les clebs se sont trémoussés, sans pour autant avancer.

— Je ne sais pas ce que veut dire « procéduriers » a murmuré le garçonnet, mais merci quand même.

— De rien, ai-je répondu en tapotant ses cheveux crépus. Et maintenant, regarde bien.

J'ai tendu la main. Les cabots, identifiant un de ces étranges signaux qui relient les humains et les animaux, se sont précipités vers moi pour lécher mes doigts.

— Tu vois, ai-je expliqué à Lionel qui contemplait la scène, éberlué. Ils veulent juste montrer qu'ils sont nos amis.

À moins qu'ils adorent l'odeur des sucreries que j'avais préalablement tripotées, peu importe.

— D'accord, a marmotté le Guyanais d'un air sombre. Je n'aurai plus peur. Mais j'ai le droit de ne pas les toucher, hein ?

— Naturellement, ai-je acquiescé en retirant ma main (j'avais l'impression de l'avoir trempée dans un pot de mayonnaise chaude) et en l'essuyant sur mon short. Et si tu rejoignais tes camarades du Bouleau ?

Sur un dernier sourire timide, Lionel a décampé en direction de la Fosse, non sans jeter nombre de regards furtifs par-dessus son épaule, histoire de surveiller ses arrières. Je ne pense pas qu'il ait remarqué que Pamela et moi retenions un maximum de cabots par le collier.

— Eh bien, a soufflé mon chef, une fois Lionel hors de vue. Voilà une façon fort... intéressante de résoudre le problème.

— Ce Shane, quelle purge !

— Quel défi ! m'a-t-elle corrigée. Il semble empirer d'année en année.

— Ben voyons !

J'ai secoué la tête. Je commençais à me demander si Andrew, dont j'avais hérité le chalet, n'avait pas appris par le téléphone arabe que Shane y résiderait et ne s'était inventé une mononucléose bien pratique pour éviter d'avoir à gérer ce « défi » si particulier. Après tout, Andrew avait déjà travaillé au camp l'été précédent.

— Pourquoi l'autorisez-vous à revenir ? ai-je voulu savoir.

— J'admets que ça ne se voit pas au premier abord, a soupiré Pamela, mais Shane est extrêmement talentueux.

— *Ah bon ?*

Ma voix avait dû trahir ma stupéfaction, parce qu'elle a renchéri avec vigueur :

— Et comment ! C'est un musicien de génie. Il a l'oreille absolue.

— Il suffirait de la lui couper, alors.

— Je suis sérieuse. Et puis... ses parents se montrent... extrêmement généreux.

La messe était dite, n'est-ce pas ?

J'ai rejoint mes petits protégés et le reste des colons autour du feu de camp. La première soirée était presque entièrement consacrée à la présentation du personnel de la colonie et à l'exposition des innombrables règles du camp. Les profs de musique ont défilé, de même que les moniteurs, les administrateurs, les maîtres nageurs, les hommes à tout faire, l'infirmière, les femmes de la cantine, etc.

Puis sont venus les règlements : interdiction de courir, de jeter des papiers par terre, de quitter les bungalows après dix heures du soir, de pratiquer des descentes dans les autres chalets, de plonger dans le lac, de jouer de la musique en dehors des heures de travail (une mesure cruciale : si tout le monde s'amusait à répéter à l'extérieur des salles insonorisées, la colonie risquait de ressembler à New York aux heures de pointe). Nous avons appris que le camp de Wawasee était situé au beau milieu d'une réserve forestière de deux cents hectares et que, si l'un d'entre nous cédait à la fantaisie de s'éloigner dans les bois, il avait toutes les chances de ne jamais être retrouvé.

Après cette encourageante précision, il nous a été rappelé que le plongeon matinal à la piscine, obligatoire, était fixé à sept heures du matin, tous les jours. Puis, après quelques tours de *Dona nobis pacem*[1] (on était dans une colonie de vacances musicales, que diable !), nous avons été envoyés au lit.

À l'instant où je me levais, Shane a bondi à mon côté.

---

1. « Accorde-nous la paix », chant liturgique faisant partie de l'*Agnus Dei* (« Agneau de Dieu ») et que l'on entonne à chaque service, juste avant l'eucharistie et la communion.

— Hé ! m'a-t-il dit en tirant sur mon T-shirt. Qu'est-ce qui se passe, si j'ai trois avertissements ?

— Tu es renvoyé.

— Mais tu ne peux pas faire ça ! s'est-il révolté, tandis que ses taches de rousseur, fort nombreuses, ressortaient à la lumière du feu. Sinon, mon père t'attaquera en justice.

Vous voyez pourquoi j'avais traité les parents de surdoués de procéduriers ?

— Je ne te ficherai peut-être pas à la porte du camp, mais à celle du chalet, c'est certain.

— De quoi ?

— Tu dormiras sur le porche. Et tu seras privé d'air conditionné.

Le moutard a éclaté de rire. Je vous jure que c'est vrai.

— T'appelles ça une punition ? Dormir sans la clim' ?

Il a bavassé ainsi tout le long du chemin jusqu'à nos pénates, récoltant au passage un deuxième avertissement quand il a balancé un caillou (prétendument destiné, d'après lui, à une luciole) qui a raté de peu Lionel, mais pas Archibald, lequel a exprimé ses sentiments en la matière avec une assurance des plus promptes. Soulagée de constater qu'au moins un des locataires du Bouleau savait se défendre des agressions de Shane, je ne suis pas intervenue dans la bagarre.

— Bon sang ! a soufflé Scott.

Lui et David, dont les gamins avaient docilement regagné leur bungalow et s'étaient sans doute déjà brossé les dents et couchés, s'étaient arrêtés pour observer l'échauffourée opposant Shane et Archibald, laquelle se déroulait hors du sentier éclairé, dans ce qui ressemblait à s'y méprendre à un buisson de lierre poison.

— Qu'as-tu fait pour mériter ce garnement ? a-t-il ajouté.

— Ma mauvaise étoile, j'imagine, ai-je répondu en haussant les épaules.

Shane tentait d'écrabouiller le visage d'Archibald sur les racines d'un arbre. En vain.

— Ce môme finira par tirer sur son prof principal à la mitraillette, a commenté David.

— Il faudrait peut-être intervenir, a décidé Scott en avançant d'un pas.

— Non, ai-je aussitôt objecté en le retenant par le bras. Qu'ils déchargent leur adrénaline.

Archibald venait de prendre le dessus et trônait sur la poitrine de Shane.

— Excuse-toi ! a-t-il ordonné. Sinon, je te saute dessus jusqu'à te briser les côtes.

Scott, Dave et moi, impressionnés par la menace, nous sommes interrogés du regard.

— Jess ! a gémi Shane.

— Si tu t'amuses à bombarder les autres de

pierres, ai-je suavement répondu, il faut que tu t'apprêtes à en payer les conséquences.

— Il va me tuer !

— Exactement comme tu aurais pu le tuer avec ce projectile.

— Il n'en serait pas mort, a couiné l'affreux. C'était un petit caillou de rien du tout.

— Il aurait pu lui crever un œil, ai-je répliqué de ma voix la plus collet monté.

Mes deux collègues ont été obligés de se retourner pour cacher leurs rires.

— Lorsqu'on te casse une côte, a péroré Archibald qui se sentait visiblement obligé d'avertir son adversaire, tu ne peux plus respirer par le diaphragme. Quand tu souffles dans ta flûte, tu sais. C'est trop douloureux. Je me demande comment tu vas te débrouiller pour tenir ces notes quand...

— LAISSE-MOI ! a rugi Shane.

Archibald a brandi une poignée de terre, avec l'intention bien nette de la fourrer dans la bouche de l'autre.

— D'accord, d'accord, a immédiatement hurlé ce dernier. Je m'excuse.

Arthur s'est relevé. En revenant sur le sentier, Shane m'a jeté un sale regard.

— Attends un peu que mon père apprenne quelle naze de mono tu es ! a-t-il grommelé. Tu peux être sûre qu'il s'arrangera pour que tu sois virée.

— Omondieu ! me suis-je exclamée, faussement horrifiée. Ça signifie que je pourrais me tirer d'ici et ne plus supporter tes geignements ? Quelle horreur !

Furax, il a filé vers le Bouleau. En rigolant, Archibald l'a suivi.

— Bon sang ! a répété Scott. Tu veux un coup de main pour coucher ces gaillards ?

— Qu'est-ce que tu racontes ? me suis-je écriée, ahurie. Ils ont presque douze ans, ils sont capables de se débrouiller seuls.

Scott s'est contenté de secouer la tête.

Une demi-heure plus tard, j'ai compris ma naïveté. Il avait beau être près de dix heures, aucun des occupants de mon chalet n'était sagement allongé. Aucun n'était en pyjama non plus. En réalité, ils faisaient n'importe quoi, sauf se préparer pour la nuit. Certains s'amusaient à sauter sur leurs lits, d'autres à se poursuivre autour, d'autres encore avaient grimpé dans les tiroirs situés dessous et censés accueillir leurs affaires. À dire vrai, aucun n'était *dans* son lit.

Ne me demandez pas pourquoi, mais je ne voyais pas ce genre de choses se produire au Frangipanier. J'étais prête à parier que Karen Sue Hanky était en train de tresser les cheveux d'une fillette tandis qu'une autre racontait des histoires de fantômes et que tout le monde piochait allègrement dans un grand bol de pop-corn.

Du pop-corn. La seule idée a déclenché des gargouillis dans mon ventre. N'ayant pas dîné, je mourais de faim. J'étais à deux doigts de défaillir d'inanition, le Bouleau était une véritable pétaudière et je n'avais toujours pas eu le loisir d'ouvrir l'enveloppe que Pamela m'avait priée de remettre à Ruth.

Sauf que, naturellement, son contenu m'était destiné.

Je crois que ce sont les histoires de fantômes qui m'ont inspirée. Il aurait été inutile que je m'égosille pour couvrir le vacarme ambiant, et j'étais bien incapable de choper un des gamins qui couraient dans tous les sens. En revanche, je devais réussir à leur rendre la tâche moins aisée. Marchant allègrement vers la boîte de fusibles, j'ai coupé une à une toutes les lumières.

Le bungalow a été plongé dans l'obscurité. Il est surprenant de constater à quel point les ténèbres sont profondes à la campagne. L'éclairage extérieur avait été également éteint, puisque tout le monde était supposé être au lit, si bien qu'aucune lueur ne filtrait à travers les fenêtres. Ajoutez à cela que nous étions installés dans l'endroit le plus boisé du camp, et que les rayons faiblards de la lune ne traversaient pas les frondaisons. Je ne distinguais même pas ma propre main devant mon visage.

Les autres résidents du Bouleau éprouvaient les mêmes difficultés que moi. Plusieurs bruits sourds ont résonné quand les chahuteurs se sont cognés à divers meubles, et des cris de surprise ont salué la brusque extinction des feux. Puis des voix apeurées se sont mises à m'appeler.

— Houps ! ai-je murmuré. Une coupure de courant. Il doit y avoir une tempête pas loin d'ici.

Ce qui a eu l'heur de déclencher de nouveaux gémissements.

— Nous allons être obligés de nous coucher, ai-je poursuivi. Il n'y a rien d'autre à faire, dans le noir.

— Une coupure de courant, mon œil ! a retenti la voix acerbe de Shane. C'est toi qui as éteint.

Le sale mioche !

— Pas du tout, ai-je protesté. Viens donc ici et essaie d'allumer. Ça ne fonctionne plus.

J'ai illustré mon propos en appuyant plusieurs fois de suite sur l'interrupteur. Dans le silence ambiant, le bruit était caractéristique.

— Bon, ai-je repris, tout le monde en pyjama et au lit !

Ont suivi force grognements et ronchonnements destinés à souligner la difficulté de trouver un pyjama dans l'obscurité. De même, des jérémiades se sont élevées concernant l'impossibilité de se brosser les dents sans lumière et des craintes subséquentes d'épouvantables caries. Je n'ai pas cédé. Ayant déniché une lampe de poche dans la cuisine (en cas de réelle panne de courant, j'imagine), j'ai offert d'escorter les volontaires aux toilettes. Shane a aussitôt contre-attaqué en proposant de s'en charger, mais je ne suis pas née de la dernière pluie.

Une fois que tout le monde a eu accompli ses ablutions vespérales, j'ai rappelé le plongeon de sept heures du matin en conseillant à tous de bien dormir, vu que les leçons de musique commenceraient juste après le petit déjeuner. D'ailleurs, les seuls moments où les malheureux s'éloigneraient de leurs instruments seraient ce bain matutinal, les repas et une récréation de deux heures prévue en milieu d'après-midi, durant laquelle les moments de détente au bord du lac, les parties de tennis et de base-ball, ainsi que les travaux manuels et artistiques, étaient autorisés. Pour ceux que cela intéressait, étaient prévues des balades sur le thème de la découverte de la nature. Il y avait même eu, autrefois, des excursions jusqu'à la grotte du Loup, près du lac, un site un peu réputé, car les cavernes sont rares aussi haut dans le nord de l'État, les glaciers ayant aplati la majorité de l'Indiana. Malheureusement, un imbécile de colon s'était bien sûr débrouillé pour prendre une stalactite sur le crâne, ou un truc dans le genre, et la spéléologie avait été retirée du programme.

Si vous voulez mon avis, les enfants participant au camp de Wawasee n'avaient pas beaucoup de temps pour être... des enfants, justement.

Mes garçons couchés et m'ayant joliment chantonné bonne nuit, je me suis retirée dans mes pénates avec la torche. Inutile de replacer le fusible commandant l'éclairage de ma chambre – les galopins ne manqueraient pas de repérer la lumière filtrant sous la porte et comprendraient que je leur avais menti à propos de la coupure de courant. Je me suis débarrassée de mon uniforme pour enfiler un caleçon volé à Douglas et un débardeur. Puis j'ai entrepris de régler son sort à une boîte de pop-corn tout en feuilletant, à la lueur de la lampe électrique, le contenu de l'enveloppe que m'avait remise Pamela.

Chère Jess,

J'espère que tu vas bien. Ce boulot de monitrice de colonie de vacances m'a l'air formidable.

« Si vous saviez », ai-je grommelé par-devers moi. Ce calvaire ne semblait rigolo qu'à ceux qui n'avaient jamais eu le plaisir de rencontrer Shane. J'ai repris ma lecture de l'agréable écriture féminine.

Tu trouveras ci-joint une photo de Taylor Monroe.

J'ai orienté le faisceau de la torche sur un de ces portraits couleur comme on en réalise dans les grands magasins, avec un décor enfantin en arrière-fond. Y était représenté un tout petit garçon aux cheveux bouclés vêtu d'une salopette.

Taylor, trois ans, a disparu d'un centre commercial il y a deux ans. Ses parents le recherchent désespérément. La police n'a ni piste ni suspect.

Bien. Un enlèvement propre et tout bête. Rosemary avait bossé pour s'en assurer. Elle ne m'expédiait que les cas d'enfants dont on était certain qu'ils souhaitaient être retrouvés. Telle était l'unique condition que j'avais posée à la poursuite de mes enquêtes : qu'ils ne se cachaient pas.

Je ne parle pas, bien sûr, de l'autre condition – mon anonymat. Elle allait de soi.

Si tu le localises, tu connais le numéro.
Amitiés,
Rosemary

J'ai longuement étudié la photo tout en me demandant mentalement où était Taylor Monroe.

Soudain, la porte s'est ouverte, si violemment, que j'ai laissé tomber cliché et lampe sous l'effet de la surprise.

— Hé ! a braillé Shane avec intérêt. C'est quoi, tout ça ?

— Bon Dieu ! ai-je juré en essayant de cacher la lettre sous les draps. On ne t'a jamais appris à frapper ?

— Qui c'est, ce morpion ?

— Ce ne sont pas tes oignons, ai-je répliqué. Qu'est-ce que tu veux ? ai-je ajouté en braquant la torche (que j'avais enfin récupérée) sur son visage.

Le môme a plissé les yeux, moins parce que je l'éblouissais que parce qu'il soupçonnait quelque chose de pas très catholique.

— C'est la photo d'un moutard qui a disparu, hein ? a-t-il insisté.

Pamela avait eu raison sur au moins un point – le gosse était doué. Et pas seulement pour la musique. Il avait l'esprit vif.

— Ne dis pas de bêtises ! ai-je sèchement répondu.

— Pourquoi tu te caches, si ce sont des bêtises ?

Un tel culot m'a proprement sciée.

— Que veux-tu ? ai-je répété d'une voix masquant mal mon agacement.

— Quelle menteuse ! s'est exclamé Shane, indigné, en ignorant ma question. Quelle sale menteuse ! Tu n'as *pas* perdu tes pouvoirs !

— T'as raison, tiens ! C'est d'ailleurs pourquoi je m'esquinte la santé à travailler ici pour cinq dollars de l'heure. Je dispose de toute une batterie de pouvoirs divinatoires qui me permettraient de gagner un max en retrouvant des personnes disparues, mais je préfère traîner mes guêtres à la colo de Wawasee.

Face à mes railleries, le gosse s'est borné à cligner des paupières.

— Alors, arrête de délirer ! ai-je repris. Et explique-moi pourquoi tu n'es pas couché.

Si son air suspicieux ne l'a pas quitté, Shane a cependant réussi à se rappeler le faux prétexte qui l'avait poussé à débouler sans crier gare dans ma chambre, sûrement pour se rincer l'œil.

— J'ai soif ! a-t-il gémi pitoyablement.

— Eh bien, va te chercher un verre d'eau.

— J'y vois rien, a-t-il pleurniché.

— Tu y as vu quelque chose pour rappliquer ici sans invitation.

— Mais...

— Fiche-moi le camp, Shane.

Sans cesser de se lamenter, il a obéi. J'ai repêché la lettre de Rosemary et la photo de Taylor dans les plis de mes draps. Mentir à Shane ne me posait aucun problème de conscience. Vraiment aucun. Je l'avais fait pour protéger tant Rosemary que moi-même. Depuis mes démêlés du printemps dernier avec le gouvernement américain, dont la conviction sur la meilleure façon d'exploiter mon petit don différait de la mienne, Rosemary, une des réceptionnistes travaillant pour une organisation qui aidait à retrouver les enfants disparus, avait fort généreusement accepté de me donner un coup de main... incognito. Dès lors, nous avions fonctionné ensemble sans anicroche et sans être découvertes.

Or, je souhaitais que les choses restent ainsi – clandestines. Il était exclu que je révèle notre accord secret à qui que ce soit, même à un génie musical geignard de presque douze ans tel Shane.

Histoire de limiter les risques, j'ai rangé le courrier de Rosemary pour prendre un numéro de *Cosmopolitan* prêté par Ruth. *Dix manières de deviner s'il pense à vous plus que comme à une amie.* Super ! Je me suis jetée sur l'article, espérant découvrir au fil des lignes si Rob était vraiment intéressé par moi, et si j'avais juste été assez idiote pour ne pas m'en apercevoir.

1. Il vous prépare un dîner pour votre anniversaire.

Raté ! Rob n'avait rien fait de tel. Certes, mon anniversaire était en avril, et nous n'avions commencé à sort... oh, zut, appelez ça comme vous voulez. Bref, ça n'avait débuté qu'en mai. Ce point-là ne valait pas.

2. Il essaie de s'entendre avec vos amies.

Je n'ai qu'une amie, et c'est Ruth. Elle avait à peine rencontré Rob. Du moins, pas vraiment. C'est que Rob est, comme qui dirait, du mauvais côté des choses. Ruth n'est pas snob... enfin, pas tellement... mais elle n'approuverait pas du tout que je sorte avec un type qui n'ambitionne pas de faire de longues études et n'ait pas plan de carrière préétabli. Autant oublier ce numéro-là aussi.

3. Il vous écoute quand...

Un bruit sourd m'a interrompue, immédiatement suivi par des pleurs. Agrippant ma lampe de poche, j'ai bondi hors de ma chambre.

— Très bien ! ai-je braillé en promenant le faisceau de lumière sur les visages l'un après l'autre (aucun de ces sacripants ne dormait !). Qu'est-ce qui se passe ?

Lorsque ma torche a illuminé Lionel, j'ai distingué des traces de larmes sur ses joues.

— Pourquoi pleures-tu ? me suis-je énervée.

Mais j'avais deviné. À cause du bruit sourd. Shane était dans son lit, à un mètre de là, mais il avait l'air bien trop innocent pour que je ne le soupçonne pas d'avoir commis une ânerie.

— Je ne pleure pas, s'est défendu Lionel.

J'en avais ma claque. Tout ce que je voulais, c'était lire mon magazine et dormir, afin de retrouver Taylor Monroe. Était-ce beaucoup exiger après une journée pareille ?

— Parfait ! ai-je lancé en m'asseyant par terre, lampe dirigée sur le plafond.

— Euh... qu'est-ce que tu fais, Jess ? s'est enquis Archibald.

— Je vais rester ici jusqu'à ce que vous vous endormiez.

Phrase qui a déclenché des fous rires excités. Ne me demandez pas pourquoi. Le silence a duré dix secondes tout au plus, puis Doo Sun a lancé :

— Tu as des frères, Jess ?

— Oui, ai-je répondu, sur mes gardes.

— J'en étais sûr, a gazouillé le môme, très content de lui.

— Pourquoi ?

— Tu portes un caleçon de garçon, m'a expliqué Paul.

J'ai baissé les yeux. J'avais oublié mon emprunt à Douglas.

— En effet, me suis-je contentée de murmurer.

— Jess ? a enchaîné Shane d'une voix tout sucre tout miel.

J'ai aussitôt deviné qu'il préparait un mauvais coup.

— Quoi ?

— Tu es lesbienne ?

Fermant les yeux, j'ai compté jusqu'à dix en tâchant d'ignorer les ricanements qui émanaient des lits.

— Non, ai-je fini par riposter en rouvrant les paupières. Je ne suis pas lesbienne. Si tu veux tout savoir, j'ai même un petit ami.

— Qui c'est ? a tout de suite bondi Archibald. Un des monos avec qui on t'a vue sur le sentier ?

Question qui a déclenché un certain nombre de cris d'oiseaux suggestifs.

— Non. Mon copain préférerait se pendre plutôt que de s'abaisser à un boulot aussi naze que celui de mono. Il a une Harley, et c'est un mécano.

Ces précisions ont provoqué des murmures appréciateurs. Les garçons de onze ans sont bien plus impressionnés par les mécaniciens que les gens comme... ben, comme mon amie Ruth, par exemple.

Je n'ai absolument aucune idée de ce qui m'a pris. Je pensais peut-être encore à Karen Sue dans son chalet du Frangipanier. Quoi qu'il en soit, je me suis soudain mise à raconter une histoire sur Rob, comme quoi un type avait amené sa voiture au garage Wilkins. Or, dans le coffre, on avait trouvé un squelette.

Naturellement, c'était pure invention. Mais j'ai continué, développant la trame, la bagnole se révélant hantée par le fantôme de la femme qu'on avait laissée s'étouffer dans le coffre, empruntant très librement à Stephen King, incorporant des détails piochés dans *Maximum Overdrive* et *Christine*[1]. Les garçons étaient bien sûr trop jeunes pour avoir lu ces livres,

1. *Maximum Overdrive*, film d'horreur réalisé en 1986 par Stephen King d'après sa nouvelle *Frucks* (publiée dans un recueil appelé *Danse macabre*) ; *Christine* (nom de l'héroïne, une voiture), film réalisé en 1983 par John Carpenter, tiré du roman éponyme de King, paru la même année.

et je doutais que leurs parents les aient autorisés à regarder les films qui en avaient été tirés.

Mon idée s'est révélée bonne. Je les ai tenus en haleine jusqu'à la fin cataclysmique, où Rob sauvait toute la ville en pointant un lance-grenades sur la voiture hors la loi, la réduisant en mille morceaux.

Un silence abasourdi a accueilli ma conclusion. Je les avais gravement perturbés, j'en avais conscience. Pourtant, je n'avais pas tout à fait terminé.

— Parfois, ai-je chuchoté, en des nuits comme celle-ci, lorsqu'une tempête coupe le courant et nous plonge dans les ténèbres, on aperçoit encore les phares de la voiture meurtrière au loin sur l'horizon... (j'ai éteint ma lampe) qui se rapprochent... encore... encore... et encore...

Plus un bruit. Ils osaient à peine respirer.

— Bonne nuit ! ai-je lancé en retournant dans ma chambre.

Où je me suis endormie quelques minutes plus tard, après avoir terminé la boîte de pop-corn. Je n'ai pas entendu mes colocataires du Bouleau broncher avant le lendemain matin, au réveil.

Entre-temps, évidemment, j'avais découvert où se trouvait Taylor Monroe.

5

— J'avais si peur que j'ai failli pisser au lit, a annoncé John.

— Ah ouais ? a rétorqué Sam aussi sec, une serviette autour du cou. (Il était si maigre que sa poitrine était presque concave.) Eh ben moi, j'avais tellement la trouille, que je n'ai pas réussi à me lever pour aller aux toilettes. Je me suis retenu. Pas question de courir le risque de voir ces phares à travers la fenêtre.

— Je les ai vus, moi ! s'est écrié Tony.

Une salve unanime de moqueries a accueilli cette déclaration.

— Je vous jure, a insisté Tony. On aurait dit qu'ils flottaient au-dessus du lac.

Une discussion animée a suivi pour déterminer si la voiture tueuse de Rob pouvait voguer ou avait juste plané sur les eaux.

Tandis que nous faisions la queue pour notre plongeon matutinal, j'ai commencé à songer que la situation n'était pas aussi atroce qu'elle m'avait paru l'être la veille. Il est vrai que j'avais récupéré, grâce à une bonne nuit de sommeil.

J'ai conscience que ça peut sembler surprenant dans la mesure où, pendant que je dormais, mon cerveau avait été bombardé d'informations concernant un garçonnet de cinq ans que je ne connaissais ni d'Ève ni d'Adam. À la télé et dans les bouquins, les gens doués de talents médiumniques ont toujours l'air torturé lorsqu'ils ont eu une vision, comme si on les piquait avec un cure-dents ou je ne sais quoi. Ça n'est pas le cas avec moi. Peut-être parce que je n'ai de visions que pendant mon sommeil. En tout cas, aucune d'elles ne m'a jamais fait souffrir. Je les comparerais un peu à ces fois où, alors que vous êtes là à vous dire que Untel n'a pas donné de nouvelles depuis un moment, le téléphone se met soudain à sonner, et qui est au bout du fil ? le Untel en question. Vous riez de la coïncidence tout en vous écriant : « Nom d'un chien, mon pote, je pensais justement à toi ! »

Sauf que le hasard n'a rien à voir là-dedans. C'est la part métapsychique de votre cerveau qui a fonctionné, celle à laquelle pratiquement personne ne prête attention, celle que l'on nomme « intuition » ou « instinct ». Celle que la foudre a touchée quand elle m'a frappée et qui, chez moi, s'est détraquée. Voilà pourquoi je suis désormais réceptive à tout un tas de renseignements qui ne me concernent pas, comme le fait que Taylor Monroe, qui avait disparu d'un centre commercial de Des Moines deux ans auparavant, se trouvait maintenant à Gainesville, Floride, en compagnie d'adultes avec lesquels il n'avait aucun lien du sang.

Les gens normaux, même les plus futés, comme Einstein ou Madonna, n'utilisent en général que trois pour cent de leur cerveau. Trois pour cent ! Cela suffit pour apprendre à marcher, à parler, à faire un créneau et à décider quel parfum de yaourt l'on préfère. D'autres, en revanche, les personnes comme moi qui ont été foudroyées ou mises en cercueil de décompression ou autre chose encore, utilisent plus que ces trois malheureux pour cent. Pour une raison quelconque, nous nous sommes branchés sur les quatre-vingt dix-sept restants.

Or, c'est là que se trouvent les trucs sympas, semble-t-il.

Sauf que les seuls trucs sympas auxquels j'ai apparemment accès, ce sont les coordonnées de tous les individus ayant un jour disparus dans l'univers.

J'imagine que c'est toujours mieux que rien. Non ? Bon, passons.

Quoi qu'il en soit, ma vision, cette nuit-là, ne m'avait pas empêchée de dormir comme une marmotte. Je n'aurais pas pu en dire autant de mes camarades, colons et moniteurs réunis. Ruth, notamment, avait une tronche de déterrée.

— Omondieu ! a-t-elle soupiré. Elles m'ont empêchée de pioncer toute la nuit. Elles n'ont pas arrêté de jacasser...

Ses yeux bleus se sont agrandis comme des soucoupes quand elle m'a observée d'un peu plus près. À l'instar de mes gaillards, j'étais en maillot de bain, une serviette autour du cou.

— Je rêve ! s'est-elle écriée. Tu ne vas quand même pas plonger toi aussi, non ?

— Pourquoi pas ? ai-je répondu en haussant les épaules.

Après tout, ça m'occuperait. Ma seule obligation sérieuse de la journée était de joindre Rosemary dès que j'aurais l'opportunité de mettre la main sur un téléphone. Ce qui, j'en étais persuadée, ne risquait pas de se produire avant un bon moment.

— Tu n'es pas obligée, tu sais, a repris Ruth. C'est juste pour les mômes...

— Je te signale que je n'ai pas pu me doucher, ce matin. Pas avec huit petits obsédés sexuels en puissance autour de moi.

Ruth a contemplé les eaux bleues de la piscine qui étincelaient sous le soleil matinal.

— À ta guise, a-t-elle maugréé. Mais je te préviens, tu vas empester la Javel.

— Et alors ? Qui va s'approcher suffisamment de moi pour me renifler ?

Comme une seule femme, nous avons tourné les yeux vers Todd. Lui aussi était en maillot. Une tenue qui lui allait fort bien, ma foi.

— Pas lui, ai-je précisé.

— Je crois que tu as raison, en effet, a soupiré Ruth.

Si Todd nous ignorait royalement, ce n'était pas le cas de Scott et Dave. Tous deux ont prétendu regarder ailleurs quand j'ai jeté un coup d'œil dans leur direction, ce qui ne m'a pas trompée une seconde : ils nous avaient matées. Quant à Ruth, elle ne s'intéressait qu'à Todd.

— Je te rappelle néanmoins que tu as cours, aujourd'hui, a-t-elle enchaîné. Ce type à la flûte est plutôt pas mal, je trouve. Tu ne tiens quand même pas à puer la Javel en sa présence, non ?

Le « type à la flûte » était le prof chargé des instruments à vent, un Français appelé Jean-Paul Machintruc. Il était plutôt beau gosse, dans le genre débraillé des Français. Malheureusement, il était trop vieux pour moi. J'ai beau aimer les hommes mûrs, trente ans, c'était pousser le bouchon un peu trop loin. Vous m'imaginez à son bras au bal de fin d'année ?

— Bah ! ai-je répondu tandis que la file se rapprochait du bassin. D'accord, il est Consommable, mais ce n'est pas un Dieu.

Je ne m'étais pas rendu compte que Karen Sue Hanky nous espionnait jusqu'à ce qu'elle pivote sur ses talons et nous fusille du regard, en dépit de ses cernes profonds.

— J'espère que vous n'êtes pas en train de parler du professeur Le Blanc, a-t-elle grogné. Cet homme est un génie musical.

— On se demande qui ne l'est pas, ici, ai-je riposté en levant les yeux au ciel. Toi exceptée, Karen.

Ruth, qui mâchait du chewing-gum a failli s'étrangler avec en explosant de rire.

— Tu me le paieras ! a sifflé Karen qui est devenue aussi rouge que les lettres qui ornaient le T-shirt du maître nageur. J'ai l'honneur de t'annoncer que je m'entraîne quatre heures par jour, et que mon père dépense trente dollars de l'heure pour que je prenne des cours particuliers avec ce prof de la fac.

— Ah ouais ? ai-je ricané. Alors, tu arriveras peut-être à rester au niveau des autres.

Elle m'a toisée d'un air menaçant et s'apprêtait à répliquer vertement, quand le maître nageur – qui n'était pas mal du tout non plus, tout à fait Consommable – a soufflé dans son sifflet en hurlant :

— Bouleau !

Mes garnements et moi nous sommes rués en avant et avons plongé d'un commun accord avec force piaillements et éclaboussures. Certains ne nageant pas très bien, nous avons eu droit à quelques bonnes tasses et crachats, de même qu'à une vraie tentative de noyade, heureusement aussitôt repérée par le maître nageur. Shane a dû rester assis au bord de l'eau une vingtaine de minutes pour récupérer. Ces détails mis à part, tout s'est super bien passé, et on s'en est payé une bonne tranche.

J'étais en train d'apprendre à mes petits protégés une nouvelle chanson, puisque Pamela avait censuré la précédente, lorsque Scott, Dave, Ruth et Karen nous ont rejoints avec leurs colons. J'ai remarqué que tous mes collègues avaient l'air crevés.

— Je ne comprends pas comment tu réussis à être aussi en forme, a grogné Scott. Ils n'ont pas fait la java toute la nuit ?

— Non, pas du tout.

— C'est quoi, ta botte secrète ? a demandé Dave. Les miens sautaient partout comme des puces. J'ai dû dormir avec la tête sous l'oreiller.

— C'était leur première nuit loin de la maison, les a défendus Ruth en secouant la tête avec l'indulgence de la routarde aguerrie. Elle est toujours plus difficile que les suivantes. En général, ils se calment à la troisième ou quatrième, simplement parce qu'ils sont complètement épuisés.

— Je te parie que les miennes tiendront plus longtemps que ça, a grondé Karen Sue, furieuse.

Elle a contemplé avec haine quelques résidentes du Frangipanier qui nous ont dépassés en rigolant avant de prendre leurs jambes à leur cou, déclenchant un « Ne courez pas ! » unanime de notre part.

— Les petits monstres, a ronchonné Karen. Elles n'écoutent rien de ce que je leur dis, sans parler de leur grossièreté. Un vrai scandale. Et toute la nuit, ça été des ricanements sans fin.

— Chez moi aussi, a renchéri Ruth d'un ton las. Elles ne se sont pas endormies avant cinq heures du mat', je crois.

— Les miens n'ont rendu les armes qu'à cinq heures et demie, a précisé Scott. Je n'arrive pas à croire que ton Shane a cédé au marchand de sable sans protester, a-t-il ajouté à mon intention.

— Allez, a insisté Dave, confie-nous ta recette.

— Oh, ai-je répondu, aux anges, je leur ai seulement raconté une très longue histoire, et ils se sont assoupis aussitôt après. Nous avons pioncé comme des bûches, jusqu'à ce matin.

— Vraiment ? s'est exclamée Ruth, ahurie.

— Quelle histoire ? a demandé Dave.

En riant, je leur ai donné les détails. Naturellement, j'ai omis Rob, mais je ne leur ai rien épargné de la voiture meurtrière ni des détails empruntés çà et là aux ouvrages de Monsieur King. Ils m'ont écouté dans un silence ébahi, puis Karen a lancé avec véhémence :

— Je ne pense pas qu'effrayer ainsi les enfants soit une bonne chose.

J'ai soupiré. Elle ne savait évidemment pas de quoi elle parlait. Quel môme n'adore pas les histoires de fantômes, hein ? Les histoires de fantômes n'étaient en rien un problème. En revanche, l'enlèvement d'un petit gosse de trois ans qui restait introuvable durant deux ans, voilà qui flanquait les jetons.

C'est pourquoi, au lieu de me joindre à mes galopins pour le petit-déjeuner, alors que je mourais de faim après mon plongeon matinal et mon dîner frugal de la veille (du pop-corn, je vous rappelle), je me suis faufilée dans les bureaux du camp, espérant mettre la main sur un téléphone.

Ça a été un jeu d'enfant. La secrétaire dont le petit copain pratiquait les courses de stock-car n'était pas encore arrivée. Je me suis installée sur sa chaise, j'ai fait le neuf pour obtenir la ligne extérieure puis j'ai composé le numéro de L'Organisation fédérale pour les enfants disparus. Ce n'est pas Rosemary, mais une autre réceptionniste, qui a décroché.

— 0-800 TEOULA, a-t-elle annoncé. À qui souhaitez-vous parler ?

Il fallait que je chuchote, bien sûr, sous peine d'être repérée. J'ai aussi recouru à mon meilleur accent espagnol, juste au cas où nous aurions été sur écoutes.

— Rosemary, *por favor*[1].

— Pardon ?

— Rosemary, ai-je murmuré.

— Oh... euh, un instant.

Flûte ! Je ne l'avais pas, cet instant ! Je risquais d'être prise en flagrant délit à tout moment. Il suffisait que Pamela rapplique et découvre que j'avais non seulement abandonné mes pupilles à leur sort mais que je me permettais d'utiliser à des fins personnelles les installations de la colo, et...

— Rosemary à l'appareil, a marmonné quelqu'un avec prudence.

— Salut ! ai-je lancé en abandonnant mes intonations hispaniques. (Inutile de préciser qui j'étais. Rosemary connaissait ma voix.) Taylor Monroe, Gainesville, Floride.

J'ai donné l'adresse à toute berzingue. Parce que c'est ainsi que ça fonctionne. Les infos, s'entend. Comme si un moteur de recherches était implanté dans mon cerveau. On y entre un nom et une photo de l'enfant porté disparu, et sortent ses coordonnées précises avec code postal et tout le toutim. Franchement, c'est zarbi. Surtout quand on songe que je n'ai jamais entendu parler de ces endroits.

— Merci, a susurré Rosemary en prenant soin de ne pas prononcer mon prénom, des fois que son chef

1. En espagnol dans le texte.

traîne dans les parages (ce traître m'avait déjà vendue aux Fédéraux, une fois). Ses parents vont être tellement heureux. Tu ne sais...

C'est l'instant qu'à choisi Pamela pour débouler dans le coin. L'air contrarié, elle a foncé droit sur moi.

— Désolée, Rosemary, je dois vous laisser, ai-je chuchoté avant de raccrocher.

Puis de me glisser sous le bureau.

Ça n'a servi à rien. J'étais cuite. Et re-cuite.

— Jess ? a lancé Pamela sur un ton qui laissait deviner qu'elle ne m'avait pas prise pour un mirage. Sors de là, je t'ai vue.

Penaude, je me suis extirpée de sous ma cachette.

— Écoutez, ai-je commencé, je peux tout expliquer. Aujourd'hui, ce sont les quatre-vingt-dix ans de ma grand-mère, et si je ne l'avais pas appelée tout de suite, je me serais fait enguirlander...

J'ai trouvé que je méritais une image pour avoir employer « enguirlander » plutôt que « engueuler ». Malheureusement, ça n'a pas fonctionné. Et d'une, Pamela avait paru de mauvais poil avant même de me repérer. Et de deux, mon excuse avait jeté de l'huile sur le feu.

— Jess, a-t-elle dit d'une voix étrange, tu n'es pas censée te servir des téléphones du camp...

— ... pour passer des appels persos, ai-je terminé à sa place. Oui. Je le sais et je suis désolée. Vraiment navrée. Ça ne se reproduira pas, et...

Quand même, mon seul coup de fil ne pouvait expliquer l'état dans lequel se trouvait ma supérieure. J'ai donc mis ça sur le compte d'une espèce d'urgence spécifique au camp, genre on manquait d'anches pour les clarinettes, un truc comme ça. Sauf que, évidemment, ce n'était pas ça. Forcément, ça avait un rapport avec moi.

— Jess, a repris Pamela, je te cherchais, figure-toi.

— Pardon ? ai-je sursauté.

Si Pamela me cherchait, il n'y avait qu'une explication, et c'était que, une fois de plus, je m'étais fourrée dans les ennuis. Or, l'unique ânerie dont je m'étais rendue coupable récemment, mis à part mon appel clandestin, c'était d'avoir raconté une histoire horrible aux gosses. Karen Sue m'avait-elle déjà balancée ? Si oui, c'était un exploit. Je l'avais quittée à peine cinq minutes plus tôt. Elle était bionique, ou quoi ?

J'avais deviné que Pamela était du côté de Karen pour ce qui concernait la question d'effrayer ou non les enfants avant qu'ils ne s'endorment. J'allais devoir jouer serré.

— Écoutez, me suis-je lancée, je peux tout expliquer. Shane était complètement incontrôlable, hier soir, et le seul moyen que j'avais de l'empêcher de s'en prendre aux autres a été de...

— Jessica, m'a interrompue mon chef, quelque peu brutalement si vous voulez mon avis. J'ignore de quoi tu parles. Il y a... il se trouve que quelqu'un souhaite s'entretenir avec toi.

Ça m'a coupé le sifflet, et je l'ai dévisagée.

— Quelqu'un pour moi ? ai-je enfin répété, plutôt lamentablement.

Des milliers de choses m'ont traversé l'esprit. La première a été... Douglas. Son coup de fil de la veille. Il n'avait pas appelé juste pour me dire que je lui manquais, mais pour me dire adieu. Il l'avait fait, finalement. Les voix le lui avaient ordonné, et il avait obéi. Douglas s'était tué, et mon père, ma mère ou mon frère, l'un d'eux s'était déplacé pour m'annoncer la nouvelle. Un rugissement a envahi mes oreilles, et j'ai eu le sentiment d'un immense vide intérieur.

— Où ? ai-je réussi à demander, bien que mes lèvres me donnent l'impression d'être figées par un froid intense.

Le visage grave, Pamela a montré son propre bureau d'un signe du menton. Je m'y suis lentement dirigée, ma supérieure sur les talons. Pourvu que ce soit Michael, me suis-je surprise à penser. Pourvu qu'ils aient envoyé Mikey. Lui, j'arriverais à supporter. Ma mère ou mon père, en revanche, et je fondrais en larmes. Il était hors de question que je chiale devant Pamela.

Il s'est révélé que ce n'était pas Mikey. Ni mon père, ni même ma mère. C'était un homme. Un parfait inconnu. Plus vieux que moi, mais plus jeune que mes parents, il était dans les âges de Pamela. Ça ne l'empêchait pas d'être tout à fait Consommable. Il frisait presque le Dieu. Rasé de près, des cheveux sombres un peu trop longs, il portait une cravate et un blouson de sport. À mon arrivée, il s'est levé précipitamment, ce qui m'a permis de me rendre compte qu'il était grand – mais qui ne l'est pas, comparé à moi ? – et plutôt lourdaud.

— Mad... mademoiselle Mastriani ? a-t-il murmuré timidement.

Un assistant social ? ai-je songé en remarquant que ses godasses étaient usées, et que les poignets de son blouson s'effilochaient un peu. En tout cas, pas un Fédéral. Il était trop beau pour ça. Il aurait attiré l'attention. Un prof, peut-être. Ouais. De maths ou de sciences nat'. Pour quelle raison cependant aurait-on envoyé un prof de maths ou de sciences nat' m'annoncer la nouvelle du suicide de Douglas ?

— Je m'appelle Jonathan Herzberg, s'est-il présenté en me tendant la main. J'espère que vous ne m'en voudrez pas de cette intrusion. Je suis conscient que ma démarche est plutôt inhabituelle et constitue une violation caractérisée de votre vie privée, et tout et tout... mais, comprenez que je suis désespéré, mademoiselle Mastriani. Totalement désespéré, a-t-il répété en me vrillant de ses yeux bruns.

J'ai reculé d'un pas, m'éloignant de sa main. Si vite que mon derrière a heurté la table de travail de

Pamela. Un journaliste ! J'aurais dû m'en douter. La cravate seule aurait dû me mettre sur la voie.

La sensation glacée paralysant mes lèvres avait disparu, ainsi que le bourdonnement qui m'assourdissait. De même que mon impression de vide. À la place, je n'éprouvais plus que de la colère. Une rage froide et dure.

— J'ignore à quel canard vous appartenez, ai-je rétorqué, ou à quelle émission de télé, mais sachez que j'ai eu mon content de types dans votre genre. Vous avez presque bousillé mon existence au printemps dernier, à force de me traquer, d'ennuyer ma famille, etc. C'est terminé. Compris ? Mettez-vous ça dans le crâne : la Fille Électrisée a raccroché ses éclairs. Je ne bosse plus dans le secteur des personnes disparues.

Jonathan Herzberg a paru complètement décontenancé. Il a jeté un coup d'œil à Pamela avant de revenir sur moi.

— Mad... mademoiselle Mastriani, a-t-il bégayé, je ne... je veux dire, ne...

— M. Herzberg n'est pas reporter, Jess, m'a informée Pamela d'une voix anormalement douce pour elle (ce qui, plus que tout autre chose, a retenu mon attention). Nous interdisons l'entrée de la colonie de vacances à la presse, et Dieu sait que nous avons eu notre lot de célébrités. Tu devrais le savoir.

J'imagine que j'étais au courant, en effet, quelque

part au fond de moi. Le camp de Wawasee était une propriété privée. Il fallait figurer sur une liste d'invités, ne serait-ce que pour passer la barrière. La sécurité était prise très au sérieux par la direction, vu le nombre d'instruments hors de prix qui encombraient les lieux. Sans parler des enfants, bien sûr.

J'ai tour à tour observé mes interlocuteurs. Tous deux avaient l'air... embarrassés. Il n'y avait aucun autre mot pour le dire.

— Est-ce que, par hasard, vous seriez de vieilles connaissances ? ai-je demandé, soupçonneuse.

Pamela, qui était pourtant tout sauf une rosière, a rougi.

— Non, non, s'est-elle défendue. Nous venons seulement de nous rencontrer. M. Herzberg... eh bien, Jess, M. Herzberg...

Je n'ai pas tardé à deviner que je n'en obtiendrais rien de rationnel. Du coup, j'ai choisi de tacler le type.

— Bon, ai-je attaqué en le fusillant du regard. Vous avez intérêt à avoir une bonne excuse, vous. Si vous n'êtes pas journaliste, qu'est-ce que vous me voulez ?

Il s'est essuyé les mains sur son pantalon, laissant des traînées humides sur la toile en coton léger.

— J'espérais, a-t-il soufflé que vous accepteriez de m'aider à retrouver ma fille.

6

J'ai brièvement observé Pamela – elle dévorait des yeux Jonathan Herzberg.

Génial ! Carrément géant ! Ma supérieure s'était amourachée du prof de maths !

— Vous m'avez sûrement mal entendue, ai-je rétorqué aussi sec. J'ai cessé cette activité.

Un mensonge éhonté, sauf qu'il l'ignorait.

À moins que...

— C'est que vous avez affirmé publiquement, a-t-il objecté. Ce printemps. Mais... j'ai pensé que c'était un prétexte, à cause de la presse, et... toute cette histoire a été plutôt intense.

Je l'ai dévisagé. *Intense ?* Il trouvait intense d'avoir été pourchassée par des crétins du gouvernement armés de revolvers ? J'allais lui en donner, moi, de l'intense.

— Expliquez-moi ce que vous ne comprenez pas dans la phrase « je ne peux rien pour vous » ? Ça ne marche plus. Mes pouvoirs de télesthésie se sont envolés. Une panne de batteries, sans doute...

Pendant que je pérorais, Herzberg avait fouillé son attaché-case. Il en a sorti une photo. J'ai bondi en arrière, aussi horrifiée que s'il avait brandi un serpent.

— Je refuse de voir ça ! ai-je piaillé en lui balançant presque le cliché à la figure. Je *refuse* !

— Jess ! s'est interposée Pamela, elle-même visiblement horrifiée. Jess ! S'il te plaît, écoute juste...

— Non ! Il n'en est pas question. Vous n'avez pas le droit. Je me tire.

Bon, ça va. Je sais que ça paraît méchant. Ce gars avait fait le déplacement et il semblait sincère. Il donnait l'impression d'un père véritablement anéanti. Comment pouvais-je me montrer aussi froide et insensible ? Mais essayez de vous mettre à ma place. Récupérer au courrier un paquet contenant un maximum d'informations détaillées sur un enfant disparu et se réveiller le lendemain matin pour passer un bête coup de fil dont votre correspondante a juré qu'elle tairait son origine est une chose. Facile. Et qui présente l'avantage de rester discrète.

Mais voir le parent de l'enfant disparu vous supplier de l'aider en est une autre. Et là, impossible de jouer les indicatrices anonymes.

Or il fallait absolument que je préserve mon incognito. C'était indispensable.

Tournant les talons, j'ai foncé vers la porte. J'allais écrire que, paumée, aveuglée, j'ai titubé vers la sortie, pour l'effet dramatique, s'entend, mais ce ne serait pas exact. Je n'ai pas vraiment titubé. En réalité, j'ai marché normalement. Et j'étais tout sauf aveuglée. J'y voyais très bien. Comme j'ai fort bien vu la photo que j'avais repoussée voleter depuis le plafond où je l'avais expédiée. Comme ça, mine de rien, elle a lentement plané dans les airs pour atterrir à mes pieds. *Juste* à mes pieds, et *juste* devant la porte, telle une feuille d'arbre portée par la brise qui me serait tombée dessus par hasard.

Alors, j'ai regardé. Elle était du bon côté, comment aurais-je pu éviter de regarder, hein ?

Ne comptez pas sur moi pour céder au sentimentalisme et vous dire que c'était la plus mignonne petite fille de la terre ou un truc de ce style. Parce que ce n'était pas ça. Pour moi, jusqu'à ce que je découvre son portrait, elle n'avait pas réellement existé. Elle n'avait que constitué un moyen de pression qu'on utilisait pour m'obliger à faire ce que je ne voulais pas.

Et puis, je l'ai vue.

Encore une fois, je ne tenais pas à être une garce en refusant d'aider ce mec. Juré craché. Comprenez que, depuis le jour où j'avais été frappée par la foudre, beaucoup de choses avaient mal tourné. Très mal tourné. Par ma faute, mon frère Douglas avait été de nouveau hospitalisé. J'avais aussi failli bousiller l'existence d'un môme, simplement parce que je l'avais déniché. *Or, il n'en avait pas eu du tout envie.* J'avais dû recourir à des tonnes de subterfuges pas marrants pour corriger le tir. Et je ne vous parle même pas de mes ennuis avec les Fédéraux, les courses-poursuites, l'hélicoptère qui avait sauté, j'en passe et des meilleures. Comme si, du jour où j'avais été foudroyée, une réaction en chaîne s'était déclenchée, de moins en moins gérable, m'amenant à blesser tous ceux que j'aimais.

Je ne voulais pas que ça recommence. Plus jamais.

Et j'avais mis au point un système plutôt efficace pour l'éviter. Si tout le monde continuait à tenir son rôle comme convenu, tout irait bien. On retrouverait des enfants disparus, des enfants qui souhaitaient être retrouvés. Personne ne harcèlerait plus ni ma famille, ni moi-même. Et, jusqu'à présent, j'avais joué sur du velours.

Or voilà que Jonathan Herzberg déboulait et me fourrait sous le nez la photo de sa fille.

J'étais sûre, sûre et certaine, que ce n'était-là qu'un début. Que tout allait repartir de plus belle. Et que je ne pourrais rien faire pour l'empêcher.

Herzberg était loin d'être un imbécile. Il a vu le cliché tomber à mes pieds. Il m'a vue baisser les yeux.

C'est là qu'il a porté l'estocade.

— Elle est en maternelle, a-t-il chuchoté. Du moins, elle la commencerait en septembre si... si elle n'avait pas disparu. Elle aime les chiens et les chevaux. Elle veut devenir vétérinaire, quand elle sera grande. Elle n'a peur de rien.

Je suis restée plantée là, bras ballants, à scruter le portrait.

— Sa mère a toujours été... fragile. Après la naissance de Keely, son état a empiré. J'ai cru à une dépression post-natale. Mais ça ne s'est pas arrangé. Les médecins lui ont prescrit des antidépresseurs. Parfois elle les prenait, la plupart du temps, non.

Les intonations de Jonathan étaient douces et basses. Il ne pleurait pas. On aurait dit qu'il racontait l'histoire d'une autre femme, pas de la sienne.

— Elle s'est mise à boire. Un jour, je suis rentrée du boulot, et elle n'était plus là. Keely si. Mon épouse avait abandonné une enfant de trois ans, seule, toute la journée. Elle n'est pas rentrée avant minuit, et elle était ivre. Le lendemain, Keely et moi avons déménagé. Je lui ai laissé la maison, la voiture, tout... mais pas Keely. (A partir de là, sa voix a commencé à trembler.) Depuis notre départ, elle... mon ex-femme... ça s'est aggravé. Elle s'est mise à la colle avec ce gars... pas franchement ce qu'on appellerait un type bien. La semaine dernière, lui et mon ex ont enlevé Keely de la halte-garderie où je la dépose chaque jour. Je pense qu'ils sont quelque part dans Chicago, car lui y a de la famille. Malheureusement, la police n'a pas réussi à leur mettre la main dessus. Je... je me suis souvenu de vous, et j'ai... j'étais dans tous mes états. Alors, j'ai téléphoné chez vous, et la personne qui a répondu m'a dit que...

Me baissant, j'ai ramassé la photo. De plus près, la gamine n'était pas différente. C'était une gosse de cinq ans qui voulait être véto plus tard et vivait avec un père qui, apparemment, était aussi doué que moi pour tresser les cheveux, vu que ceux de Keely partaient dans tous les sens.

— Il a des papiers officiels prouvant qu'il a sa garde, a précisé doucement Pamela. Il me les a montrés. Quand il m'a expliqué... je n'ai pas su comment réagir. Tu es au courant de notre règlement. Mais il... il...

Je savais très bien comment il s'y était pris. C'était inscrit sur le visage de ma supérieure. Il avait joué sur l'affection instinctive qu'elle éprouvait envers les enfants, sur son statut de père célibataire qui n'était pas vilain à contempler, là où elle était une femme à la trentaine bien sonnée, pas encore mariée. Tout ça se voyait comme le nez au milieu de la figure.

J'ignore pourquoi j'ai pris la décision de lui donner un coup de main. À Herzberg. Après tout, je soupçonnais encore qu'il pouvait être un agent double, envoyé pour prouver que j'avais menti en affirmant avoir perdu mon don. Peut-être est-ce l'état des poignets de son blouson, ou le nid de corbeau de la natte de sa fille. Quelle que soit la raison, j'ai accepté. De risquer le coup.

C'est une décision que j'allais regretter toute ma vie. Comment pouvais-je deviner, hein ?

Mon premier geste a dû les surprendre mais, pour moi, il était parfaitement naturel. Pour moi et pour toute personne ayant vu *Nom de code : Nina*[1] aussi souvent que moi. J'ai marché jusqu'à la radio que j'avais repérée près du bureau de Pamela, je l'ai allumée en montant le volume à fond, et j'ai hurlé (pour couvrir les accents du dernier tube de John Mellencamp[2]) :

— Relevez vos chemises !

Pamela et Herzberg se sont mutuellement interrogés du regard, ahuris.

— Quoi ? a demandé ma supérieure.

— Vous m'avez comprise. Si vous voulez que je vous aide, je tiens d'abord à m'assurer que vous êtes réglo.

Jonathan Herzberg était sûrement au bord du suicide car, sans un mot, il a retiré son blouson. Pamela a été plus lente à déboutonner son polo aux emblèmes de Wawasee.

— Explique-moi ce qui se passe, a-t-elle grogné,

---

1. Remake américain de *Nikita*, de Luc Besson.
2. Figure majeure de la scène musicale américaine, né dans l'Indiana, souvent comparé à Bruce Springsteen.

tandis que je passais la pièce au peigne fin, tâtonnant sous les plans de travail, soulevant les plantes en pot et le téléphone, vérifiant que rien ne se cachait dessous.

Jonathan avait l'esprit plus vif. Après avoir ouvert sa chemise, il en a écarté les pans en grand pour me montrer qu'il ne dissimulait rien sur sa poitrine étonnamment imberbe.

— Elle s'assure que nous ne portons pas de mouchards, a-t-il dit à Pamela.

Toujours aussi éberluée, cette dernière a cependant fini par retrousser ses vêtements assez haut pour que je jette un coup d'œil. Elle tournait le dos à Herzberg et, quand j'ai mené mon inspection, j'ai compris pourquoi. Son soutien-gorge était quelque peu transparent, des plus sexy pour une directrice de colonie de vacances. Je ne suis pas une spécialiste de ces sous-vêtements, n'en ayant pas l'usage moi-même (eh oui, je suis plate comme une limande), mais celui de Pamela m'a impressionnée.

Une fois qu'ils m'ont eu prouvé qu'ils n'étaient pas des taupes du FBI, et que j'ai eu vérifié que le bureau n'était pas sur écoutes, j'ai éteint la radio. Puis, brandissant la photo de Keely, j'ai annoncé que j'allais devoir la conserver un moment.

— Alors, vous acceptez ? a demandé Herzberg avec empressement tout en se rajustant.

— Laissez vos coordonnées à Pamela, me suis-je

bornée à répondre en empochant le cliché. Vous aurez bientôt de mes nouvelles.

— Oh, Jess ! s'est exclamée ma supérieure, le regard humide. Je suis tellement contente. Merci ! Merci beaucoup.

Je ne suis pas du style à larmoyer. Voyant que les vannes menaçaient de céder, surtout chez Pamela, quoique le père de Keely ne fût pas précisément de marbre non plus, je me suis empressée de filer.

J'avais à peine parcouru cinq ou six pas dans le couloir que j'ai commencé à éprouver de sérieux doutes quant à la décision que je venais de prendre. Certes, Pamela avait affirmé avoir vu des papiers certifiant que ce type avait la garde de sa fille, mais ça ne prouvait rien. Les tribunaux passent leur temps à confier de malheureux innocents à de mauvais parents. Comment allais-je savoir si le conte qu'il m'avait servi tenait la route ?

Tout bêtement. J'allais être obligée de vérifier.

Super. Comme si je n'avais pas assez de boulot sur les bras. Exemples au hasard : surveiller un chalet rempli de garçons turbulents, ou m'entraîner avant mon cours particulier avec le professeur Le Blanc, flûtiste de génie.

Je m'interrogeais sur la façon dont j'allais réussir à mener tout ça de front – trouver Keely Herzberg et m'assurer qu'elle désirait bien retourner chez son père, empêcher Shane de tuer Lionel et me remettre à mes doigtés pour le plus grand plaisir de Le Blanc – quand j'ai remarqué que la secrétaire dont j'avais emprunté le téléphone était à son poste.

Nom d'un chien, c'était le portrait craché de John Wayne ! Sans charre. On aurait dit un mec, *et* elle avait un mec. Pas n'importe quel mec, en plus, un qui gagnait sa croûte en pilotant des bagnoles.

Non mais je vous jure, le monde marche sur la tête. Pas que les mochetés n'aient pas le droit d'avoir de petits copains, mais mince, plusieurs personnes – et pas que ma mère – m'ont garanti que j'étais loin d'être repoussante. Et est-ce que j'ai un petit ami, moi ?

Des clous ! Non de NON !

Et là, Mme John Wayne trônait derrière son burlingue, et elle avait un jules, plutôt craquant par-dessus le marché, et qui conduisait des voitures de course.

Très bien. Puisque c'est comme ça, Dieu n'existe pas. Je n'ai rien à ajouter.

7

— Je vais avoir besoin de toi, ai-je annoncé à Ruth en posant mon plateau près du sien.

Elle était assise en compagnie de ses filles du Tulipier. Toutes mangeaient la même chose : grande salade sans assaisonnement, blancs de poulet, yaourt nature, tranche de melon et sorbet à la framboise en guise de dessert. Non, je n'invente rien.

Certes, les petits gars du Bouleau n'avaient pas agi autrement – ils avaient eux aussi suivi l'exemple de leur monitrice. Sauf que leurs plateaux étaient chargés de pizza, de croquettes de pomme de terre, de salade de chou, de haricots frits, de barres chocolatées au beurre de cacahuète, de pâtes au fromage, de gaufrettes et de glace à la menthe avec pépites de chocolat.

Hé ! N'oubliez pas que j'avais sauté le dîner et le petit déjeuner. J'avais les crocs.

Après un rapide coup d'œil à mon repas, Ruth s'est empressée de détourner le regard en frissonnant.

— Tu as pensé au taux de graisses saturées que tu ingurgites ? m'a-t-elle demandé. À ce rythme, ton cœur ne tardera pas à exploser.

— Je te signale que j'ai un métabolisme à toute épreuve, ai-je rétorqué. Et maintenant, écoute-moi. C'est sérieux. Il faut que tu me prêtes ta voiture.

Ruth, qui était en train de siroter délicatement son Coca light, s'est étranglée et a recraché ce qu'elle avait dans la bouche, aspergeant au passage la malheureuse installée en face d'elle.

— Oh, je suis désolée, Shawanda ! s'est-elle excusée.

— Ce n'est rien du tout, a répondu la gamine d'une voix pleine d'adoration.

Comme si se faire cracher dessus par sa mono était un honneur insigne.

— Nom d'un chien, a repris Ruth en se tournant vers moi. Tu as fumé la moquette, ou quoi ? Comment peux-tu penser que je vais te filer ma bagnole ? Tu n'as même pas le permis !

J'admets que ça semble fou, mais elle disait vrai. Je suis sûrement la seule fille de seize ans de tout l'Indiana sans permis[1]. Pas parce que je ne sais pas me servir d'une voiture. Au contraire, je suis une excellente conductrice. Meilleure que Ruth, à tout prendre. J'ai juste un petit problème. Qui n'en est pas vraiment un, d'ailleurs. C'est plus un besoin. Le besoin de vitesse.

— C'est absolument exclu, a repris Ruth en assassinant un bout de melon avec sa fourchette avant de l'engouffrer.

Elle et moi sommes les meilleures amies du monde depuis la maternelle. Du coup, nous ne sommes pas obligées d'être polies l'une envers l'autre. Ce qui explique pourquoi elle a continué à pérorer la bouche pleine.

— Si tu crois que je te laisserais ne serait-ce que toucher ma caisse, mademoiselle Mais-je-ne-roulais-qu'à-cent-trente-kilomètre-heure-dans-une-zone-limitée-à-cinquante, il faut que tu arrêtes le crack.

— Je ne prends pas de crack ! ai-je chuchoté, consciente que toutes les fillettes du Tulipier nous observaient. Il se trouve seulement que j'aurai peut-être besoin d'une auto demain.

— Pour quoi faire ?

— On ne sait jamais, ai-je éludé.

Je n'allais quand même pas manger le morceau

1. Les jeunes Américains peuvent conduire dès l'âge de seize ans.

comme ça. Pas devant cette mer de petits visages inquisiteurs.

— Jessica, a-t-elle soupiré (elle ne m'appelle par mon prénom complet que lorsqu'elle est totalement écœurée par mon attitude), je te rappelle que nous n'avons pas l'autorisation de quitter le camp, sauf les dimanches après-midi, notre demi-journée de congé hebdomadaire. Si je ne m'abuse, demain est un mardi. Tu n'as le droit d'aller nulle part. À moins de souhaiter perdre ton boulot. Alors, avoue-moi ce qui mérite tant de risquer un renvoi.

— La direction me donnera son feu vert, sur ce coup-là, me suis-je contentée de répondre. Allez, sois chic. Ce ne serait que pour une heure ou deux.

Brusquement, les yeux de Ruth se sont écarquillées derrière les culs de bouteille de ses lunettes.

— Un instant ! s'est-elle exclamée. Ce n'est pas en rapport avec... avec tu-sais-quoi ?

« Tu-sais-quoi » est la façon qu'a Ruth de nommer mon don récent. Que celui-ci soit entièrement sa faute semble ne lui avoir jamais traversé l'esprit. Après tout, c'est elle qui m'a contrainte à rentrer à pied du lycée le jour de la tornade. Passons.

— Si, ai-je reconnu. Ça a précisément un rapport. Et maintenant, tu me la prêtes, ta fichue voiture, oui ou non ?

Elle a réfléchi quelques minutes.

— Voici ce que je te propose, a-t-elle finalement

annoncé. Si tu me promets que nous n'aurons pas d'ennuis, je t'emmènerai où tu veux.

Manquait plus que ça ! Quelle solution géniale !

Comprenez-moi bien. Certes, Ruth est ma meilleure amie et tout et tout. Néanmoins, elle n'est pas la personne idéale dans les situations de crise. Tenez, par exemple, un jour, Skip, son frère, s'est fait piquer par une guêpe alors qu'il est allergique. Ruth a réagi en plaquant ses mains sur ses oreilles et en décampant à toutes jambes de la pièce. Je vous jure. Et elle avait quatorze ans, à l'époque, âge où l'on est censé être capable d'appeler les secours.

Ce qui laisse rêveur quant aux capacités de jugement des recruteurs du camp de Wawasee, non ?

— Bon, ben... oublie, ai-je prudemment décidé. Pamela me prêtera peut-être la sienne.

Hum. Et si Pamela était dans le coup ? Si, en dépit de l'absence de micros, elle et Herzberg étaient de mèche avec les Fédéraux ? Si toute cette histoire n'était qu'un traquenard monté par mes amis du FBI ?

Ce qui expliquait pourquoi il me fallait une voiture. Afin de vérifier en personne les allégations de Herzberg.

Pas seulement parce que je soupçonnais un piège, d'ailleurs. Parce que Keely avait des droits, elle aussi. J'avais découvert une chose, au printemps, et elle m'avait été apprise de manière on ne peut plus directe par un gamin appelé Sean dont j'avais cru qu'il avait disparu mais qui, une fois localisé, s'était révélé être parfaitement content de son sort de disparu. À savoir que, dans ce business, il vaut toujours mieux s'assurer, avant de prendre des mesures drastiques, que celui ou celle que vous cherchez désire vraiment être retrouvé. Ce qui est logique, finalement.

Même si Jonathan Herzberg m'avait semblé sincère, je tenais à entendre la version de la mère de Keely avant d'alerter les flics. Et, en admettant qu'elle soit là-bas, Chicago n'était qu'à une heure de trajet au nord du lac Wawasee. L'aller-retour me prendrait le temps qu'il faudrait aux enfants pour terminer le *Messie* de Haendel. Ou tout comme.

J'aurais bien aimé expliquer tout ça à Ruth. Lui dire : « Ecoute, Ruth, Pamela ne me renverra pas si je quitte la colonie, parce que c'est elle qui, la première, est à l'origine de ce « tu-sais-quoi »... enfin, presque. » Sauf que, au printemps, j'avais appris une deuxième chose, et c'est que moins de gens sont au courant mieux ça vaut. Vraiment. Même vos meilleures amies.

— Donc, si je comprends bien, ai-je repris en adoptant les méthodes de négociation qu'on nous avait enseignées pendant notre formation de moniteurs en vue de dompter les mômes rétifs, me prêter ta voiture te mettrait dans une situation embarrassante ?

— Tu as parfaitement compris. En revanche, je serai ravie de te conduire où bon te semblera. À condition, bien sûr, que tu me jures que nous n'aurons pas d'ennuis.

J'ai avalé quelques bouchées en songeant à la meilleure façon de ne pas la blesser.

— Je ne peux rien te garantir, ai-je fini par conclure en haussant les épaules.

— Dans ce cas, tu te trouveras un autre crétin prêt à te passer sa bagnole. Que penses-tu de Dave ? J'ai bien vu qu'il te matait avec intérêt, ce matin à la piscine.

— Ah bon ?

Ça m'a ragaillardie. Moi qui avais cru qu'il reluquait Ruth.

— Comme je te vois, a-t-elle affirmé avec force. Vas-y, fonce. Et si on sortait tous ensemble ? a-t-elle soudain suggéré en mâchouillant un bout de poulet. Toi et Dave, moi et... (ses yeux se sont portés sur la table de Scott ; elle a dégluti.) Ben, tu sais, quoi. Si ça marche, a-t-elle précisé, gênée.

Si ça marchait entre elle et Scott, s'entend (apparemment, elle avait renoncé au Todd du premier jour). En revanche, elle avait l'air de considérer comme acquis un éventuel rapprochement entre Dave et moi. Elle oubliait que je m'intéressais déjà à quelqu'un, et pas à Dave. Ou alors, elle s'en souvenait très bien. Ruth n'approuvait pas franchement ma relation – aussi ténue soit-elle – avec Rob Wilkins. Dave Chen, par contre, était acceptable. Sacrément, même. Je l'avais entendu confier à quelqu'un qu'il avait réussi ses exams de maths avec la meilleure note de tout l'Etat.

J'étais en train de méditer pourquoi il me semblait en quelque sorte mal d'entraîner un type comme Dave dans mon existence chaotique alors que je n'avais pas réfléchi à deux fois pour y faire plonger Rob (que j'appréciais drôlement plus) à pieds joints, quand Ruth a dit :

— Tu n'as pas ton premier cours de flûte particulier, cet après-midi ? J'aurais cru que tu voulais t'échauffer un peu d'abord.

J'ai mordu dans ma pizza. Pas mauvaise. Rien de comparable avec celle que mon père préparait, bien sûr, mais largement meilleure que cette horreur qu'ils vous servent au Pizza Hut.

— Je préfère ne pas faire trop bonne impression, au début. Après tout, rien de plus difficile que d'améliorer la perfection, non ?

— Va donc rejoindre tes monstres, m'a craché Ruth, agacée. Ils t'appellent.

Exact, ils m'adressaient de grands signes. Prenant mon plateau, je me suis dirigée vers la bande du Bouleau.

— Hé, Jess, écoute un peu ça ! m'a lancé Tony, tout faraud.

Sur ce, il a éructé avec force. Ses camarades ont étouffé de petits rires appréciateurs.

— Fastoche ! s'est récrié Sam. Vise plutôt celui-ci.

Il a avalé une grande gorgée de limonade avant de lâcher un rot d'une longueur et d'une sonorité si puissantes que les convives des tables voisines ont tourné des regards admiratifs vers nous. Bien que ravi, Sam a joué les modestes.

— Bah, ce n'est qu'une question d'entraînement, nous a-t-il confié.

Remarquant le coup d'œil que nous adressait le Dr Alistair, j'ai rapidement orienté ma marmaille sur un autre sujet, le nouvel hymne du Bouleau. Je n'ai pas tardé à obtenir un chœur enthousiaste.

On a construit le Titanic,
Pour écumer l'océan bleu,
On le croyait insubmersible,
Mais à sa première croisière,
Il a heurté un gros iceberg,
Quel chagrin quand le grand vaisseau
A coulé au fond corps et biens.

Refrain :
Ô quel chagrin !
Quel chagrin !
Quel chagrin !

Quel chagrin quand le grand vaisseau
A coulé au fond corps et biens...
Maris, femmes et enfançons y ont perdu la vie
Quel chagrin quand le grand vaisseau,
Baboum !
A sombré comme une enclume.
Cha-Cha-Cha.

Nous fredonnions en parfaite harmonie lorsque j'ai surpris Shane à engloutir, entre deux phrases, le dessert de Lionel, le seul plat dont il était interdit de se resservir au camp de Wawasee, pour la simple et bonne raison que, dans le cas contraire, les colons se seraient uniquement bâfrés de glace à la menthe avec pépites de chocolat.

— Shane ! ai-je braillé.

Il a été si surpris qu'il en a laissé tomber sa cuiller.

— Ah, c'est malin ! a-t-il ronchonné en contemplant son T-shirt couvert de crème glacée. Regardez ce que la gouine m'a fait faire.

— Troisième et dernier, Shane, ai-je calmement annoncé.

— Troisième et dernier quoi ? a-t-il rétorqué, ahuri. De quoi tu parles ?

— Avertissement. Ce soir, mon pote, tu dormiras dehors, sur le porche.

— Je m'en fous ! a-t-il ricané.

— Espèce d'imbécile, lui a lancé Archibald. Tu vas manquer l'histoire.

— Je ne manquerai rien du tout, a riposté Shane en me dévisageant d'un air mauvais.

— Quelle histoire ? ai-je demandé à Archibald.

— Tu vas nous en raconter une autre, non, Jess ?

Tous les locataires du Bouleau se sont tournés vers moi, pleins d'espoir.

— Bien sûr, bien sûr, me suis-je dépêchée de dire.

Avais-je le choix ?

— Ha ! Ha ! a rigolé Tony en assenant une tape sur l'épaule de Shane. Tu vas tout rater !

— T'as pas le droit ! a piaillé l'affreux, furax, à mon intention. Si tu fais ça, je... je... je...

— Tu quoi ? ai-je lancé d'un air las.

— Je te dénoncerai, m'a-t-il menacée.

— Pour quoi ? s'est enquis Archibald, la bouche pleine de frites.

— En effet, ai-je renchéri.

Naturellement, j'avais oublié que Shane avait déboulé dans ma chambre la veille et m'avait surprise avec la photo de Taylor. Ça m'était complètement sorti de l'esprit. Il n'a pas été long à me rafraîchir la mémoire.

— Tu sais bien, a-t-il triomphé avec une lueur malveillante dans les yeux. La Fille Électrisée.

J'ai avalé le morceau de pizza que j'étais en train de mâcher. J'ai eu l'impression qu'un bout de carton me descendait dans la gorge. Et ça n'était pas juste dû au fait qu'il s'agissait de nourriture de cantine.

— Bah ! ai-je riposté comme si je m'en moquais. Rapporte autant que tu veux, ça m'est égal.

Je feintais, évidemment. Le plus drôle, c'est que ça a fonctionné. Il s'est dégonflé comme une baudruche percée. Épaules tombantes, il a contemplé son assiette vide d'un air méditatif, l'air de croire qu'il y trouverait une réponse cinglante. Je n'éprouvais aucune compassion pour cette espèce de petit trublion. Mais je n'étais pas seulement en colère contre lui. Lionel m'énervait aussi. Comment pouvait-il rester ainsi, bras ballants, et laisser les autres lui chercher des crosses ? Certes, Shane pesait dans les vingt-cinq kilos de plus que lui. N'empêche, moi, au même âge, j'avais mis au tapis des adversaires autrement plus costauds.

Après déjeuner, tandis que nous gagnions le bâtiment de musique où les mômes poursuivaient leurs cours jusqu'à la pause de quinze heures, j'ai tenté d'inculquer à Lionel l'idée que s'il ne se défendait pas Shane continuerait à l'embêter.

— Mais il va me rouer de coups, Jess ! a-t-il protesté.

Il prononçait mon prénom comme s'il s'était écrit « Jayce ».

— Écoute, mon gars, s'il te flanque un coup, tu n'as qu'à le lui rendre. En plus fort. Et vise le nez. Les gros durs pleurent comme des bébés quand on leur aplatit le pif.

— Dans mon pays, a objecté le Guyanais avec son accent chantonnant mais l'air dubitatif, il est mal de recourir à la violence.

— Eh bien, ici, tu es en Amérique.

Les autres sacripants du Bouleau s'étaient éclipsés dans leurs salles de répétition respectives. Seuls Lionel et moi étions encore dans l'atrium, ainsi que quelques rares personnes.

— Tiens, ai-je repris, serre le poing.

Il s'est exécuté, commettant la fatale erreur de glisser son pouce à l'intérieur de ses doigts refermés.

— Non, non, non, l'ai-je corrigé. Mets ton pouce dehors, sinon tu te le casseras quand tu écraseras ta main sur la figure de Shane.

— Je ne crois pas que j'aie très envie d'écraser quoi que ce soit sur la figure de Shane, a marmonné Lionel en obéissant cependant.

— Ne dis pas de bêtises. Le seul truc, c'est, lorsque tu le feras, de ne pas te briser le pouce. Et rappelle-toi. Vise le nez. Le cartilage cède facilement, et tu t'écorcheras moins les jointures que si tu frappais sa bouche, par exemple. Évite toujours la bouche.

— Ne t'inquiète pas pour ça.

— Bien, l'ai-je félicité en lui tapotant l'épaule. Et maintenant, dépêche-toi de filer en cours.

Il a déguerpi avec son étui à flûte, l'air un peu inquiet, le regard fixé sur son poing. Des applaudissements ont retenti à l'autre bout de l'atrium. Il y avait là Ruth, Scott, Dave et, pire, Karen Sue Hanky.

— Jolie façon de désamorcer une situation explosive, Jess, a commenté mon amie sur un ton sarcastique.

— Ouais, a renchéri Scott en se marrant. Apprendre à un môme comment jouer des poings.

— C'est bizarre, a marmonné Dave en faisant mine de réfléchir, je n'arrive pas à me souvenir qu'ils nous aient spécifiquement enseigné cette méthode de règlement des conflits pendant notre formation.

S'ils plaisantaient, Karen Sue, elle, était d'un sérieux mortel. Comme d'ordinaire.

— Je trouve infâme que tu apprennes à un petit garçon à recourir à la violence pour résoudre ses difficultés ! a-t-elle piaillé. Tu devrais avoir honte !

— Visiblement, aucune brute ne s'en est jamais prise à toi, ai-je rétorqué en la fusillant des yeux.

— Non ! s'est-elle vantée en relevant le menton. Parce que j'ai su très tôt résoudre mes différends avec les autres dans le calme et sans en appeler à la force.

— En d'autres termes, ai-je objecté, aucune brute ne s'en est jamais prise à toi.

Si Ruth a pouffé sans vergogne, les deux garçons ont eu la courtoisie de mettre la main devant leur bouche afin de cacher leur hilarité. Pour autant, Karen Sue n'a pas été dupe.

— Sans doute parce que, moi, je ne passe pas mon temps à exaspérer les autres, Jess ! a-t-elle contre-attaqué.

— C'est ça, accuse la victime, pendant que tu y es. Ce n'est pas joli-joli, tu sais.

Cette fois, Scott et Dave ont dû se tourner vers le mur tant ils rigolaient. Ruth, elle, ne s'est pas donné cette peine. Les oreilles de Karen Sue ont commencé à rosir. Je m'en suis aperçue parce qu'elle portait un serre-tête bleu – pour aller avec son short bleu, lequel s'harmonisait avec son étui à flûte bleu – qui retenait ses cheveux de manière à ce qu'ils retombent gracieusement sur ses épaules. Et pour frimer, en montrant ses boucles d'oreilles en perles.

Ai-je précisé que Karen est une fille très... fille ?

— Bon, a-t-elle lancé d'un air guindé, si vous voulez bien m'excuser, je dois retourner à mon chalet pour y ranger ma flûte. Je te souhaite une bonne leçon particulière avec le professeur Le Blanc, Jess. Il m'a dit que mon jeu était remarquable.

— C'est ça, ai-je marmotté. Remarquablement nul.

Ce qui m'a valu un coup de coude dans les côtes de la part de Ruth.

— Oh, ça va ! Elle n'a même pas de flûte à trou ouvert. Si c'est pas une preuve de nullité, ça ?

De plus, Karen Sue avait déjà fichu le camp. Elle ne pouvait pas m'avoir entendue.

— Écoute, Jess, a dit Scott sans cesser de rire. Dave et moi avons eu une idée. À propos de tes histoires de fantôme. Et si on se regroupait ?

— Pardon ?

— Nous pourrions réunir les gosses de nos chalets respectifs, ce soir après la Fosse, et tu leur raconterais un autre de tes contes horrifiques, comme hier, quand tu as flanqué une telle frousse à tes gaillards qu'ils sont restés au lit ensuite.

— Nous viendrions avec les nôtres vers vingt et une heures trente.

— Et tes filles voudront peut-être se joindre à nous, a renchéri Scott avec un coup d'œil timide en direction de Ruth.

Celle-ci a paru à la fois surprise et ravie par l'invitation. Cependant, sa réticence à ce que ses anges côtoient des démons tel Shane l'a emporté sur son désir de passer plus de temps en compagnie de Scott.

— Il n'est pas question que mes pupilles s'approchent de ce cauchemar ambulant, a-t-elle répondu.

— Shane se tiendra sans doute tranquille si nous distillons un peu d'œstrogènes dans le chalet, suis-je intervenue.

C'était une chose que j'avais expérimentée en colle

au lycée Ernest-Pyle, avec des résultats plus ou moins probants.

— N'insiste pas, s'est entêtée Ruth. Tu es au courant de la dernière de ce petit monstre, pendant la répétition générale de ce matin ?

— Non.

— Il a vidé une trompette pleine de salive sur certaines des Frangipaniennes.

Aïe ! Pas aussi vilain que ce que j'avais craint, mais pas terrible non plus.

— En plus, continuait Ruth, ce n'était même pas son instrument. Il l'avait *volé.* Si tu crois que je vais autoriser mes filles à le fréquenter, tu délires.

Bah ! C'était tout aussi bien. Qui plus est, je n'avais pas d'histoire de fantôme sous la main à servir à mes collègues. Eux pigeraient tout de suite que je plagiais Stephen King. Par ailleurs, j'aurais été embarrassée d'inventer en leur présence des légendes où mon futur petit ami Rob tenait la place du héros.

— On apportera le pop-corn, a soudain lancé Dave, qui avait dû remarquer mon peu d'enthousiasme.

Je n'allais pas réussir à m'en tirer comme ça. De plus, on ne doit jamais tordre le nez devant du popcorn gratuit. Bref, j'ai dit oui.

— Super ! se sont exclamés les garçons en s'en tapant cinq.

J'ai grimacé. Dans sa joie, Dave m'avait bousculée,

et un coin acéré de la photo de Keely Herzberg, enfoncée dans la poche arrière de mon short, s'était rappelée à mon bon souvenir. J'avais autre chose à faire que raconter des sornettes, ce soir. Il fallait que je dorme !

8

— Paul Huck vivait dans la même rue que moi, à quelques maisons de la mienne.

J'avais trouvé le moyen de ne pas me mettre dans le pétrin devant Scott et Dale en renonçant à remanier Stephen King pour m'en tenir à une histoire que mon père nous racontait, à mes frères et moi, lorsque, enfants, il nous emmenait camper dans les forêts profondes de l'Indiana, excursions auxquelles ma mère ne participait jamais, prétendant être allergique à la nature en général et aux bois reculés en particulier.

— Ce n'était pas un type très malin, ai-je expliqué aux dizaines de petits visages concentrés qui se trouvaient devant moi. Il était même carrément idiot. Il n'avait pas dépassé le CM1 qu'il n'arrivait déjà plus à suivre. Du coup, ses parents l'avaient gardé à la maison, n'étant eux-mêmes pas très à cheval sur la nécessité de s'instruire. Notons que personne dans cette famille n'avait jamais fait grand-chose de sa vie, avec ou sans école...

— Hé ! a retenti une voix haut perchée derrière la porte fermée du porche. Je peux rentrer, maintenant ?

— Non ! ai-je beuglé. Bon, où j'en étais, moi ?

Je suis repartie dans mon récit, narrant comment Paul Huck avait grandi, devenant une véritable armoire à glace, bête comme ses pieds mais doté d'un cœur tendre.

En réalité, j'étais à des années lumière de mon héros. Je pensais à ce qui s'était produit juste après le moment où j'avais autorisé Scott et Dave à envahir notre bungalow. En l'occurrence, mon cours avec le professeur Le Blanc. Qui m'avait valu d'être presque virée. Une nouvelle fois. Pas parce que j'avais utilisé le téléphone du camp à des fins personnelles ni parce que j'avais appris des chansons osées à mes pupilles. Pourquoi donc ? vous demandez-vous alors. Pourquoi le flûtiste classique de renommée mondiale Jean-Paul Le Blanc avait-il voulu renvoyer une personne aussi charmante – et talentueuse – que moi ?

Parce qu'il avait découvert mon secret le plus absolu, celui que je conservais dans les tréfonds de mon être...

Non. Pas celui-là. Pas celui concernant mes pouvoirs surnaturels encore intacts. *L'autre.*

Ça s'était passé ainsi.

Tout de suite après le départ de Scott, Dave et Ruth, je m'étais nonchalamment rendue dans la salle de musique où était censée se tenir ma leçon. Le Blanc était là, aucun doute, car une mélodie pure et suave s'échappait de la pièce. Ces salles sont a priori insonorisées, et elles le sont... pour ceux qui se trouvent à l'intérieur. Du couloir, on entend tout ce qui se passe derrière la porte. Et permettez-moi de vous dire que ce qui passait derrière cette porte-là, c'était du Bach, et du meilleur. Un son tellement élégant, tellement assuré, tellement... passionné, que j'en ai presque eu les larmes aux yeux. Croyez-moi, ce n'est pas le genre de flûte qu'on entend dans l'orchestre symphonique du lycée Ernest-Pyle. J'étais si captivée que je n'ai même pas songé à frapper pour annoncer au maître que j'étais arrivée. J'aurais voulu que cette musique divine ne cesse jamais.

Pourtant, elle s'est interrompue. La seconde d'après, la porte s'est ouverte, et Le Blanc est sorti.

— Tu as un don, disait-il. Un don extraordinaire. Ne pas l'utiliser serait un crime.

— Oui, monsieur, a répondu une voix suant l'ennui que, bizarrement, j'ai reconnu.

J'ai baissé les yeux, ahurie de découvrir qu'une musique aussi céleste avait émané de la flûte d'un élève et non du professeur lui-même. Et là, ma mâchoire s'est décrochée.

— Salut, la gouine ! m'a lancé Shane. Ferme ta boîte à sucre, les mouches vont faire dedans.

— Ah ! s'est exclamé Le Blanc en me voyant. Vous vous connaissez ? Oh, mais oui ! Tu es sa monitrice, Jessica. J'avais oublié. Tiens, je vais en profiter pour te demander un service.

Je fixais toujours Shane avec des yeux ronds comme des soucoupes. C'était plus fort que moi. Cette musique ? Cette musique merveilleuse ? C'était *lui* qui nous avait sorti ça ?

— Je souhaiterais que tu veilles à ce que ce jeune homme, continuait Le Blanc, les mains posées sur les épaules dodues de Shane, prenne conscience de la rareté de son talent. Il ne cesse de me seriner que sa mère l'a forcé à venir à Wawasee cet été, et qu'il aurait préféré participer à une colonie de base-ball.

— De foot ! l'a corrigé Shane, amer. Je n'ai *pas envie* de jouer de la flûte. La flûte, c'est un truc de filles.

Il m'a toisée avec férocité, comme s'il me mettait au défi de le contredire. Je m'en suis bien gardée, trop abasourdie et obnubilée par une seule pensée. Shane ? Shane était flûtiste ? Certes, il avait prétendu pratiquer la flûte *à deux balles*, mais j'avais cru que c'était juste pour l'allusion salace. Pas un instant, je n'avais songé qu'il avait dit la vérité. Et pourtant. C'était bien lui qui avait produit ces sons magnifiques... non, plus que ça... fabuleux. Sur l'instrument dont je jouais *moi aussi*. Shane. Le monstre que je connaissais.

— Sottises ! a rigolé le professeur Le Blanc en secouant la tête. La plupart des grands flûtistes étaient des hommes. Et avec ton talent, mon garçon, tu risques bien de rejoindre leurs rangs un de ces jours...

— Pas si je suis sélectionné par les Bears[1], a objecté le petit choléra.

— Euh... peut-être que non, en effet, a balbutié le Français, quelque peu désarçonné.

— Ma leçon est terminée ? a ronchonné Shane en levant la tête vers le maître.

— Euh... oui, a répondu ce dernier.

— Pas trop tôt, a marmonné l'affreux en collant son étui sous son bras. Dans ce cas, je me tire.

Et il a filé à grands pas dans le couloir.

Le Blanc et moi l'avons suivi des yeux durant une ou deux minutes, puis l'enseignant a paru se secouer et, me tenant la porte de la salle ouverte, m'a lancé avec une jovialité forcée :

— Et maintenant, Jessica, si tu me montrais ce que tu vaux, hein ? Joue-moi donc quelque chose.

Il a gagné le piano installé dans un coin de la pièce,

1. Bears (les Ours) : équipe de foot de Chicago. Toutes les références concernent ici le football américain, pas celui que nous connaissons en Europe.

à peine plus grande qu'un placard, s'est assis sur le tabouret et s'est emparé d'un organiseur électronique.

— Je te laisse le choix, a-t-il enchaîné en tapotant sur son PDA. J'aime à évaluer le niveau de mes élèves avant de leur apprendre quoi que ce soit.

Ouvrant mon étui, j'ai entrepris d'assembler ma flûte. Malheureusement, j'avais la tête ailleurs. J'étais incapable de me chasser de l'esprit ce que je venais d'entendre. Ça n'avait pas de sens. Il était impossible que Shane soit aussi doué. C'était proprement inimaginable. Le môme avait joué comme un dieu, alliant beauté et émotion, comme s'il avait été emporté par les notes, marquant chacune d'elles d'une pureté angélique et presque douloureuse. Le même gamin qui s'était fourré un hamburger entier dans la bouche au déjeuner (j'avais assisté à ce triste spectacle) et l'avait pratiquement gobé tout rond, simplement parce que Archibald l'avait défié de le faire. *Ce* Shane. *Ce* Shane pouvait jouer *ainsi*.

De plus, il s'en fichait comme d'une guigne et aurait préféré qu'on l'expédie dans un camp de footeux.

Il mentait. Il ne s'en moquait pas. Autrement, il n'aurait pas réussi à produire une musique aussi céleste.

Portant mon instrument à mes lèvres, je me suis

lancée. Rien de spécial. *Green Day*[1], un morceau que j'ai joué un peu jazzy, vu que l'air était simple. Cependant, j'étais toujours obsédée par Shane. Ce garçon devait renfermer des trésors bien gardés d'émotions pour parvenir à produire des sons aussi beaux. Des réserves de sensibilité enfouies au plus profond de lui. Or, il rêvait de devenir footballeur.

À un moment de mon récital, le professeur a levé les yeux. Mon morceau terminé, il m'a demandé d'enchaîner sur autre chose. J'ai donc entonné *Fascinating Rhythm*[2], un vrai succès populaire. En tout cas, auprès de mon père quand je répétais à la maison. En général, je le jouais deux fois plus vite que la mesure ne l'indiquait, histoire de m'en débarrasser. J'ai donc réitéré l'exploit, cette fois.

Comment un môme pouvait-il être un tel musicien tout en se comportant de façon parfaitement odieuse ? Comment était-il possible qu'un être jouant aussi magnifiquement soit le même qui, ce matin encore, avait annoncé à Lionel qu'il avait trempé sa brosse à dents dans la cuvette des toilettes – après

1. Groupe de rock-punk californien formé dans les années 1990. Son troisième album, *Dookie* (1994), lui a apporté la notoriété, puis le trio a connu des années plus difficiles, disparaissant presque avant de revenir en force. Son dernier album, *American Idiot*, dénonce l'Amérique de George W. Bush.

2. De George Gershwin (1898-1937) : compositeur américain dont les œuvres les plus connues sont *Rhapsody in Blue* (1924) et *Porgy and Bess* (1935).

que Lionel avait commencé à se laver les dents, bien sûr.

Le Blanc a fouillé dans sa mallette, ouverte sur le piano.

— Tiens, essaye ça, a-t-il dit en posant une partition sur le pupitre installé devant ma chaise.

Brahms. La symphonie n° 1. Il cherchait quoi, là ? À ce que je m'endorme ? C'était un affront. Nous l'avions exécutée durant mon année de Troisième, nom d'une pipe ! Mes doigts ont couru sur les clés. Ouvertes, naturellement. Ma flûte était pratiquement une antiquité, héritée d'un membre obscur du clan Mastriani qui l'avait acquise dans des circonstances douteuses. Bref, un instrument hautement suspect.

Ce que je ne comprenais pas, c'était où Dieu – et je ne dis pas que je suis vraiment sûr qu'il existe, mais, pour l'argumentation, admettons que oui – avait eu la tête en accordant un pareil talent à un moutard comme Shane. Franchement, pourquoi lui avait-il offert ce don incroyable alors qu'il aurait clairement préféré galoper sur un terrain avec un ballon dans les bras ?

Je vais vous dire une bonne chose, moi. Si ça, ce n'est pas une preuve de l'existence de Dieu et du fait qu'il a un sens de l'humour particulièrement déjanté, je ne sais pas ce que c'est.

— Stop ! a lancé le prof en retirant le Brahms de

sous mes yeux pour le remplacer par un autre morceau.

Beethoven. La symphonie n° 3.

J'ignore combien de temps je suis restée plantée là à contempler la partition. J'estime qu'il m'a fallu au moins une bonne minute pour m'arracher à la stupeur dans laquelle m'avait plongée l'énigme que représentait Shane.

— Euh... Monsieur ? ai-je fini par murmurer. Excusez-moi, mais je ne connais pas cette œuvre.

Le Blanc était toujours assis sur son tabouret, bras croisés devant sa poitrine. Il avait rangé son organiseur électronique et me dévisageait avec intensité. Qu'il soit plutôt pas mal dans son genre ne rendait pas la chose pour autant plaisante. Il avait des airs de faucon, comme ceux que l'on voit partout en train de tourner en rond au-dessus d'un champ de maïs, en cercles de plus en plus rapprochés, et qui vous poussent à vous interroger sur ce que ces crétins de volatiles ont repéré par terre, un mulot ou le corps décomposé d'une gamine récemment assassinée.

— Je sais, Jess, a répondu le maître en détachant soigneusement chaque syllabe. Ce qui m'intéresse, c'est de découvrir si tu es capable de la jouer.

— Eh bien, ai-je répondu après avoir lorgné la partition quelques instants, j'y arriverais sans doute si vous me fredonniez le début.

Ma requête n'a pas semblé le surprendre. Il a

secoué la tête, agitant ses cheveux bruns bouclés un peu trop longs (plus longs que les miens en tout cas).

— Non, a-t-il déclaré. Je m'y refuse. Vas-y.

— C'est que, ai-je expliqué en me tortillant sur mon siège, mal à l'aise, d'habitude, mon chef d'orchestre nous chante le morceau d'abord, et moi, je...

— Ah, ah ! s'est écrié Le Blanc, si fort que j'ai manqué de lâcher ma flûte. *Tu ne sais pas lire la musique !* a-t-il ajouté d'une voix mi-triomphante, mi-horrifiée, en tendant un doigt accusateur dans ma direction.

J'ai senti mes oreilles se colorer aussi violemment que celles de Karen Sue, un peu plus tôt dans l'atrium. Sauf que là, elles ne sont pas devenues roses, mais écarlates. Mes oreilles brûlaient. Mon visage aussi. L'air conditionné dans la pièce fonctionnait à un tel régime qu'une parka n'aurait pas été de trop, et pourtant j'étais en feu.

— Ce n'est pas vrai, me suis-je défendue en essayant d'adopter un air décontracté. (Je voudrais vous y voir, tiens, avec la figure toute rouge.) Par exemple, cette note-là, c'est une croche. Et celle-là, une noire.

— D'accord, mais précise-moi de quelles notes il s'agit.

Mes épaules se sont affaissées. J'étais cuite.

— Écoutez, me suis-je enferrée, je n'ai pas besoin

de lire la musique. Il me suffit d'écouter l'œuvre une fois, et je...

— Et tu te débrouilles pour la jouer, m'a-t-il interrompue. Je sais, je sais. Je n'ignore rien des gens comme toi, des amateurs qui se contentent d'imiter ce qu'ils ont entendu. Le Dr Alistair est-il au courant ? a-t-il ajouté en secouant le menton, dégoûté.

Dans mes baskets, mes pieds se sont mis à transpirer. C'est vous dire à quel point j'étais mal.

— Non, ai-je avoué. Vous n'allez pas me balancer, hein ?

— Pardon ? a crié Le Blanc en bondissant littéralement de son siège. Il faudrait que je cache au directeur du camp qu'une de ses monitrices est musicalement *illettrée* ?

Il avait hurlé ce dernier mot. N'importe qui passant dans le couloir devait être au courant, désormais.

— Je vous en prie, professeur, ai-je supplié d'une toute petite voix, ne me dénoncez pas. Je vous promets d'apprendre à déchiffrer ce morceau.

— Je ne veux pas que tu apprennes à déchiffrer ce morceau, a-t-il rétorqué en arpentant la salle de cours comme un lion en cage. (Vu la taille de la pièce, la comparaison s'imposait.) Tu devrais pouvoir lire n'importe quelle partition. Comment oses-tu faire preuve d'autant de paresse ? Être à même de jouer un air que tu n'as entendu qu'une seule fois n'est pas une excuse pour ne pas connaître son solfège. Tu devrais avoir honte. Il faudrait te renvoyer chez toi ! Tu n'es bonne qu'à travailler dans un supermarché pour emballer les provisions[1] ou comme caissière.

Malgré moi, je me suis léché les lèvres. Ma bouche était complètement desséchée.

— Euh... Monsieur ?

Le maître continuait à faire les cent pas, le souffle court. Au lycée, nous avions dû nous taper un bouquin dans lequel un type, Heathcliff, était amoureux de cette gourde appelée Cathy qui, elle, ne l'aimait pas[2]. Je vous jure que le professeur Le Blanc m'a rappelé ce bon vieux Heathcliff, à la façon dont il tempêtait et renâclait pour un détail finalement sans grande importance.

— Quoi ? a-t-il braillé.

— Hôtesse de caisse, ai-je marmonné, la gorge serrée. Vous estimez que je serais plus à ma place comme caissière, ai-je expliqué devant son air d'incompréhension. On ne dit plus ça, aujourd'hui, mais hôtesse de caisse.

— Dehors ! a-t-il beuglé en me montrant la porte.

J'avoue que j'étais secouée. Tout ce cirque était d'une injustice flagrante. Au cinéma, lorsqu'un personnage découvre qu'un autre ne sait pas lire, il res-

---

1. Aux États-Unis, il est très courant qu'un étudiant, spécialement recruté pour ça, emballe vos achats à votre place dans les épiceries.

2. Les deux héros des *Hauts de Hurlevent*, d'Emily Brontë, un grand classique de la littérature anglaise.

sent des tonnes de compassion et essaie de l'aider. Genre, Jane Fonda donnant un coup de main à Robert de Niro quand elle s'aperçoit qu'il est analphabète dans ce film vraiment rasoir que ma mère m'a contrainte à regarder, une fois[1]. Ça me sciait que le maître se montre aussi insensible à mon égard. À la réflexion, mon cas était carrément tragique.

J'ai décidé de lui sortir le grand jeu, histoire de toucher ses cordes sensibles... pour peu qu'il en ait, ce dont je doutais.

— Écoutez, professeur, je sais que je mérite d'être virée et tout et tout, mais je vous assure que mes intentions étaient bonnes en prenant ce boulot. Je suis parfaitement conscience que mes carences en solfège nuisent au développement de mes talents artistiques et j'espérais vraiment, en venant ici, y remédier. Genre...

J'étais pratiquement certaine qu'il ne goberait pas ces âneries mais, à mon immense soulagement, il l'a fait. Je ne me l'explique pas. Peut-être parce que je tremblais. Pas par nervosité ni rien. Enfin, presque pas. Après tout, les tables chauffantes ne représentaient pas une telle horreur. Seulement, la température frôlait le zéro degré, dans cette salle.

Néanmoins, Le Blanc a sans doute cru qu'il m'avait flanqué suffisamment la trouille ou que sais-

1. *Stanley et Iris*, de Martin Ritt (1990).

je, car il a fini par m'annoncer qu'il ne vendrait pas la mèche au Dr Alistair. Sur un ton guère aimable, suis-je cependant obligée de signaler. Comme son emploi du temps était surchargé, il n'aurait pas le loisir de m'apprendre lui-même à lire la musique tout en me préparant pour le concert clôturant le camp. Je lui ai confié que je m'en battais l'œil, de ce concert idiot, sauf qu'il s'est vexé. Voyez-vous, cette représentation était censée couronner les efforts que tout le monde à Wawasee aurait fournis pendant un mois et demi.

Au bout du compte, il a accepté de me recevoir trois fois par semaine, à sept heures (oui, oui ! Sept heures du *matin* !) pour m'enseigner ce que j'avais besoin de savoir. J'ai bien tenté de signaler que c'était l'heure du plongeon matutinal et, soyons réalistes, le seul moment où je pouvais me laver, mais il n'en avait cure.

Nom d'un chien, ces musiciens, quel sale caractère !

De retour à mon bungalow, songeant que j'étais passé à un poil du renvoi tout en pérorant sur les aventures de Paul Huck, j'ai contemplé le tas de mômes assis devant moi et me suis demandé combien d'entre eux, en grandissant, deviendraient des professeurs Le Blanc. Tous, sans doute. Ça m'a attristée. Parce qu'il semblait bien qu'aucun d'eux n'aurait jamais la chance d'être autre chose si on ne leur accordait que deux heures de liberté par jour pour s'amuser.

Shane excepté, bien sûr. Shane, le seul parmi tous les enfants du camp de Wawasee pour surdoués, qui serait à même de vraiment gagner sa vie comme musicien un jour, s'il le souhaitait, ce qui n'était apparemment pas le cas. Lui, il voulait devenir footballeur. Et, en fin de compte, je comprenais. J'étais bien placée pour savoir qu'avoir un don que vous n'aviez pas désiré était tout sauf de la tarte.

— ... donc, Paul Huck décrochait de petits boulots dans le voisinage, ai-je continué, tondant les pelouses, effectuant les gros travaux de jardin l'été, coupant du bois en hiver. Personne ne lui prêtait attention, mais quand ça arrivait, les gens le trouvaient plutôt sympa, même s'il n'avait pas grand-chose dans le citron.

J'ai jeté un coup d'œil à Scott et Dave, assis sur le rebord de la fenêtre. Dans quelques minutes, je leur adresserais un signe, et l'un d'eux s'éclipserait dans la kitchenette pour y lancer sa tirade.

— En réalité, le citron de Paul Huck fourmillait d'idées. Parce que, tout en travaillant dans les jardins des autres, arrachant les souches de leurs arbres et abattant d'autres corvées, il les observait. Et la personne qu'il aimait par-dessus tout épier, c'était une fille appelée Claire Lippman qui, tous les jours, l'été, grimpait sur le toit du porche de sa maison afin d'y bronzer, seulement vêtue d'un tout petit bikini rikiki.

Cette façon qu'avaient des personnes réelles de se faufiler dans mes histoires était des plus perturbantes. Dans la version de mon père, la fille se prénommait Debbie. Cependant, Claire, qui était en Terminale au lycée Ernest-Pyle, me semblait, en quelque sorte, idéale pour le rôle.

— Paul est tombé amoureux de Claire. Et pas qu'un peu. Il pensait à elle en avalant son petit-déjeuner le matin. Il pensait à elle en chevauchant sa tondeuse-tracteur tous les après-midi. Il pensait à elle le soir en dînant. Il pensait à elle en se couchant après ses longues journées de labeur. Paul Huck pensait à Claire Lippman *tout le temps*. Malheureusement, ai-je enchaîné en scrutant les petits visages tournés vers moi, Claire Lippman ne pensait pas à Paul Huck au petit-déjeuner. Elle ne pensait pas à lui non plus en se dorant au soleil chaque jour. Elle ne pensait pas à lui en dînant, et pas non plus, évidemment, en s'endormant le soir. Claire Lippman ne pensait jamais à Paul Huck, parce qu'elle était à peine consciente de son existence. Pour elle, Paul était juste l'homme à tout faire qui débarrassait sa cheminée des nids d'écureuils au printemps et qui ramassait les cadavres d'opossums traînant devant ce charmant puits décoratif installé dans son jardin. C'est tout.

J'ai senti mon auditoire commencer à s'agiter. Il était temps de passer à l'atroce.

— Paul a fini par être au désespoir, ai-je repris. Il savait que, s'il voulait gagner le cœur de Claire, il devait agir. Bref, un matin de printemps, alors qu'il nettoyait les gouttières de sa dulcinée, il a eu une idée. Il a décidé qu'il confierait ses sentiments à la belle. À cet instant, Claire est apparue à la fenêtre qui donnait justement sur l'endroit dont Paul s'occupait. Ce dernier allait frapper au carreau, quand Claire s'est mise à se déshabiller. (Des ricanements ont résonné, je les ai ignorés.) C'est que la pièce où elle se trouvait était la salle de bains. Elle s'apprêtait à prendre une douche et n'avait pas remarqué Paul, derrière la vitre. Enfin, au début. Quant à Paul, il ne savait que faire. Il n'avait jamais vu de femme nue. Alors l'amour de sa vie, vous imaginez ! Donc, il s'est figé sur son échelle, incapable de réagir. Si bien que lorsque Claire s'est tournée vers la fenêtre, tandis qu'elle entrait dans la douche, et qu'elle a repéré Paul, elle a été si surprise qu'elle a poussé un hurlement. De frayeur, Paul a failli se casser la figure de son perchoir. De son côté, Claire avait eu une telle frousse qu'elle ne pouvait s'arrêter de brailler. Entendant ça, les passants ont levé les yeux et ont découvert Paul Huck matant Claire Lippman à travers le carreau de la salle de bains. Ils ignoraient qu'il était là pour nettoyer les gouttières. Il avait toujours été un peu bizarre, il vivait encore chez ses parents et parlait comme un gosse de neuf ans, alors qu'il en avait vingt. Il avait peut-être pété un câble. Bref, les passants se sont mis à crier eux aussi, et Paul a eu si peur qu'il a sauté de son échelle et s'est enfui à toutes jambes.

Mes auditeurs étaient bien accrochés, maintenant.

— Paul ignorait quelle mauvaise action il avait pu commettre, mais il avait le sentiment que c'était grave, puisque tant de gens étaient furieux après lui. Il ne savait qu'une chose : quoi qu'il ait fait, ce serait suffisant pour que quelqu'un appelle la police, et si la police débarquait, elle le mettrait en prison. Paul n'est donc pas rentré chez lui, parce qu'il a pensé que ce serait le premier endroit où on le chercherait. À la place, il a couru jusqu'aux limites de la ville, où se trouvait une grotte. Tout le monde avait peur de l'endroit, à cause des chauves-souris et autres bestioles qui y vivaient, mais Paul avait plus peur de la police que des chauves-souris, si bien qu'il s'est réfugié dans la caverne et y est resté jusqu'à la tombée de la nuit.

Légers frémissements dans le public.

— Quant à Claire, une fois remise de sa frayeur, elle a compris ce qui s'était passé et s'est sentie plutôt mal. Sauf qu'elle ne voulait pas admettre en public que c'était sa faute, c'est-à-dire qu'elle avait demandé à Paul de nettoyer ses gouttières, d'où sa présence sur l'échelle. Car, alors, elle aurait eu l'air d'une idiote.

Donc, elle n'a rien dit, laissant croire au voisinage que Paul était un voyeur.

J'ai alors raconté comment Paul, terrorisé, s'était terré dans sa grotte. S'y était caché toute la nuit, le jour et la nuit suivants aussi. Entre-temps, ses parents, inquiets, avaient appelé la police à l'aide, ce qui malheureusement n'avait fait qu'aggraver les choses. En effet, Paul était sorti de son refuge pour voir si on le cherchait encore, et il avait aperçu la voiture de patrouille du shérif. Cela l'avait aussitôt ramené dans sa grotte. Quand il avait soif, il buvait l'eau accumulée dans des trous.

— Mais il n'avait rien à manger, ai-je ajouté. Paul ne pouvait acheter quoi que ce soit, par crainte d'être attrapé. Il a fini par avoir vraiment très faim, tellement qu'il a perdu l'esprit. Repérant une chauve-souris, il l'a piégée, lui a arraché la tête et l'a mangée toute crue.

Grognements dégoûtés.

— Alors, ça avait été le début de la fin. Paul avait peu à peu sombré dans la folie. Très vite, il avait appris à se contenter d'eau de pluie et de chair de chauve-souris. Il avait maigri, une longue barbe sale lui avait poussé. Il ne pouvait se laver les cheveux, car il n'avait pas de shampooing, et s'y étaient accumulées progressivement des brindilles et de la boue. Ses vêtements s'étaient usés jusqu'à ressembler à des guenilles. Malgré tout, il avait refusé de quitter sa cachette, tant il avait honte de ce qui s'était passé.

« Avec le temps, était venu l'hiver. Paul n'avait pas tardé à manquer de chauves-souris. Il n'avait pas eu le choix, et avait été contraint de quitter la grotte, la nuit, afin de fouiller les poubelles. Il survivait de carcasses de poulet et de lait tourné. Parfois, des petits enfants se réveillaient dans leur sommeil et l'apercevaient. Le lendemain matin, ils décrivaient à leurs parents l'étrange bonhomme à cheveux longs qu'ils avaient vus dans le jardin. Leurs parents les priaient d'arrêter leurs mensonges.

Pourtant, les enfants savaient qu'ils n'avaient pas rêvé.

— Les mois s'étaient écoulés. Une nuit, Paul Huck inspectait une poubelle quand il était tombé sur un vieux journal. Ce genre de trouvailles ne l'intéressait pas beaucoup, dans la mesure où il ne savait pas lire, mais celui-ci avait une photo. Louchant dessus à la lumière de la lune, Paul avait reconnu son amour d'autrefois, Claire Lippman. Il n'avait pas eu besoin de lire pour comprendre pourquoi elle figurait dans le journal. Le portrait la montrait en robe de mariée et voile. Claire Lippman avait épousé un autre homme.

« Enfermé dans sa folie, Paul était incapable de penser comme quelqu'un de normal. Certes, ça n'était déjà pas le cas auparavant. Mais après un régime continu de chauves-souris et d'ordures, sa seule nourriture durant ces dernières années, son état s'était aggravé. Bref, Paul avait eu ce qu'il croyait être une très bonne idée – offrir un cadeau de noces à Claire pour lui montrer qu'il ne lui en voulait pas de ce qui s'était produit. Aucun être normalement constitué n'aurait songé à ça.

« Le pire, ai-je expliqué, c'est que, pour Paul, un cadeau de mariage consistait à écumer tous les jardins alentour pour y cueillir la moindre rose sur laquelle il tombait. Cela, au beau milieu de la nuit, naturellement. Les enfants de la ville se sont réveillés, ont regardé par la fenêtre et ont murmuré : « Tiens, voilà encore Paul Huck » en se demandant ce qu'il fabriquait avec ces kilos de fleurs. Eh bien, Paul les a répandues sur le perron de Claire Lippman, de façon à ce que ce soit la première chose qu'elle découvre le lendemain en sortant de chez elle pour aller travailler.

« Alors, pour la première fois en tant d'années, un adulte s'était réveillé et avait entendu Paul Huck. C'était le récent mari de Claire, Simon, un étranger à la ville. Il ignorait qui était Paul Huck. Descendu à la cuisine pour se servir un verre de lait avant de retourner se coucher, il avait distingué ce géant ébouriffé, couvert de crasse et de sang – les épines des roses avaient déchiré les mains du vagabond – debout sur son porche. Simon n'avait même pas réfléchi. Il avait saisi le premier objet lui tombant sous la main à même de lui servir d'arme, un couteau à découper, et s'était rué dehors en criant : “Qui êtes-vous ?”

« Paul, qui s'apprêtait à partir, a été tellement surpris que quelqu'un lui adresse la parole – il n'avait pas entendu un mot depuis cinq longues années – qu'il s'est brusquement retourné. Simon n'a pas compris que le malheureux avait juste eu peur. Il a cru que cette brute chevelue et ensanglantée tentait de s'en prendre à lui. Il a brandi son couteau sous le menton de Paul et, *chlack !* ... lui a coupé la tête. Paul Huck était mort.

Un lourd silence a accueilli cette dernière déclaration.

Au bout d'un moment – passé à savourer l'instant –, j'ai enchaîné, racontant que Simon, se rendant compte de son geste, paniqué, était rentré en courant dans la maison pour prévenir la police. Réveillée par le bruit, Claire était descendue à son tour. Elle était sortie sur le porche. D'abord, elle n'avait vu que les roses. Puis ce grand cadavre sanguinolent couché dessus. Enfin, une tête coupée, pratiquement enfouie sous les fleurs.

Malgré la longue barbe et les yeux tournés dans leurs orbites, Claire avait reconnu Paul Huck. Elle n'avait pas tardé à deviner d'où provenaient les roses et à comprendre que son mari avait assassiné l'homme qui, par sa faute, avait vécu comme un animal durant cinq ans.

Elle avait empêché Simon d'alerter les forces de l'ordre, soulignant qu'il avait tué un innocent. À aucun moment Paul n'avait eu de mauvaises intentions. Si l'on apprenait ce qui s'était passé, Claire et son époux – lequel était un chirurgien important – seraient mis au ban de la société. Elle avait expliqué tout ça à Simon, puis avait déclaré qu'il fallait dissimuler le corps et faire comme si de rien n'était.

Malgré son dégoût, Simon, comme Claire, tenait à son statut de notable de la ville. Il avait donc passé un marché avec sa femme : il se débarrasserait du cadavre si elle se chargeait de la tête. Claire avait accepté. Tandis que Simon avait enveloppé le corps dans des draps (pour éviter qu'il ne tache de sang sa voiture neuve sur le trajet du lac où Simon avait l'intention de jeter la dépouille), Claire avait ramassé la tête et l'avait jetée dans le premier endroit qui lui était venu à l'esprit : le puits de son jardin.

De retour du lac, Simon avait aidé Claire à nettoyer le porche des roses et du sang. Puis, épuisés, ils étaient allés se coucher.

D'abord, tout a semblé rentrer dans l'ordre. Comme, à part les enfants de la ville, les gens ne pensaient pas que Paul Huck était encore vivant, personne n'avait remarqué sa disparition. Peu à peu,

Claire et Simon avait réussi à oublier leur acte atroce, et leur vie avait retrouvé sa normalité.

Jusqu'à la première pleine lune après le meurtre de Paul. Cette nuit-là, ils avaient été réveillés par un gémissement qui provenait du jardin. Ils avaient commencé par croire qu'il s'agissait du vent. Cependant, la plainte semblait formuler des mots. Des mots qui disaient : « Où... est... ma... tête ? »

Enfilant leur robe de chambre, Claire et Simon s'étaient précipités sur le porche. Regardant par la fenêtre, ils avaient eu le choc de leur vie. Car, sous la lune blanche, un spectacle abominable les attendait : le cadavre étêté de Paul Huck, couvert d'algues et dégoulinant d'eau, qui gémissait : « Où... est... ma... tête ? »

Et, lui répondant des entrailles du puits, un écho : « Je... suis... en... bas ! »

Les deux époux étaient devenus complètement fous. Ils s'étaient sauvés sur-le-champ pour ne plus jamais revenir, ne prenant même pas la peine de déménager leurs affaires. Ils avaient loué les services d'une entreprise pour s'en occuper. Ils avaient mis la maison en vente.

— Mais vous savez quoi ? ai-je murmuré en scrutant les visages fixés sur moi à la lueur de ma torche électrique. Personne ne l'a jamais achetée. Comme si tout le monde sentait qu'elle cachait quelque chose de pas catholique. Peu à peu, elle est tombée en ruine. Les vandales ont brisé ses fenêtres à coups de pierres, les rats ont emménagé, et les chauves-souris, comme celles dont Paul s'était nourri dans sa grotte, se sont installées au grenier. Elle existe toujours, ce n'est plus qu'une carcasse vide. Les nuits de pleine lune, dans le jardin, on entend le vent gémir encore avec les intonations de Paul Huck : « Où... est... ma... tête ? »

— Je... suis... en... bas ! a soufflé une voix dans notre kitchenette obscure.

Plusieurs choses se sont produites en même temps. Les mômes ont hurlé comme un seul homme, Scott a émergé de la cuisine, hilare, et la porte s'est ouverte avec fracas sur Shane qui, blanc comme un linge, a crié :

— Vous avez entendu ? Vous avez entendu ? C'est lui, c'est Paul Huck ! Il vient nous chercher ! S'il te plaît, Jess, ne m'oblige pas à dormir dehors ! Je te promets d'être sage, maintenant ! Je te le jure !

C'est là que j'ai commencé à discerner – juste à discerner – avec plus de clarté comment un gosse comme Shane pouvait jouer une musique aussi belle.

9

Lorsque je me suis réveillée, le lendemain matin, je savais où était Keely Herzberg.

Non que l'info me soit d'une grande utilité, puisqu'il n'était pas question que je me précipite dans le bureau de Pamela pour lui annoncer la bonne nouvelle. Pas encore, tout du moins. Il fallait d'abord que je vérifie la situation, que je m'assure que Keely souhaitait qu'on la retrouve.

Et, grâce à Paul Huck, j'avais maintenant une idée exacte de la façon dont j'allais m'y prendre.

Enfin, pas vraiment grâce à Paul Huck. Plutôt grâce au fait que, en accueillant Scott, Dave et leurs gamins la veille au soir, j'étais désormais mieux à même de faire face à mes problèmes de communications téléphoniques qu'avant. J'avais en effet découvert que quasiment tous les monos avaient un portable. Tous. Sauf Ruth, moi... et Karen Sue Hanky sans doute, car il ne lui viendrait sans doute jamais à l'idée d'enfreindre les règlements du camp.

Je ne sais pas pourquoi Ruth et moi sommes si dépassées. Nous sommes sûrement les seules ados de seize ans de tout l'Indiana à ne pas posséder de téléphone mobile. Qu'est-ce qu'ils ont qui débloque, nos parents ? La logique voudrait qu'ils tiennent à ce que nous puissions les joindre quand nous sortons tard le soir, un truc comme ça.

Bon, en même temps, il faut reconnaître que nous ne sortons jamais tard le soir, parce que personne ne nous invite nulle part. Certainement parce que nous sommes des petits génies de l'orchestre. Et aussi à cause de mes *problèmes*, je pense.

En tout cas, tous les autres membres du personnel de la colonie de vacances avaient des portables. Ils avaient passé et reçu des coups de fil toute la sainte semaine, se bornant à mettre leurs appareils en mode vibreur et à décrocher loin de Pamela ou du Dr Alistair.

Parce que j'avais réussi à suffisamment effrayer leurs pupilles pour qu'elles leur obéissent au doigt et à l'œil à présent (en allant se coucher sans rechigner par exemple), tant Scott que Dave n'ont pas hésité une seconde à me proposer leur téléphone quand je le leur ai demandé, au petit-déjeuner.

J'ai pris celui de Dave, parce qu'il avait moins de

touches et, du coup, paraissait moins intimidant. Puis je me suis éclipsée de la cantine et j'ai gagné la Fosse, vide à cette heure de la journée. Je me disais que la réception y serait bonne... et qu'il était improbable que les Fédéraux, au cas où ils auraient continué à me surveiller, soient capables de m'y épier sans que je les remarque.

Rob a décroché au bout de cinq tonalités.

— Salut, c'est moi, ai-je annoncé. Jess.

Je me suis sentie obligée de le préciser – si ça se trouve, des tas de filles l'appelaient aux aurores.

— Je t'avais reconnue. (Il était parfaitement éveillé. Normal, vu qu'il se tape d'ouvrir le garage pour son oncle et qu'il se lève donc drôlement tôt.) Quoi de neuf ? Comment ça se passe, dans ta colo pour fanfare ?

— Orchestre, pas fanfare.

— C'est pareil. Ça roule ?

Je ne comprends pas pourquoi la voix de Rob provoque des frissons dans tout mon corps, un peu comme, la veille, j'avais grelotté, dans la salle de musique climatisée au maximum... Sauf que là, c'est à l'intérieur que je tremble, pas à l'extérieur. Je soupçonne un lien avec *le* mot (celui en A). Même si m'amouracher de ce type était une erreur monumentale, dans la mesure où il m'avait clairement signifié qu'il ne voulait pas de moi. Comment pouvait-il ne pas se rendre compte que nous étions destinés l'un à l'autre ? Nous nous étions rencontrés en retenue, quand même ! Ce n'est pas rien.

— Tout va bien, ai-je affirmé. Enfin, sauf que j'ai une espèce de problème.

— Ah bon ? Lequel ?

J'ai imaginé Rob assis dans sa cuisine (c'est là qu'est branché le téléphone chez sa mère). Il était sûrement en jean. Je ne l'avais jamais vu qu'en jean. Ce qui était aussi bien, parce qu'il avait une sacrée allure dedans. À croire que son petit derrière avait été spécialement dessiné pour être moulé dans une paire de Levis, et que ses larges épaules avaient été conçues pour remplir le blouson de cuir qu'il mettait quand il faisait de la moto.

Quant au reste de sa personne, ce n'était pas mal non plus.

Je me suis concentrée en tâchant d'oublier ses boucles brunes toujours un peu trop longues, qui avaient caressé ma joue quand il m'avait embrassée pour la dernière fois (ce qui remontait à fort longtemps, bien trop longtemps. Bon sang ! Pourquoi n'avais-je pas deux ans de plus ?).

— Euh... écoute, voici ce qui se passe.

J'ai rapidement relaté la visite de Jonathan Herzberg.

— Bref, ai-je conclu, j'ai besoin qu'on m'emmène à Chicago pour prendre la mesure de la situation. Je sais que tu travailles et tout ça, mais je me demandais si, à ton prochain jour de congé, tu ne...

— Mastriani, m'a-t-il interrompue, tu es à quatre heures de route d'ici !

Il ne semblait pas en colère que je tente de me servir de lui, de manière flagrante qui plus est. Malgré tout, j'ai grimacé. J'avais espéré qu'il oublierait ce détail et accepterait d'emblée. C'est que, voyez-vous, lorsque j'avais répété mentalement cette conversation, Rob était si heureux d'avoir de mes nouvelles qu'il sautait tout de suite sur sa bécane pour rappliquer aussi sec, sans s'embarrasser de questions. Dans la vie réelle, les garçons ne sont pas aussi simples, hélas.

— Je sais que c'est loin, ai-je admis.

Quelle crétine ! À quoi m'étais-je donc attendue ? Il m'avait pourtant déclaré qu'il refusait de sortir avec moi. Quand allais-je enfin me mettre ça dans le crâne ?

— Tant pis, ai-je poursuivi. Je trouverai quelqu'un d'autre...

— Je n'aime pas beaucoup ça, a-t-il ronchonné.

Croyant à une affirmation de mâle jalousie, je me suis quelque peu emballée. J'ai vite déchanté.

— Pourquoi diable ton idiot de frère a-t-il dit à ce mec où tu étais ? a-t-il en effet enchaîné.

J'ai soupiré. Rob n'avait pas rencontré Douglas. Ni aucun membre de ma famille, d'ailleurs. Sauf mon père, et juste pour quelques minutes. À mon avis, personne chez moi ne serait très heureux d'apprendre que j'étais amoureuse d'un type que j'avais connu en colle. Ou que la raison pour laquelle Rob ne voulait pas sortir avec moi – du moins, celle qu'il m'avait servie – tenait à ce qu'il était sous le coup d'une peine de mise à l'épreuve et qu'il n'avait guère envie de compromettre son futur en se rendant coupable de détournement de mineure.

Non mais je vous jure, ma vie était d'un compliqué !

— Comment sais-tu qu'il ne s'agit pas d'un piège tendu par ces Agents Spéciaux qui t'ont cherché des poux dans la tête au printemps ? a-t-il poursuivi. Il n'est pas exclu que tout ça soit un coup monté, Mastriani. Pour prouver que tu as menti en affirmant avoir perdu tes pouvoirs.

— J'y ai pensé, figure-toi. C'est bien pour ça que je tiens à m'assurer des choses au préalable. Mais t'inquiète, je me débrouillerai sans toi. Ce n'est pas ça qui va m'arrêter.

— Et Ruth ? Elle ne pourrait pas t'y conduire ?

Rob n'avait vu Ruth qu'une fois, et il l'avait traitée de grosse, même s'il avait vite appris que je ne permets à personne de manquer de respect à ma meilleure amie de cette façon. Non plus que je n'autorise cette dernière à qualifier Rob de Cul-Terreux, ainsi qu'elle appelle tous ceux qui vivent en dehors des limites de la ville. Si un miracle se produisait et que, un jour, Rob et moi sortions enfin ensemble, ces deux-là risquaient fort de se fritter un tantinet. Le point 2 de l'enquête du *Cosmopolitan* ne me concernant décidément pas.

— Non, me suis-je contentée de répondre. (Je ne tenais pas des masses à détailler les défaillances de Ruth en situation de crise.) Laisse tomber, je trouverai quelqu'un.

— Comment ça, quelqu'un ? s'est-il soudain emporté. Qui donc ?

Ce qui a eu le don de m'indigner. N'étant pas mon petit copain, il n'avait aucun droit sur moi, après tout.

— Des gens d'ici ont une voiture. Il me suffira de demander à l'un d'eux.

À cet instant, Dave a surgi au sommet des escaliers menant à la Fosse.

— Hé, Jess ! m'a-t-il hélée. T'as fini ? Je dois accompagner mon équipe à ses cours de musique.

— Une minute ! lui ai-je crié. Il faut que j'y aille, ai-je ensuite expliqué au téléphone. Un gars m'a prêté son mobile, et je suis obligée de le lui rendre parce qu'il s'en va.

— Quel gars ? a grommelé Rob. Il y a des mecs, là-bas ? Je croyais que c'était un camp de mômes.

Était-ce mon imagination, ou il paraissait soudain déstabilisé ?

— C'est le cas. C'est seulement un des monos.

— De quoi ? Un homme bosse dans une colonie pour gamins ? C'est autorisé, ça ?

— Évidemment ? Pourquoi pas ? Attends une seconde !

J'ai louché en direction de Dave, aveuglée par le soleil. Bien qu'il ne soit pas encore neuf heures, il était clair que la journée allait être torride.

— Hé, Dave ! ai-je appelé. Tu as une voiture, non ?

— Ouais. Pourquoi ? Tu comptes mettre les bouts ?

— Tu sais quoi, Rob ? ai-je ensuite murmuré dans l'appareil, je crois que je viens de...

Il m'a coupé la parole.

— Je passe te prendre à une heure, a-t-il rugi.

— Pardon ?

— Je serai là-bas à treize heures, a-t-il répété. Où est-ce qu'on se retrouve ?

Je lui ai expliqué comment dénicher le camp, et nous sommes convenus que je l'attendrais au prochain virage après l'entrée principale de la colonie. Puis j'ai coupé la communication, ahurie mais ravie qu'il ait changé d'avis.

Remontant les marches, j'ai rendu son téléphone à Dave.

— Merci, ai-je lancé, tu m'as sauvé la vie.

Il a haussé les épaules, comme si ce n'était rien.

— Tu as vraiment besoin de te rendre quelque part ? a-t-il répondu.

— Plus maintenant.

Brusquement, j'ai compris pourquoi Rob avait réagi avec autant d'indifférence quand je lui avait appris que je partais pour six semaines, et pourquoi il venait de se raviser au bout du fil : il n'avait pas songé que le camp était mixte. Dingue, non ? Il s'était convaincu que Ruth et moi nous chargerions de deux cents mômes, ou quoi ? L'idée ne l'avait pas effleuré que des mecs de mon âge traîneraient dans les parages.

Du moins, voilà la seule explication plausible à son comportement bizarre, d'après moi. Sauf que ça n'avait pas de sens, bien sûr. Pour ça, il aurait fallu que Rob s'intéresse à moi, si vous me suivez. Or, j'étais quasi certaine que ce n'était pas le cas. Sinon, il ne se serait pas autant soucié de son officier de probation et de ce que cet imbécile avait à redire à notre liaison. Bon, d'accord, la perspective d'aller en taule n'est pas des plus réjouissantes.

— Jess ? Ça va ?

Je me suis secouée. Dave me contemplait avec des yeux ronds. Nom d'un chien ! Je m'étais laissée aller à rêvasser à Rob en public !

— Très bien, l'ai-je rassuré. Je n'ai plus besoin d'un chauffeur.

— Pas de problème, a-t-il acquiescé en rempochant son portable.

— En revanche, tu sais ce qu'il me faudrait, Dave ?

— Non, quoi ?

— Que quelqu'un surveille mes gaillards cet après-midi, me suis-je dépêchée d'expliquer, pas très sûre de moi. Juste un petit moment. Je risque de... euh... d'avoir d'autres occupations.

Contrairement à Ruth, Dave ne m'a pas servi de leçon de morale.

— D'accord, s'est-il borné à répondre.

— Vraiment ? Ça ne t'embête pas ?

— Je ne vois pas pourquoi ça m'embêterait.

Nous sommes repartis vers la cantine. En approchant, je me suis aperçue que les locataires du Bouleau avaient terminé leur petit-déjeuner et s'étaient rassemblés autour d'un des chiens du camp.

— C'est du raisin, disait Shane à Lionel sur le ton de la conversation. Vas-y, mange-le.

— Je ne crois pas que c'en est, a répliqué le Guyanais.

— Je te jure que si, a insisté le petit monstre en montrant une chose accrochée à l'oreille du clebs. En Amérique, c'est là que le raisin pousse.

Une fois suffisamment proche, j'ai vu, bien sûr, de quoi ils parlaient. Une énorme tique gorgée de sang pendouillait sur la peau de l'animal. Elle ressemblait en effet à un grain de raisin, mais pas assez tout de même pour que le plus crédule des étrangers s'y laisse prendre.

— Shane ! ai-je braillé, assez fort pour qu'il sursaute.

— Quoi ? s'est-il défendu en ouvrant de grands yeux bleus innocents. J'ai rien fait, Jess, juré !

Même moi, j'ai été choquée par ce mensonge éhonté.

— Oh que si, ai-je rétorqué. Tu essayais de convaincre Lionel de boulotter une tique.

Les autres sacripants ont rigolé. Malgré sa frayeur de la nuit précédente – j'avais accepté qu'il regagne le chalet ; je suis dure, mais pas au point de le forcer à dormir dehors après l'histoire de Paul Huck –, Shane avait recommencé ses bêtises. Je me suis juré que, la prochaine fois, je l'obligerais à passer la nuit sur un radeau au milieu du lac.

— Excuse-toi ! ai-je ordonné.

— Y a pas de raison, vu que j'ai rien fait, a-t-il protesté.

— Excuse-toi, ai-je répété. Ensuite, tu retireras cette tique à ce pauvre chien.

Ça a été ma première erreur. J'aurais dû retirer le parasite moi-même.

La deuxième a été de me retourner vers Dave, lequel avait assisté à toute la scène, un grand sourire aux lèvres. La veille au soir, lui et Scott m'avaient avoué que des paris avaient été lancés, au sein du groupe de moniteurs, sur qui, de Shane ou de moi, perdrait dans le bras de fer qui nous opposait. Pour l'instant, les pronostics étaient à deux contre un en faveur de l'affreux.

— Désolé, *Laye-o-nel* ! ai-je entendu.

— Assure-toi de rapporter ça aux parieurs, ai-je murmuré à Dave.

Soudain, un hurlement a déchiré l'air. J'ai pivoté sur mes talons, juste à temps pour voir Lionel, sa chemise blanche maculée de sang, lever le poing et l'asséner de toute la force de ses trente et quelques kilos dans l'œil de Shane. J'imagine qu'il visait le nez, mais il a raté sa cible. Shane a reculé en titubant, visiblement plus surpris qu'amoché par le coup. N'empêche, il a aussitôt éclaté en gros sanglots de bébé, ses mains pressées contre son visage.

— Il m'a frappé, Jess ! Il m'a frappé ! gémissait-il d'une voix à la fois choquée et vexée.

— Parce qu'il a lancé cette tique sur moi ! s'est justifié Lionel en montrant sa chemise.

— Bon, ça suffit, ai-je déclaré en tâchant de ne pas vomir. Filez en cours, vous deux.

— Je ne peux pas y aller dans cet état ! s'est récrié Lionel, horrifié.

— Je t'apporterai une chemise propre, ai-je dit. Le temps de retourner au chalet, je te rejoins en solfège.

Apaisé par cette promesse, il a ramassé son étui de

flûte et, après un dernier regard mauvais à Shane, est parti à grands pas en direction du bâtiment de musique. Il a été plus difficile en revanche de calmer son adversaire.

— Il mérite un avertissement ! a-t-il piaillé. Tu dois lui en donner un pour m'avoir battu, Jess !

Je l'ai toisé comme s'il avait pété un plomb. D'ailleurs, je crois bien que c'était le cas, en cet instant.

— Tu l'as aspergé de sang, lui ai-je rappelé. Il avait parfaitement le droit de te flanquer une rouste.

— C'est injuste ! a braillé le garnement dans un ululement qui s'est achevé en sanglot. C'est *injuste !*

— Nom d'une pipe, Shane, me suis-je moquée, heureusement que tu es ici et pas dans un camp de foot, si tu pleures chaque fois qu'on te met le doigt dans l'œil.

D'accord, ce n'était sans doute pas une remarque très intelligente, vu les circonstances. Le visage de Shane s'est tordu, sous l'effet de la honte ou de la douleur, je ne saurais dire. Que j'aie réussi à froisser sa sensibilité m'a quelque peu ébranlée. Après tout, il était difficile de croire qu'un marmot pareil était susceptible d'être doué de sensibilité.

— J'ai pas *choisi* de venir dans cette imbécile de colo, a-t-il rugi. C'est ma mère qui m'a forcé. Elle a refusé que j'aille faire du foot parce qu'elle avait peur que j'abîme mes crétines de mains et que je puisse plus jouer de cette nullité de flûte !

Voilà qui m'a coupé la chique. Parce que, soudain, je partageais le point de vue de sa génitrice. Ce gosse était un génie.

— Shane, ai-je dit, plus gentiment. Ta mère a raison. Le professeur Le Blanc aussi. Tu as un don formidable. Ce serait une honte de ne pas l'exploiter.

— Comme toi, hein ? a-t-il riposté d'un ton acide.

— Pardon ? Je ne gâche pas mon talent de musicienne, moi. Sinon, je ne serais pas ici.

— Je te parle pas de *celui-là*.

Je l'ai contemplé, songeuse. Ce qu'il avait en tête était tout à coup très clair. Beaucoup trop clair. Des badauds étaient encore sur place, nous observant, nous écoutant. L'amour de Shane pour les grandes scènes avait attiré du monde, des gosses qui n'étaient pas encore partis pour leurs cours et pas mal de monos. J'étais certaine qu'ils n'avaient pas saisi l'allusion, mais moi si. Et comment, même !

— Ça, ai-je murmuré, c'est un coup bas, mon vieux.

— Ah ouais ? a-t-il grogné. Et ma mère qui m'oblige à me barber ici, c'est pas un coup bas, ça ? Et toi qui veux pas coller un avertissement à Lionel, c'en est pas un ?

Sur ce, il a décampé.

— Shane ! ai-je crié. Reviens ici ! Je te jure que si

tu n'obéis pas, tu auras droit au porche et à Paul Huck ce soir...

Le gamin a stoppé net. Pas parce que mes menaces l'avaient intimidé. Oh que non. Parce qu'il était entré de plein fouet dans le Dr Alistair qui, ayant apparemment entendu le charivari depuis la cantine où il aimait à déguster une tasse de café dans le calme après que les colons l'avaient désertée, était sorti pour voir de quoi il retournait.

— Hmfff ! a-t-il éructé quand la tête d'artichaut de Shane a heurté son estomac.

Il a quand même eu le réflexe d'attraper le garçon par l'épaule pour éviter que tous deux ne tombent les quatre fers en l'air. Shane n'était pas du genre poids léger, vous savez.

— Qu'est-ce que c'est que tous ces hurlements ? a-t-il demandé en ramenant Shane vers moi.

Avant que j'aie le temps de répondre, Shane a levé la tête et regardé le directeur de camp avec des yeux totalement dénués de larmes, bien que les prémices d'un coquard soient on ne peut plus évidentes.

— Un garçon m'a frappé, a-t-il expliqué, et ma monitrice n'a pas réagi, docteur Alistair. Si mon père l'apprend, a-t-il cru bon de préciser avec un hoquet feint, il va être drôlement pas content.

Le directeur m'a toisée de derrière ses lunettes.

— C'est vrai, jeune fille ?

« Jeune fille », moins parce qu'il était furibond que parce qu'il avait oublié mon prénom, à mon avis.

— En partie seulement. L'autre garçon ne l'a frappé qu'après qu'il...

Je n'ai pas eu le loisir de terminer. Déjà, Alistair prenait les choses en main.

— Vous, a-t-il lancé à Dave qui assistait, bouche bée à la scène, emmenez ce gosse à l'infirmerie pour qu'on l'examine.

— Oui, monsieur ! a répondu mon collègue en se mettant presque au garde-à-vous (mais non sans m'avoir, auparavant, adressé une moue désolée). Allez, viens, a-t-il ajouté en prenant Shane par l'épaule.

Le voyou s'est laissé emmené en reniflant... non sans m'avoir adressé une grimace victorieuse.

— Quant à vous, a continué le dirlo en pointant un doigt accusateur sur moi, je vous attends dans mon bureau pour discuter de cet incident.

— Bien, monsieur, ai-je acquiescé, vaincue, les oreilles rouges.

Au même instant, j'ai aperçu dans la foule Karen Sue, la bouche en cul de poule tant elle était ravie. Ça m'a démangé de lui balancer mon poing dans la figure, comme Lionel l'avait fait avec Shane.

— Mais pas avant treize heures, a poursuivi le petit père Alistair. Je suis en séminaire, jusque-là.

Mes épaules se sont affaissées. Treize heures ? Pour le coup, j'étais virée.

Parce que, naturellement, il était hors de question que je retrouve le directeur à ce moment-là. Pas quand un autre rendez-vous m'attendait à la même heure, histoire d'aller vérifier la situation de Keely Herzberg. Mon boulot comptait, certes, mais pas autant que le sort d'une petite fille.

Vous vous rappelez ce que j'ai dit à propos de ma vie et de ses complications ? Eh ben, vous y êtes.

— Je t'avais prévenue que la violence ne menait à rien de bon, s'est empressée de me narguer Karen Sue, sitôt le docteur hors de portée d'oreille.

— Hé, tu veux savoir une bonne chose ? ai-je riposté.

— Quoi ? a-t-elle demandé, prudente.

Je l'ai gratifiée d'un geste du doigt qui a déclenché ses hoquets indignés et son départ précipité. Un bon nombre de monos qui traînaient encore dans le coin ont semblé trouver ça plutôt amusant, eux.

10

Il était en retard.

Je poireautais sur le bord de la route en m'efforçant d'oublier la sueur qui picotait ma nuque. Et le reste – une flaque humide se dessinait entre mes seins. Je vous jure que c'est vrai. D'ailleurs, je n'étais pas très à l'aise dans mon jean non plus. Avais-je le choix, cependant ? J'avais appris à la dure à ne jamais faire de moto en short. La cicatrice sur mon mollet s'était effacée, mais pas le souvenir de l'odeur qu'avait dégagé ma peau en grillant contre le pot d'échappement.

En plus, la température devait atteindre les trente-huit degrés, sur cette longue route étroite. Bien sûr, des tas d'arbres offraient de l'ombre. Le camp de Wawasee n'était jamais que de la forêt, sauf là où s'étalait le lac. Mais si je me réfugiais sous les arbres,

Rob risquait de ne pas me voir quand il déboulerait, ce qui nous ferait perdre un temps précieux...

Même si ça n'avait plus beaucoup d'importance, puisque j'allais être virée pour ne pas m'être présentée à la convocation du Dr Alistair. J'étais prête à parier que, à mon retour, mes affaires auraient été empaquetées et m'attendraient devant la grille principale de la colonie. *Baboum ! A sombré comme une enclume. Cha-Cha-Cha.*

La transpiration s'était mise à me dégouliner du sommet du crâne dans les yeux, humidifiant au passage mes cheveux, quand j'ai enfin perçu le grondement lointain d'un moteur. Rob n'étant pas du genre à ôter son silencieux, son Indian n'émettait pas ces pétarades agaçantes que l'on entend à des kilomètres à la ronde. Simplement, soudain, un nouveau bruit a interféré avec les stridulations des cigales cachées dans les hautes herbes poussant au bord du chemin. Puis j'ai aperçu Rob, fonçant à bonne allure dans ma direction.

Le camp de Wawasee étant, j'en étais de plus en plus convaincue, aussi isolé que la station polaire Zebra,[1] nous étions les deux seuls êtres humains présents dans le coin. Aussi, il était inutile que je tende le bras pour m'assurer qu'il m'avait vue. Je l'ai quand même fait. Après tout, il aurait très bien pu me

1. Allusion au film d'espionnage de John Sturges *Destination : Zebra, Station polaire* (1968), avec Rock Hudson.

prendre pour un mirage – c'était une de ces journées ensoleillées accablantes de chaleur où, lorsqu'on fixe une longue route droite on croit y distinguer des flaques d'eau. Sauf que, en arrivant au niveau de la prétendue flaque, elle s'est évaporée comme si elle n'avait jamais existé... ce qui, naturellement, est le cas. Elle n'est qu'une illusion optique, comme celle qu'on étudie en cours de sciences nat'.

Rob s'est arrêté près de moi, posant un pied à terre pour garder l'équilibre. Comme d'habitude, ses épaules paraissaient d'une largeur impressionnante, lui donnant des airs de bûcheron, mais en mieux fringué.

Quand il a retiré son casque et m'a regardée (en plissant les paupières à cause du soleil) – de ses yeux d'un bleu si pâle qu'ils en étaient pratiquement du même gris que le pot d'échappement de sa bécane – et que j'ai contemplé ses cheveux ébouriffés de façon sexy et ses avant-bras bronzés, la seule chose qui me soit venue à l'esprit, c'est que, aussi nul qu'ait été tout ce pataquès avec la foudre, le colonel Jenkins, et tout le reste, il avait néanmoins valu le coup, parce qu'il m'avait jetée dans les bras du Dieu le plus divin qui soit.

Enfin... « jetée dans les bras »... façon de parler.

— Salut, marin ! ai-je lancé. Tu enlèverais une jeune fille ?

Il m'a gratifiée de sa marque de fabrique, un froncement de sourcils qui veut dire « pas d'entourloupes », avant d'ouvrir son top-case et d'en sortir le casque de réserve qu'il y conserve.

— Grimpe ! s'est-il contenté de m'ordonner en me le tendant.

Il ne m'en fallait pas plus. J'ai enfilé le casque en vitesse (en tâchant de ne pas penser à mes cheveux trempés de sueur), puis je me suis installée derrière lui, enserrant sa taille entre mes bras.

— Fonce, Marcel ! ai-je crié.

Il m'a adressé un regard mi-amusé mi-dégoûté et a remis son casque. Sur ce, nous avons décollé.

Bon, d'accord, je n'avais pas eu droit à un chouette baiser baveux ni rien, mais « Grimpe ! » n'était pas si mal, non ? Rob n'était peut-être pas amoureux de moi, il était quand même venu au rendez-vous. Ça signifiait sûrement quelque chose. Un simple coup de fil de ma part, et il s'était tapé les quatre heures de route à travers l'État pour me rejoindre. Il avait été obligé de trouver quelqu'un pour le remplacer au travail, d'expliquer à son oncle les raisons de son absence, de faire le plein pour parcourir tous ces kilomètres. En tout, il allait passer dix heures sur la selle de sa moto, ce jour-là. Le lendemain, il serait claqué, pour sûr.

Pourtant, il était venu.

Et je ne crois pas que c'était pour la beauté du geste. Certes, le jeu en valait la chandelle, mais il ne se décarcassait pas comme ça pour la seule Keely. En tout cas, j'espère que non.

Vers quatorze heures trente, nous longions le lac Michigan. Chicago dégageait une impression de propreté et d'éclat, avec les fenêtres des gratte-ciel qui brillaient au soleil. Les plages étaient bondées, les chansons qui s'échappaient des radios des voitures que nous dépassions me donnaient le sentiment que nous jouions dans une comédie musicale, ou une publicité télévisée. Pour Levis, peut-être. Imaginez un couple de Dieux – OK, OK... un couple dont au moins l'un des membres était un Dieu, vu que je ne suis, au mieux, que Consommable – se baladant sur une Indian d'enfer en un beau jour d'été. Vous connaissez quelque chose de plus cool, vous ?

Certes, si nous nous étions rendu compte dès le début qu'on nous filait, ç'aurait été moins cool. Sauf que ça n'a pas été le cas.

Je l'explique, pour ce qui me concerne, parce que j'étais en train de vivre ce que, en cours de littérature, ils appellent une apogée. Autrement dit, je prenais mon pied. Cela tenait à ce que j'éprouvais un état de bonheur absolu, tout ça parce que j'enlaçais ce type parfaitement craquant dont j'avais l'impression d'avoir été dingue depuis toujours, parce qu'il sentait bon, un mélange de déodorant pour mecs et d'assouplissant, et parce qu'il devait au moins estimer que j'étais mignonne, sinon pourquoi aurait-il parcouru tout ce chemin pour venir me chercher, hein ? Je me disais que, si seulement le reste de mon existence se déroulait ainsi, à écumer le pays sur la moto de Rob en écoutant la musique des autres véhicules et, peut-être, en nous arrêtant de temps en temps pour acheter des sandwichs, je serais au paradis.

J'ignore quelles pensées préoccupaient Rob au point qu'il n'a pas remarqué la camionnette blanche qui nous suivait. Si ça se trouve, lui aussi était en pleine apogée. Hé ! On peut rêver, non ?

Bref, à un moment donné, nous avons quitté le lac pour nous diriger vers le quartier où se trouvait Keely. Peu à peu, la circulation s'est raréfiée, ce qui ne nous pas aidé à repérer la fourgonnette qui nous collait au train. Je n'en suis pas sûre, évidemment, puisque nous ne lui prêtions aucune attention, mais j'aime à croire qu'elle a pris soin de garder deux voitures entre elle et nous. La seule autre explication, c'est que nous sommes deux beaux imbéciles. Du moins, que moi, j'en suis une.

Nous avons fini par arriver dans une rue hyper résidentielle bordée d'arbres. Je savais précisément dans quelle maison était Keely, mais j'ai demandé à Rob de se garer un peu avant, juste pour ne pas courir trop de risques. Voilà au moins un détail auquel j'ai pensé.

Nous avons marché jusqu'à l'endroit où habitait désormais la fillette. C'était une bête maison de ville, dans le genre étroit, mitoyenne d'un côté, tandis que, de l'autre, une allée minuscule la longeait. La façade aurait eu besoin d'un bon ravalement, car la peinture s'écaillait, lui donnant un air triste. Au mieux, d'ailleurs, tout le quartier était rustique. Les jardinets étaient mal entretenus. L'herbe pousse vite, dans un climat aussi humide que celui qui règne au nord de l'Illinois, il faut s'en occuper constamment. Dans cette rue, personne n'avait l'air de se soucier de la hauteur qu'atteignait sa pelouse ou des saletés qui la jonchaient. Et puis, c'était peut-être le but : que le gazon finisse par cacher les ordures.

— Charmant trou à rats, a murmuré Rob, debout près de moi.

— Ce n'est pas si horrible, ai-je protesté avec une grimace.

— Si.

— Bon, c'est parti.

Je ne transpirais plus, après la course en moto. Mais si je restais une minute de plus sur ce trottoir bouillant, ça allait recommencer de plus belle. Carrant les épaules, j'ai ouvert la barrière aménagée dans le grillage bas qui clôturait la propriété, puis j'ai escaladé les marches en béton menant au perron. Ce n'est qu'en tendant la main pour sonner, que je me suis aperçue que Rob m'avait suivie.

— C'est quoi, précisément, ton plan ? a-t-il

demandé, tandis que nous écoutions le carillon se perdre dans les profondeurs de la maison.

— Je n'en ai pas.

— Super, a-t-il commenté sans changer d'expression. C'est ceux que je préfère.

— Qui est-là ? s'est enquise une voix de femme derrière la porte close.

Apparemment, elle n'était pas très contente d'avoir été dérangée.

— Bonjour, madame ! Je m'appelle Ginger Silverman, et je suis accompagnée de mon ami Nate. Nous sommes en Terminale au lycée de Chicago-Central, et nous réalisons une étude sur l'attitude des parents envers les programmes télévisés pour les enfants. Accepteriez-vous de répondre à quelques questions à propos des émissions que vous autorisez vos enfants à regarder. Cela ne prendra que quelques minutes, et vous nous rendriez un immense service.

— Ginger Silverman ? a murmuré Rob en me dévisageant comme si j'étais folle.

— J'aime bien ce nom, ai-je éludé.

— Nate ? a-t-il marmonné, incrédule.

— Celui-là aussi.

À l'intérieur, des verrous ont été tirés. Lorsque le battant s'est ouvert, j'ai distingué derrière la moustiquaire une grande femme maigre en bermuda et débardeur. On voyait que, autrefois, elle s'était préoccupée de se teindre les cheveux, avant d'abandonner la partie. Des racines brunes de cinq centimètres tranchaient sur le reste, blond. Sur son front, mal dissimulée derrière une mèche bicolore, une croûte sombre en forme de croissant de lune, mesurant un peu moins de quatre centimètres. Au coin de sa bouche, aussi mince et dénuée d'expression que le reste de sa personne, une cigarette. Elle nous a contemplés comme si nous venions de débarquer de Mars pour l'inviter à rejoindre nos États-Unis galactiques ou je ne sais quoi.

— Qu'est-ce que vous racontez ? a-t-elle lancé.

J'ai répété mon laïus sur le lycée de Chicago-Central – un tel établissement existait-il seulement ? – et sur notre présumée enquête. Tandis que je parlais, une jeune enfant a surgi de l'ombre, dans le dos de Mme Herzberg – si c'était bien elle, s'entend – et a noué ses bras autour des jambes de la femme, tout en nous fixant en cillant de ses grands yeux bruns.

Je l'ai aussitôt reconnue. Keely Herzberg.

— Qui c'est, maman ? a-t-elle demandé, curieuse.

— Rien que des gosses, a maugréé sa mère.

Elle a retiré sa cigarette de sa bouche, et j'ai remarqué ses ongles peints en rouge sang.

— Écoutez, a-t-elle repris, ça ne nous intéresse pas. D'accord ?

Elle refermait déjà la porte, quand j'ai précisé :

— Tous les participants recevront une rémunération de dix dollars.

Le battant s'est figé, avant de se rouvrir en grand.

— Dix dollars ? a murmuré Mme Herzberg.

Ses yeux fatigués ont paru s'animer, soudain.

— Oui. En liquide. Juste pour répondre à quelques questions.

Haussant ses maigres épaules, la femme a exhalé une bouffée de fumée à travers la moustiquaire.

— Je vous écoute, a-t-elle dit.

— Génial, me suis-je exclamée, feignant l'enthousiasme. Euh... quel âge a votre fille ? C'est bien votre fille, n'est-ce pas ?

— Ouais, a-t-elle acquiescé sans baisser les yeux. Cinq ans.

— Bien. Quelle est son émission favorite ?

— *Sesame Street*, a marmonné la mère, tandis que la petite, au même moment, disait : « *Rugrats* ![1] » *Sesame Street*, a insisté Mme Herzberg. Ma fille n'a le droit de regarder que la télé publique.

— *Rugrats* ! a piaillé Keely.

— Si tu ne te tais pas, lui a jeté sa mère, je te renvoie jouer derrière.

— Mais tu sais bien que j'aime mieux *Rugrats*, maman, a protesté la fillette, la lèvre tremblante.

---

1. *Sesame Street*, vieille émission (plus de trente ans !) extrêmement célèbre, dont le dernier avatar français, diffusé sur France 5, se nomme *5, rue Sésame*. *The Rugrats* sont connus chez nous sous le nom de *Razmokets*.

— Chérie, maman essaie de répondre à une enquête. Ne nous interromps pas, s'il te plaît.

— Hum... suis-je intervenue. Passons à autre chose. Discutez-vous avec votre mari des émissions que votre enfant a le droit de regarder ?

— Non. Et je n'autorise pas la petite à se gaver de bêtises comme *Rugrats*.

— Mais maman, a objecté Keely, les yeux pleins de larmes, je les adore.

— J'en ai assez ! File ! Maintenant !

— Mais maman...

— Je viens de te dire que ça suffisait. Va jouer dehors et laisse-moi parler avec ces gens.

Laissant échapper un petit sanglot, Keely a disparu. Peu après, une porte a claqué au fond de la maison.

— Poursuivez, a repris Mme Herzberg. Vous ne devriez pas prendre en notes ce que je vous raconte ? a-t-elle ajouté en plissant le front.

— Le calepin ! me suis-je écriée en me frappant le front puis en regardant Rob. J'ai oublié le calepin !

— Ben, a enchaîné aussitôt Rob, ben autant arrêter là. Désolés de vous avoir dérangée, madame...

— Non ! ai-je crié. Il est dans la voiture. Je vais le chercher. Pendant ce temps, toi, continue l'interview.

Les yeux bleu pâle de Rob, quand il m'a dévisagée, étaient d'une froideur glacée, mais qu'est-ce que vous auriez fait à ma place, hein ? Vous en auriez profité, vous aussi.

— Demande à madame quelles émissions elle aime, Nate, et n'oublie pas les dix dollars !

Sur ce, j'ai bondi au bas du porche, j'ai traversé la courette herbue à la vitesse grand V, j'ai franchi la barrière… et, une fois sûre que Rob retenait l'attention de Mme Herzberg, j'ai galopé dans l'allée qui courait le long de la maison, jusqu'à la clôture en bois qui séparait le jardinet de la ruelle.

Il ne m'a fallu qu'une minute pour escalader une poubelle qui traînait par là et jeter un coup d'œil sur ce qui m'intéressait.

Keely était assise dans une de ces tortues en plastique que les gens remplissent de sable. Elle tenait une Barbie extrêmement sale et extrêmement nue à qui elle chantonnait quelque chose. Parfait. Tant que Rob réussissait à occuper la mère…

J'ai enjambé la clôture et me suis laissée tomber de l'autre côté. Malgré ma grâce de gymnaste et mes talents james-bondiens, Keely m'a entendue. Elle s'est retournée pour scruter la lumière éblouissante.

— Hé ! ai-je dit en approchant d'elle à grands pas. Comment va ?

— T'as pas le droit d'être ici, m'a-t-elle annoncé gravement en me toisant de ses prunelles brunes.

Je me suis assise au bord du bac à sable. J'aurais préféré l'herbe, sauf que, comme dans la courette de devant, elle était trop haute et miteuse. Après la récente expérience que je venais de vivre avec une tique, je n'étais pas franchement désireuse de faire connaissance avec d'autres parasites amateurs de sang.

— Je sais, ai-je admis, mais je voulais juste te poser une ou deux questions. Tu es d'accord ?

— Je crois, a-t-elle murmuré en haussant les épaules et en baissant les yeux sur sa poupée.

— Qu'est-il arrivé aux vêtements de ta Barbie ?

— Elle les a perdus.

— Quelle poisse ! Tu penses que ta mère va t'en acheter de nouveaux ?

La gamine a derechef haussé les épaules, puis a entrepris de plonger Barbie dans le bac, tête la première, remuant le sable comme si c'était de la pâte à crêpes et la poupée, un mixeur. Le sable ne sentait pas très bon, et j'avais l'impression que les chats du voisinage lui avaient plus d'une fois rendu visite.

— Et ton père ? Il n'achèterait pas de vêtements à ta Barbie ?

— Mon papa, il est au paradis, a-t-elle déclaré en retirant sa poupée du bac et en lui lissant les cheveux en arrière.

Eh ben mes aïeux, c'était clair, non ?

— Qui t'a dit que ton papa était au paradis, Keely ?

— Ma maman, a-t-elle répondu sans relever la

tête. J'ai un nouveau papa, maintenant. Mais je l'aime pas autant que mon ancien papa, a-t-elle précisé en s'arrachant au spectacle de sa poupée pour plonger ses grands yeux dans les miens.

— Vraiment ? ai-je réussi à croasser, alors que ma gorge s'était brusquement asséchée, tel le sable qui crissait sous nos pieds. Pourquoi donc ?

Keely a haussé les épaules une troisième fois et s'est détournée.

— Il jette des choses. Il a jeté une bouteille qui a frappé ma maman à la tête, et il y a du sang qu'est sorti, et elle a pleuré.

L'image de la croûte en croissant de lune sur le front de Mme Herzberg s'est imposée à moi. Exactement la forme qu'une bouteille lancée à toute vitesse provoquerait.

C'est là que j'ai pris ma décision.

J'imagine que j'aurais dû m'en aller, appeler les flics et les laisser prendre en main la situation. Voulais-je cependant que la pauvre gamine traverse cette épreuve ? Des hommes en armes détruisant la porte de sa maison, pistolet au poing, etc. ? Dieu sait ce à quoi était prêt le petit ami de la mère. Il tenterait peut-être de tirer sur la police. Des innocents risqueraient leur vie. Ces choses-là sont toujours tellement imprévisibles.

Si la mère de Keely me paraissait à moitié dingue, affirmant que sa fille ne regardait que les émissions des chaînes publiques tout en l'empoisonnant avec ses cigarettes, il n'en reste pas moins que ça aurait pu être pire. Cela n'en faisait pas une mère indigne. Ce n'est pas comme si elle avait planté sa clope dans le bras de la petite, contrairement à certains parents dont j'avais entendu parler au JT. Et pourtant. Raconter à Keely que son père était mort ? Pour s'acoquiner avec un type qui balançait des bouteilles ?

Pas génial, on est bien d'accord.

C'est ainsi que, tout en ayant l'impression de me comporter comme une gourde, j'ai pris ma décision.

Je crois que, à ma place, vous auriez agi de même. Et puis, je n'avais pas trente-six solutions.

Me levant, j'ai déclaré :

— Kelly, ton papa n'est pas au paradis. Si tu viens avec moi tout de suite, je te conduirai à lui.

La gosse a dû se dévisser le cou pour me regarder, tout là-haut. Le soleil était si violent qu'elle a dû aussi loucher pas mal.

— Mon papa est pas au paradis ? Où il est, alors ?

Soudain, j'ai entendu gronder l'Indian de Rob. J'étais capable de distinguer le bruit de cette bécane parmi toutes celles de ma ville. Je sais, c'est débile. Plus que ça, même. C'est pathétique. Mais comment oseriez-vous me le reprocher ? Je caressais vraiment l'espoir que Rob languissait d'amour pour moi et satisfaisait ses besoins charnels en rôdant le soir autour de ma maison. Ce qu'il n'avait jamais fait, soit dit en passant. Sauf que mes oreilles s'étaient tellement habituées à guetter le ronronnement de sa moto que j'aurais pu l'identifier au milieu d'un embouteillage.

Pour l'instant, mon seul souci était de comprendre pourquoi Rob avait quitté Mme Herzberg alors qu'il savait que je n'avais pas fini mes petites affaires ici. Seule explication : il y avait un os. Un bon gros nonos.

Ce qui explique aussi pourquoi je n'ai pas eu trop de mal à forcer ma conscience pour raconter des cracks à Keely :

— Ton papa est au McDonald. Si nous nous dépêchons, nous arriverons à le rejoindre là-bas, et il t'achètera un super hamburger.

Ai-je eu des scrupules à tenter la malheureuse enfant en lui faisant miroiter un repas ? Oui. J'ai eu le sentiment d'être une vermine. Pire, même. Une Karen Sue Hanky, ou une créature tout aussi répugnante. Mais bon, j'ai eu aussi le sentiment que le temps pressait. Si Rob avait démarré sa moto, ça ne pouvait signifier qu'une chose : nous devions mettre les bouts, et en vitesse.

Ça a marché. Dieu soit loué, ça a marché. Keely Herzberg, bénie soit-elle, s'est levée, m'a fixée droit dans les yeux, a haussé les épaules et m'a dit :

— D'accord.

À cet instant, j'ai compris pourquoi Rob avait filé.

La moustiquaire de la porte donnant sur le jardin s'est ouverte violemment, et un homme passablement boudiné dans son jean, arborant de lourdes chaussures de chantier et tenant, qui plus est, une bouteille de bière à la main, a surgi.

— Vous êtes qui, merde ? a-t-il beuglé.

Devinant qui *lui* était, j'ai attrapé Keely par la main. Je n'avais qu'à prier pour que ses aptitudes au tir, face à des cibles mouvantes, laissent à désirer. Le bruit du moteur de la bécane s'était rapproché. Rob et moi étions décidément branchés sur la même longueur d'ondes.

— Viens ! ai-je ordonné à la fillette.

Nous nous sommes mises à courir.

Je n'ai pas vraiment réfléchi à ce que je faisais. Sinon, je me serais rendu compte qu'il était impossible de battre à la course le bon ami de Mme Herzberg. Il n'avait qu'à sauter dans le jardin pour nous choper. Par bonheur, j'avais bien trop la frousse d'être atteinte par une bouteille de bière pour y songer. C'est pourquoi, tout en fonçant au triple galop, j'ai pris Keely par les bras et l'ai soulevée de terre. Atteignant la clôture à l'endroit où j'étais entrée, je l'ai balancée en l'air de toutes mes forces. Elle s'est envolée, exactement comme ces sacs d'épicerie dont le professeur Le Blanc avait affirmé qu'ils étaient tout ce que je méritais comme horizon dans la vie. Il avait raison. D'une certaine façon, j'étais douée pour empaqueter. Pas les provisions, mais les gosses maltraités.

Le couinement des sandales de la petite sur le couvercle métallique de la poubelle m'a avertie qu'elle était arrivée à bon port. Me restait juste à espérer que Rob la récupérerait. Maintenant, c'était mon tour.

Sauf que le nouveau père lanceur de bouteilles de Keely avait enfin réagi et me collait aux chausses. Il avait hurlé une protestation indignée quand j'avais jeté la gamine de l'autre côté de la clôture. Puis le sol avait tremblé – je vous jure que je n'invente rien – quand il avait bondi dans le jardin et s'était rué sur moi. La moustiquaire a claqué sèchement, et Mme Herzberg a crié :

— Clay ! Où est Keely, Clay ?

— C'est pas moi, a haleté le Clay en question. C'est *elle* !

Flûte ! J'étais dans de sales draps.

Pas question de me rendre sans lutter cependant. Tant que la bouteille ne m'avait pas assommée, je résisterais. J'ai sauté et me suis accrochée au sommet de la clôture, me plantant des tonnes d'échardes dans les doigts au passage. Grâce à mon élan, je n'avais plus qu'à enjamber l'obstacle, et... le type a agrippé ma chaussure. La gauche. Il essayait de me ramener en bas.

— Pas si vite, sale gosse ! a-t-il grondé.

De son autre main, il a saisi la ceinture de mon

jean. Visiblement, il avait laissé tomber sa bibine, ce qui était plutôt positif, finalement. À condition d'oublier que, dans moins d'une seconde, il allait me faire dégringoler de cette barrière, me jeter sur le sol et m'écraser avec un de ses panards monstrueux chaussés de godasses mortelles.

— Jess ! m'a hélée Rob, dans la ruelle. Rapplique !

Ben voyons ! T'inquiète, mon pote, j'enclenche le turbo. Désolée pour ces précieuses minutes gaspillées, mais tu comprends, je me mets juste un peu de rouge à lèvres...

— Toi, ma poule, a grommelé Clay, ça va être ta fête.

C'est là que j'ai balancé mon pied libre en direction de son visage. Ma semelle est entrée en contact avec l'arête de son nez, et un bruit de casse fort satisfaisant – pour mes oreilles en tout cas – a retenti.

Je déteste qu'on m'appelle « ma poule ».

Clay m'a aussitôt lâchée en poussant un hurlement de douleur. J'en ai profité pour escalader la clôture, atterrir sur la poubelle, puis bondir directement sur la selle de l'Indian qui m'attendait.

— Fonce ! ai-je braillé en serrant mes bras autour de Rob et de Keely, qui était nichée devant lui, les yeux écarquillés.

Rob n'a pas tortillé. Il n'a pas argué que ni Keely ni moi ne portions de casque, ne m'a pas reproché d'avoir sûrement endommagé ses amortisseurs en atterrissant sur sa moto comme un cow-boy sur son canasson. Non, il a mis les gaz, et nous avons démarré sur les chapeaux de roues, telle une fusée de la NASA. En dépit du rugissement du moteur, j'ai perçu le cri qui résonnait derrière nous.

— Keely !

Forcément, Mme Herzberg ne pouvait deviner que je ne lui volais pas sa fille, mais que je la sauvais. Quant à elle... eh bien, elle était adulte. Elle n'avait qu'à se sauver toute seule.

11

J'ignore quels sentiments vous nourrissez à l'égard de McDonald. Je sais qu'on les tient pour en partie responsables de la déforestation des jungles sud-américaines, puisqu'il a fallu en raser d'immenses portions afin de créer des pâturages pour le bétail qu'ils abattent en masse, en vue de satisfaire la demande en hamburgers.

Je sais aussi qu'on a critiqué l'implantation tous les dix kilomètres environ, aux États-Unis, de fast-foods appartenant à la chaîne. Pas d'hostos ni de commissariats de police, mais des McDo. Ce qui, lorsqu'on y réfléchit, fiche un peu la trouille.

D'un autre côté, quand on a fréquenté McDonald depuis sa plus tendre enfance, ce qui est le cas de la majorité d'entre nous, ces arches dorées signifient plus que des taux de graisses saturées et de cholestérol vertigineux. Elles signifient que, où que l'on soit, on n'est jamais très loin de son foyer.

En plus, leurs frites sont à se damner.

Heureusement, il y en avait un pas très loin de chez Keely. Sinon, je crois que Rob nous aurait fait une embolie. Il était clair qu'il n'était pas ravi-ravi de devoir nous emmener, Keely et moi, sans casques, sur sa bécane. Même si on ne craignait rien, puisque je tenais la petite fermement, et tout, et tout. Et puis, nous n'avons pas dépassé les trente kilomètres heure durant tout le trajet.

Enfin, sauf quand nous avons déguerpi de l'allée pour échapper à Clay.

Quoi qu'il en soit, quand nous nous sommes garés sur le parking du McDo, Rob était sacrément soulagé.

Et lorsque nous sommes entrés dans le restaurant où la clim était poussée à fond, c'est moi qui ai été soulagée. Je transpirais comme un bœuf. Pas à cause de la lutte que je venais de mener contre le crime. À cause de l'humidité. Je ne supporte pas.

Bref, une fois à l'intérieur, tandis que Keely dévastait son plateau-enfant, et que j'engloutissais un Coca, Rob m'a raconté qu'il prêtait une oreille attentive aux explications de Mme Herzberg concernant les habitudes télévisuelles de sa fille quand, déboulant de nulle part, son mec avait surgi, mettant un terme à leur petite conversation en écrasant son poing contre le montant de la porte. Pressentant des ennuis, Rob s'était excusé et avait filé, non sans avoir auparavant extirpé, comme promis, une coupure de dix dollars de ses poches. Puis il était parti à ma recherche.

Heureusement, sinon, à cette heure, c'est moi qui aurais eu une empreinte de godasse à travers la figure.

Je tenais à lui rembourser l'argent qu'il avait donné à Mme Herzberg, mais il n'a rien voulu savoir. De même, il a insisté pour payer le repas de Keely et ma boisson. J'ai cédé, me disant que, avec un peu de chance, il accepterait que je couche avec lui en échange.

Ah ! Tu parles !

Ensuite, je lui ai confié la garde de Keely, et je suis allée à la cabine téléphonique, où j'ai composé le numéro de bureau de Jonathan Herzberg.

La femme qui a décroché m'a assurée qu'il ne pouvait prendre la communication, car il était en réunion.

— Eh bien, ai-je répliqué, sortez-le de là. J'ai sa gamine avec moi, et je n'ai aucune idée de ce qu'il faut que j'en fasse.

Ce n'est que quand elle m'a mise en attente, que j'ai songé qu'elle risquait de me prendre pour une ravisseuse d'enfants. Si ça se trouve, elle était en train de demander à sa collègue d'avertir les flics pour qu'ils tracent la provenance de mon appel. Quelque chose comme ça.

Je doute cependant qu'elle en ait eu le temps,

parce que j'ai eu Herzberg au bout du fil presque immédiatement.

— Bonjour ! Ici, Jess. Je suis au McDo, avec Keely. (Je lui ai donné l'adresse.) Pouvez-vous venir la chercher ? Je vous l'amènerais bien, mais je suis en moto.

— Je... je serai-là d-dans un q-quart d'heure, a-t-il bégayé, tout excité.

— Je vous attends.

J'allais raccrocher, quand il a crié quelque chose.

— Quoi ? ai-je ajouté en me plaquant l'écouteur sur l'oreille.

— Vous êtes une sainte ! m'a-t-il lancé d'une voix débordante d'émotion.

— Heu... Ouais. C'est ça. Dépêchez-vous, hein ?

Puis j'ai mis fin à la conversation. J'imagine que c'est le seul avantage de ce bidule. De pouvoir rendre les gosses à des parents qui les aiment vraiment, s'entend. Mais bon, je préférerais que ces derniers ne soient pas aussi larmoyants quand ça arrive.

Après avoir glissé la main dans l'échangeur de monnaie du téléphone, juste histoire de vérifier que personne n'y avait rien oublié, je me suis retournée vers la salle. C'est là que je l'ai aperçue. La camionnette. J'ai regagné la table où Rob et Keely étaient assis.

— Nous avons de la compagnie, ai-je annoncé.

— Où ça ? a demandé Rob en fouillant des yeux le restaurant.

— Dehors. La fourgonnette blanche. Ne regarde pas ! Je m'en occupe. Toi, reste ici avec Keely.

Haussant les épaules, Rob a acquiescé avant de tremper une frite dans le ketchup.

— Ton papa arrive, ai-je précisé à la gamine.

Elle m'a adressé un sourire ravi tout en suçotant la paille de son milk-shake.

Je suis allée commander deux cheeseburgers avec frites et boissons à emporter. Armée de mes achats, je suis ensuite sortie par la porte opposée à celle où était stationnée la camionnette. Contournant tranquillement le restaurant, j'ai dépassé le comptoir des ventes extérieur et les poubelles jusqu'au véhicule blanc. Là, j'ai ouvert la portière arrière et je suis montée.

— Miam ! ai-je rigolé d'un air appréciateur, chouette ventilation ! Attention quand même à ne pas vider la batterie en restant assis ici à vous tourner les pouces.

Les Agents Spéciaux Johnson et Smith ont bondi sur leur siège et ont virevolté comme un seul homme. Tous deux arboraient des lunettes de soleil. L'Agent Spécial Smith a relevé les siennes pour me scruter de ses jolis yeux bleus.

— Bonjour, Jessica ! a-t-elle soupiré sur un ton résigné.

— Salut ! Je me suis dit que vous deviez avoir faim, les enfants, alors je vous ai apporté ça. Grande taille, ai-je précisé en leur tendant leurs repas.

— Merci, Jess, a murmuré l'Agent Spécial Smith, agréablement surprise, après avoir inspecté son sachet. Une excellente idée.

— En effet, a renchéri son collègue. Merci, Jessica.

Lui, en revanche, a balancé ça d'une voix qui trahissait son mécontentement, avant de reprendre sa position initiale, face au pare-brise.

— Alors, les gars, ça fait longtemps que vous me suivez ?

— Depuis que vous avez quitté Wawasee, a répondu l'Agent Spécial Johnson, lequel n'avait même pas touché à son sac de nourriture.

— Vraiment ? ai-je marmonné, songeuse. Je ne vous ai pas remarqués, pourtant.

— Nous sommes des professionnels, a souligné l'Agent Spécial Smith en mordillant une frite.

— Disons plutôt que nous sommes censés l'être, l'a corrigée son partenaire, sur un tel ton qu'elle a reposé sa frite avec un air coupable. Comment avez-vous su que nous étions ici ? m'a-t-il demandé.

— Vous plaisantez ? Une fourgonnette blanche est restée garée devant chez moi pendant des mois. Vous avez vraiment cru que je ne ferais pas le rapprochement ?

— Ah ! a-t-il ronchonné, grognon.

Un silence embarrassé s'est installé. La climatisation était d'autant plus plaisante que s'y mêlaient désormais les délicieux arômes de la nourriture. L'arrière du véhicule était encombré de machines équipées de voyants rouges et verts qui clignotaient. Du matériel de surveillance, ai-je pensé, mais je me trompais sans doute. Trop cool d'apprendre que le gouvernement ne gaspillait pas l'argent du contribuable à des activités aussi frivoles que la filature d'ados dotées de talents médiumniques.

L'odeur tentatrice des produits McDo a fini par avoir raison des bonnes résolutions de l'Agent Spécial Smith, et elle a rouvert le sac en papier pour en sortir un des cheeseburgers.

— À quoi bon les laisser refroidir, Allan ? a-t-elle simplement protesté devant le regard glacial dont la toisait son collègue.

— Alors, comment ça va, vous deux ? me suis-je enquise.

— Très bien, a répondu l'Agent Spécial Smith, la bouche pleine.

— On se débrouille, a lancé, de son côté, l'Agent Spécial Johnson. Mais nous aimerions avoir une petite discussion avec vous.

— Pour ça, il vous suffisait de passer, vous savez, ai-je rétorqué. Apparemment, vous ne m'avez jamais perdue de vue.

— Qui est cette petite fille ? a contre-attaqué l'Agent Spécial Johnson en hochant le menton en direction du restaurant.

— Oh, elle ? ai-je fanfaronné en piochant une poignée de frites dans son sac. (Après tout, il ne semblait pas décidé à toucher son repas.) Ma cousine.

— Vous n'avez pas de cousine de cet âge, a riposté l'Agent Spécial Smith après avoir bu une gorgée de la limonade que je lui avais achetée.

— Vous êtes sûre ?

— Oui.

— Alors, c'est la cousine de Rob.

— Vraiment ? a raillé l'Agent Spécial Johnson en prenant un calepin et un crayon. Et quel est le nom de famille de ce Rob ?

— Si vous croyez que je vais vous le dire, vous pouvez toujours courir.

— Il est plutôt mignon, a fait remarquer l'Agent Spécial Smith.

— Je suis bien d'accord, ai-je soupiré.

— C'est ton petit ami ? m'a-t-elle demandé (ma réaction lui avait sans doute mis la puce à l'oreille).

— Pas encore, mais ça ne saurait tarder.

— Ah bon ? Et quand cela va-t-il arriver ?

— Lorsque j'aurai dix-huit ans. Ou avant, s'il se révèle incapable de résister plus longtemps à mes charmes irrépressibles et me saute dessus. Le plus tôt sera le mieux.

L'Agent Spécial Smith a éclaté de rire. Son partenaire, par contre, n'a pas eu l'air très amusé.

— Et si nous parlions de Taylor Monroe, Jessica ? est-il intervenu.

— Qui ça ? ai-je éludé en penchant la tête sur le côté, l'innocence incarnée.

— Taylor Monroe. Il avait disparu il y a deux ans. Hier, un appel anonyme au 0-800-TEOULA a prétendu qu'il se trouvait à Gainesville, en Floride.

— Vraiment ? ai-je raillé en tirant sur un fil de mon jean. Et c'était le cas ?

— Oui, a grommelé l'Agent Spécial Johnson sans me quitter des yeux dans le rétroviseur intérieur de la camionnette. Vous n'y seriez pas pour quelque chose, par hasard ?

— Moi ? Pas du tout. Mais c'est génial. Ses parents doivent être drôlement contents, non ?

— Le vrai nirvana, a assuré sa collègue en prenant une gorgée de sa boisson. Le couple qui l'avait enlevé, des gens qui ne pouvaient avoir d'enfant, est incarcéré. Taylor a déjà été rendu aux siens. Des retrouvailles on ne peut plus heureuses.

— Ah, super ! me suis-je écriée, sincère.

— Très bien joué, m'a lancé l'Agent Spécial Johnson après avoir réglé le rétro pour mieux me voir. Vous avez failli me convaincre que vous n'étiez pour rien là-dedans.

— C'est le cas, me suis-je défendue.

Jessica, a-t-il soupiré en secouant la tête. Quand allez-vous enfin admettre que vous nous avez menti au printemps dernier ?

— Je ne sais pas. Peut-être quand vous aurez reconnu vous être fourvoyé en épousant Mme Johnson, et quand vous vous avouerez enfin que votre cœur appartient à Jill, ici présente.

Cette dernière s'est étranglée avec sa bouchée de cheeseburger, et son collègue a dû lui tapoter le dos une ou deux fois pour qu'elle retrouve son souffle.

— C'est passé par le trou du dimanche ? me suis-je exclamée, faussement désolée. C'est horrible, quand ça arrive.

L'Agent Spécial Johnson s'est tourné vers moi – du moins autant que le volant le lui permettait – et m'a incendiée d'un regard courroucé. Oui, oui, c'est bien le mot. Hé, je suis une bête en anglais, je vous signale. Je connais des termes rares.

— Vous pensez sûrement vous en être tirée au printemps en entourloupant les médias, Jessica, a-t-il grondé, mais je vous préviens, la môme, nous sommes plus malins que ça. Nous sommes au courant du stratagème que vous avez mijoté, et ce n'est plus qu'une question de temps avant que...

Par-dessus son épaule, j'ai vu une VW Passat débouler au carrefour. Dans un crissement de freins, elle s'est rangée sur le parking du McDonald, à quelques emplacements de la fourgonnette du FBI.

Jonathan Herzberg a bondi du siège conducteur, tellement anxieux de retrouver sa fille qu'il avait oublié d'enlever sa ceinture de sécurité. À demi-étranglé, il a été obligé de se rasseoir et de l'ôter avant de ressortir de la voiture.

— ... Jill et moi, ou quelqu'un d'autre, vous prenne la main dans le sac, et...

— Et quoi ? l'ai-je interrompu. Qu'est-ce que vous allez me faire, Allan ? Me coller en taule ? Sous quel prétexte ? Je n'ai rien commis d'illégal. Vous ne croyez tout de même pas que, parce que je refuse de vous aider à choper vos petits assassins et vos parrains de la drogue, je suis une criminelle ? Excusez-moi de ne pas vouloir exécuter votre boulot à votre place.

L'Agent Spécial Smith a posé une main sur l'épaule de son partenaire.

— Allan, a-t-elle chuchoté, en guise d'avertissement.

Sans décolérer, l'Agent Spécial Johnson n'a rien ajouté. Il s'est borné à me fixer avec rage. Il était tellement furax qu'il en avait renversé ses frites, qui gisaient maintenant à ses pieds. Il en avait déjà écrasé quelques-unes sur la moquette bleue, au niveau de l'accélérateur. Derrière lui, Herzberg s'est rué dans le restaurant, où il avait déjà repéré sa fille, à travers la vitrine.

— En revanche, ai-je repris d'un ton suave, *vous* allez pouvoir me rendre service. Dites-moi un peu qui vous a annoncé que j'avais quitté la colonie de vacances.

— Voyons, Jess, a marmonné l'Agent Spécial Smith en fourrageant dans ses cheveux châtains coupés en un carré élégant (mais pas trop), qu'est-ce que vous racontez ?

— Vous me prenez pour une bille ? ai-je rétorqué en levant les yeux au ciel. Vous me pensez assez naïve pour croire que vous avez campé pendant ces neuf derniers jours dans votre camionnette en attendant que je file ? Détrompez-vous. Pour commencer, il n'y a pas assez d'emballages de bouffe sur le plancher de votre bagnole.

— Nous ne vous avons jamais espionnée, Jessica, a-t-elle protesté.

— En effet. Vous vous êtes contentés de payer quelqu'un pour le faire.

— Jess...

— Inutile de nier. Vous n'aviez aucun autre moyen de savoir que j'avais quitté le camp. Qui est-ce ? Pamela ? La secrétaire qui ressemble à John Wayne ? Attendez ! J'ai trouvé ! C'est Karen Sue Hanky, hein ? Non, elle est bien trop trouillarde pour jouer les agents doubles.

— Tout cela est ridicule, a péroré l'Agent Spécial Johnson.

Ridicule. C'est ça, mon pote.

Dans le restaurant, j'ai vu Jonathan Herzberg

attraper sa fille et la serrer contre elle au point de manquer de l'étrangler. Ce qui n'a pas paru gêner la gosse, cependant. Elle souriait à s'en décrocher la mâchoire. De nouvelles retrouvailles transpirant le bonheur. Grâce à moi. Et je n'étais même pas là pour en profiter.

Ridicule. Ben tiens. C'étaient eux qui traquaient une ado de seize ans, et c'était moi qu'ils accusaient de ridicule.

— Bon, ai-je conclu, cette rencontre a été un vrai plaisir, les gars, mais il faut que j'y aille. Salut !

Je suis sortie de la fourgonnette. L'Agent Spécial Johnson m'a hélée, mais je n'ai pas jugé utile de me retourner.

Je n'apprécie pas plus qu'on me traite de môme que de poule. Et j'étais plutôt fière d'avoir résisté à l'envie d'écraser mon pied dans la figure de l'Agent Spécial Johnson.

Goodheart allait être ravi de mes progrès.

12

— Alors, m'a demandé Rob, est-ce que ça valait la peine ?

— Aucune idée, ai-je admis avec un haussement d'épaules. Sa mère ne m'a pas semblé si horrible. Elle aurait peut-être fini par le quitter.

— Ouais, mais pas avant d'avoir reçu la dose de coups nécessaire.

Je n'ai pas relevé. Après tout, c'est Rob qui vient d'une famille désunie, pas moi. Il savait sans doute de quoi il parlait.

— Elle a prétendu que son émission télé préférée était *Masterpiece Theater*[1], m'a-t-il informée.

1. Série née en 1971, spécialisée dans la diffusion de téléfilms (d'abord anglais) adaptant les grands classiques de la littérature mondiale, qui a connu un succès immense, pariant sur une télévision de qualité.

— Eh bien, ça ne prouve rien. Sinon qu'elle voulait sans doute nous impressionner.

— En mettre plein la vue à Ginger et Nate, du lycée de Chicago-Central ? s'est-t-il moqué. Très utile, en effet.

— Bah !

Nous étions assis à une table de pique-nique donnant sur le lac Wawasee. Enfin, au bout dudit lac, à environ trois kilomètres de la colonie de vacances. J'ignore pourquoi, mais je n'arrivais pas à me résoudre à retourner là-bas. Sûrement parce que, à peine les grilles franchies, on me renverrait dehors à coups de pied dans l'arrière-train. Ou alors, parce que, sitôt les grilles franchies, je devrais quitter Rob.

Ça va, hein ! J'avoue que j'étais accro. Ça vous pose un problème ?

En plus, c'était super chouette d'être là avec lui, dans l'ombre des arbres, bercés par les stridulations des cigales et le chant des oiseaux. Comme s'il n'y avait eu personne d'autre que nous à des kilomètres à la ronde. Au-dessus des cimes, les nuages s'amoncelaient. Il n'allait pas tarder à pleuvoir, même si nous avions encore un peu de temps avant la douche. Par ailleurs, les frondaisons nous protégeraient.

S'il avait fait assez sombre, ça aurait été l'endroit idéal pour se peloter.

Enfin, en admettant que Rob n'ait pas eu ce préjugé ridicule contre le pelotage des filles de seize ans et moins. J'avais l'impression que j'en allais être réduite à compter tristement les mois me séparant de mes dix-sept ans – huit et demi en tout. Douglas aurait pu me donner le nombre exact de jours que ça représentait, et même de minutes. Rob m'a enlacée.

Et, contrairement à ce qui s'était passé avec Pamela, ça ne m'a pas gênée. Pas gênée du tout.

— Hé ! a-t-il chuchoté. (Je sentais son cœur battre dans sa poitrine collée à moi). Arrête de te fustiger. Tu as fait ce qu'il fallait. Comme d'habitude.

J'ai mis un moment à comprendre ce qu'il voulait dire. Puis ça m'est revenu. Keely Herzberg. Il pensait que je me rongeais les sangs à son sujet, alors qu'en réalité j'essayais juste de trouver une façon de l'amener, lui, à m'embrasser.

Bon, il faut croire que, jusque-là, ça marchait, puisqu'il avait passé son bras autour de mes épaules. Soupirant, je me suis forcée à prendre l'air triste... ce qui n'était pas fastoche, dans la mesure où j'étais en train de vivre une autre de ces apogées que j'ai mentionnées. Entre la brise qui soufflait du lac, les oiseaux, l'odeur enivrante émanant de Rob et le poids de son bras sur mon corps, comment en aurait-il été autrement ?

— Peut-être, ai-je fini par répondre, plutôt satisfaite de la dose de doute que j'avais réussi à instiller dans ma voix.

— Tu rigoles ? a-t-il protesté en me gratifiant

d'une pression amicale des doigts. Cette femme a raconté à son enfant que son père était mort. Si ce n'est pas avoir un grain, ça !

— Ouais, suis-je mollement convenue.

Si je parvenais à paraître suffisamment désespérée, me fourrerait-il sa langue dans la bouche ?

— Et Keely était sacrément contente. Son père aussi, d'ailleurs. Il était au septième ciel. Si tu l'avais laissé faire, il t'aurait signé un chèque de cinq mille dollars sur-le-champ.

Jonathan Herzberg avait en effet insisté pour compenser tous les ennuis dans lesquels je m'étais fourrée pour lui rendre sa fille. Une offre substantielle que j'avais poliment déclinée en lui conseillant, s'il souhaitait tant que ça dépenser son argent pour quelqu'un, de la donner au 0-800-TEOULA. Soyons clairs – il m'est tout bonnement impossible de récolter des récompenses çà et là en retrouvant des gosses.

Même si ça signifie perdre mon emploi saisonnier.

— Ouais, ai-je gémi, de plus en plus pitoyable.

Si j'avais espéré rouler Rob dans la farine avec mon petit chantage affectif, j'allais en être pour mes frais.

— Oublie ça, Mastriani ! m'a-t-il soudain lancé en retirant son bras. Je ne t'embrasserai pas.

Bon sang ! Que faut-il donc qu'une fille fasse pour obtenir qu'on la bécote ?

— Pourquoi ça ? me suis-je insurgée.

— Le sujet est clos, nous en avons parlé, a-t-il riposté, agacé.

Ce qui était la stricte vérité.

— Tu m'as déjà embrassée, ai-je biaisé.

— C'était avant que j'apprenne que tu es mineure.

Ce qui était également exact.

S'allongeant sur ses coudes, Rob a contemplé les arbres sur la rive opposée du lac. Dans un mois ou deux, les feuilles vertes auraient tourné à des rouges et des oranges flamboyants. J'entamerais ma Première au lycée Ernest-Pyle, et Rob travaillerait encore dans le garage de son oncle pour aider sa mère à rembourser le crédit de leur ferme (son père s'était tiré – pour reprendre les mots de Rob – quand ce dernier était tout petit et n'avait plus jamais donné de nouvelles) et bricolerait la Harley qu'il s'amusait à réparer, dans leur grange.

Pourtant, quand on y réfléchissait, lui et moi n'étions pas si différents l'un de l'autre. Tous deux aimions la vitesse et détestions les menteurs. Nos fringues préférées étaient le T-shirt et le jean. Nous avions des cheveux bruns et courts (les siens un peu plus longs que les miens). Nous adorions les motos. Ni lui ni moi n'étions tentés pas des études longues. Enfin, je *crois* que je n'étais pas tentée. Et je savais avec certitude que mes résultats scolaires ne me laissaient pas beaucoup d'ouvertures dans ce domaine[1].

Nos points communs étaient largement plus nombreux que nos différences. Quelle importance si sa mère ne lui imposait pas de couvre-feu alors que je n'avais pas l'autorisation de rentrer à la maison après dix-neuf heures ? Quelle importance s'il avait des comptes à rendre à un officier de probation, tandis que j'étais dotée d'une mère qui me cousait des robes pour des bals de fin d'année auxquels je n'irais jamais ? On ne devrait jamais laisser ce genre de détails se mettre en travers du véritable amour.

J'ai eu beau lui exposer ces arguments, il n'a pas paru très impressionné.

— Écoute ! ai-je persisté en posant ma joue dans ma paume, le coude sur la table, tournée vers son dos boudeur. Je ne vois pas où est le problème. J'aurais dix-sept ans dans huit mois et demi, après tout. Huit mois et demi ! Ce n'est rien. Je ne comprends pas du tout pourquoi nous ne...

J'étais affalée de telle façon que, quand il s'est retourné, nos nez se sont heurtés.

— Ta mère ne t'a jamais appris que tu étais censée résister aux garçons et non te jeter à leur tête ?

---

1. Aux États-Unis, l'admission en université se fait après une série de tests standards, les SAT (Scholastic Aptitude Test), un peu l'équivalent de notre bac, mais aussi en fonction du dossier scolaire de chaque élève, lequel est jugé sur ses notes et ses activités extra-scolaires. Un élève trop médiocre n'a guère de chance de poursuivre des études supérieures.

J'ai regardé ses lèvres. J'imagine qu'il est inutile de vous préciser à quel point elles étaient appétissantes, à la fois pulpeuses et fortes.

— Et qu'est-ce que cette règle idiote est supposée m'apporter, hein ? l'ai-je contrecarré.

Je vous jure, à cet instant, il a été à deux doigts de m'embrasser. Certes, il avait affirmé qu'il ne le ferait pas. Mais, c'est ce qu'il répète à qui veut l'entendre, et il finit toujours par craquer – *presque* toujours, du moins. C'est pour ça qu'il passe son temps à m'éviter, j'en suis sûre. Parce qu'il sait que, malgré ses vertueux serments, il se retrouve en train de m'embrasser. Allez y comprendre quelque chose, vous. Moi, j'aime à penser que c'est parce que je suis méchamment irrésistible, et parce qu'il est épris de moi en secret et en dépit de ce que le test de *Cosmo* raconte.

Malheureusement, cette fois-là, je n'allais pas avoir l'occasion de vérifier mes soupçons. Pas tout de suite en tout cas. Tout ça, car au moment où il se penchait vers moi, ou plutôt vers ma bouche, une imbécile de sirène s'est mise à ululer... Aussi surpris l'un que l'autre, nous avons sursauté et nous sommes séparés.

J'ai pensé qu'une alerte aux tornades s'était déclenchée. Rob m'a avoué plus tard qu'il avait cru qu'il s'agissait de mon père, armé d'un de ces klaxons que les vieilles dames allument quand un voyou tente de leur piquer leur sac.

Ce n'était rien de tout ça. C'était une voiture de police du comté de Wawasee. Qui est passée à toute berzingue devant la zone de pique-nique où nous nous tenions. Suivie aussitôt par une deuxième, puis une troisième et une quatrième.

Quatre bagnoles de flics fonçant sur les chapeaux de roues en direction du camp de Wawasee.

J'aurais dû deviner, bien sûr. J'aurais dû savoir ce qui s'était passé.

Hélas, mon talent divinatoire se limite à retrouver des personnes disparues, pas à prédire l'avenir. La seule chose que j'ai clairement comprise, c'est qu'il y avait du grabuge à la colo. Et ça, pas grâce à mes super-pouvoirs, juste parce que j'avais un minimum de jugeote.

— Qu'est-ce que tu as encore fabriqué ? m'a demandé Rob.

Voilà une question à laquelle je n'étais pas très certaine de pouvoir répondre.

— J'ai un très mauvais pressentiment, me suis-je donc contentée de dire.

— Viens, a-t-il soupiré avec lassitude, allons voir de quoi il retourne.

Ils ont refusé de nous laisser entrer, naturellement. Rob n'avait pas de badge visiteur. Le type de la sécurité a scruté ma carte d'employée à s'en crever les yeux, avant de déclarer :

— Les moniteurs n'ont le droit de quitter le camp que les dimanches après-midi.

— Je suis au courant, ai-je rétorqué en le contemplant comme s'il avait perdu l'esprit. J'ai fait le mur. Bon, vous allez m'autoriser à passer, oui ou non ?

Il était évident que ce mec, qui avait dans les vingt ans tout au plus, avait postulé pour entrer dans la police locale, en vain. Du coup, il s'était rabattu sur un boulot d'agent de sécurité, croyant sans doute que ça lui donnerait l'autorité et le respect dont il avait toujours rêvé. Suçotant ses deux dents de devant, aussi proéminentes que celles d'un lapin, il nous a dévisagés, Rob et moi.

— Je pense pas, a-t-il marmonné. Il y a un petit problème dans le camp, et...

Rabattant la visière de mon casque, j'ai dit à Rob :

— Fonce, Marcel !

— Ça a été un plaisir de discuter avec vous, a-t-il lancé au grand dadais.

Puis il a mis les gaz, et nous avons contourné la barrière rouge et blanche dans un nuage de poussière et de gravillons. Quelle importance ? J'étais déjà virée, de toute façon. Le balourd a surgi de sa cahute et s'est mis à beugler, mais il était plutôt démuni pour nous empêcher d'agir. Il n'était pas armé.

Quoique... les armes ne nous ont jamais arrêtés, Rob et moi.

Tandis que nous remontions l'allée centrale, j'ai

remarqué à quel point les bois étaient frais et silencieux, surtout avec la tempête qui se préparait. Au-dessus de nos têtes, le ciel noircissait à vue d'œil. L'air, doux et humide, sentait la pluie à plein nez. Comme par hasard, c'était au moment où j'allais en être renvoyée que je commençais à apprécier le camp de Wawasee. Quel dommage ! Je n'aurais jamais l'occasion de paresser sur une bouée au milieu des eaux claires du lac.

Lorsque nous sommes arrivés devant les bâtiments administratifs, j'ai été surprise du nombre de personnes qui grouillaient autour. Les véhicules de la police étaient garés n'importe comment, et les flics qui les conduisaient avaient disparu. Ils étaient sans doute à l'intérieur, en pleine conversation avec le Dr Alistair, Pamela et Mme John Wayne. En revanche, les mômes et les moniteurs pullulaient. Ce qui était bizarre. On aurait pu s'attendre à ce que, en cas d'accident ou de crise, les autorités de la colonie tiennent les gamins à l'écart... Puis j'ai compris qu'ils n'auraient pas réussi à le faire, quand bien même l'auraient-ils voulu. Il était dix-sept heures trente, et les enfants et leurs moniteurs se dirigeaient vers la cantine pour le dîner[1]. Problème ou non, les horaires des repas étaient réglés comme du papier à musique.

Les enfants contemplaient avec curiosité les voi-

---

1. Aux États-Unis, les gens dînent en général beaucoup plus tôt qu'en Europe, vers dix-huit heures.

tures de patrouille. Lorsqu'ils nous ont repérés, Rob et moi, leur intérêt n'en a semblé que plus fort, et ils se sont mis à chuchoter entre eux. Bizarrement, je n'ai aperçu aucun des résidents du Boulcau... En revanche, des tas d'autres gens étaient présents, y compris Ruth et Scott, qui n'ont pas esquissé un geste pour m'approcher.

C'est alors que je me suis rendu compte que je portais toujours mon casque. Voilà pourquoi personne ne me saluait, bien sûr ! Comment m'aurait-on reconnue ? Dès que j'ai eu ôté l'encombrant machin, Ruth a rappliqué et, tandis que Rob se débarrassait de son propre casque, a lancé, sarcastique :

— Eh bien, je constate que tu as réussi à trouver le chauffeur dont tu avais tant besoin !

Ce qui lui a valu un regard d'avertissement de ma part. Elle peut se montrer parfaitement arrogante, quand elle s'y met.

— Je ne crois pas t'avoir formellement présenté mon ami, Ruth, ai-je suavement contre-attaqué. Ruth Abramowitz, voici Rob Wilkins. Rob, Ruth.

— Bonjour, ça va ? lui a dit Rob avec un signe de tête.

— Très bien, merci, et toi ? a-t-elle sèchement répondu, un sourire pincé aux lèvres.

Pas sa meilleure performance, mais bon, c'était mieux que rien.

— Super.

— Ruth ! s'est soudain plainte une des fillettes du Tulipier en tirant sur le T-shirt de mon amie. J'ai *faim*. On y va, oui ou non ?

— Allez-y, a lancé Ruth à ses gamines. Et gardez-moi une place, je vous rejoins.

Les mômes ont commencé à s'éloigner vers la cantine, non sans nous reluquer, Rob et moi, ainsi que les voitures des forces de l'ordre. « Qu'est-ce que font les flics ici ? » s'interrogeait bon nombre d'entre eux à voix haute. Une bonne question, que j'ai reprise à mon compte, à l'adresse de Ruth.

— Je n'en ai aucune idée, a-t-elle marmonné.

Elle dévisageait Rob. Elle l'avait déjà croisé, naturellement, lorsque lui et moi étions en colle ensemble. Ruth venait me chercher à la sortie de mon purgatoire, afin que mes parents continuent d'ignorer mon dossier disciplinaire plutôt haut en couleurs. Mais c'était la première fois qu'elle avait l'occasion de le voir aussi bien, et je devinais qu'elle mémorisait chaque détail de sa personne pour les analyser plus tard. C'est ainsi qu'elle fonctionne.

— Comment ça, tu n'en as aucune idée ? me suis-je insurgée. L'endroit grouille de flics, et tu ignores pourquoi ?

— En effet, a-t-elle riposté en s'arrachant enfin au spectacle de Rob. Tout ce que je sais, c'est que nous étions au bord du lac, pour nous baigner, quand le maître nageur s'est étouffé dans son sifflet et nous a demandé de revenir ici.

— On a cru que c'était en rapport avec la tempête, a précisé Scott, avec un signe de tête en direction du ciel noir.

À cet instant, Karen Sue Hanky s'est approchée de nous d'une démarche nonchalante. Rien qu'à l'expression de son petit visage pointu de rate, il était clair qu'elle détenait des informations importantes... et rien qu'à l'éclat inhabituel de ses yeux bleu layette, j'ai subodoré que je n'allais pas les apprécier.

— Oh ! s'est-elle exclamée en faisant mine de m'apercevoir, tu as donc décidé de te joindre à nous, Jess. Avec un ami, a-t-elle précisé en jetant un coup d'œil aguicheur à Rob.

Elle avait beau avoir fréquenté le même lycée que lui, elle ne l'a pas reconnu. Les filles comme Karen Sue ne remarquent tout bonnement pas les gars comme Rob. J'imagine qu'elle l'a pris pour un bouseux du coin que j'avais arrêté par hasard sur la nationale et ramené au camp pour une petite séance de pelotage récréatif.

— Je te conseille de rallier la cantine en vitesse, Karen Sue, ai-je rétorqué. Une rumeur affirme qu'ils vont manquer de foin.

Elle s'est bornée à me sourire, pas un très bon signe.

— Très drôle ! Mais bon, j'imagine que ce qui se

passe t'amuse énormément. Vu que tu en es responsable, puisque tu as conseillé à ce petit bonhomme de frapper cet autre garçon. Enfin, a-t-elle conclu en rejetant ses cheveux en arrière et en soupirant, voilà qui prouve que la violence ne mène à rien de bon.

Au-dessus de nous, les nuages s'étaient tellement épaissis qu'ils dissimulaient presque entièrement le soleil. Dans la cantine, on avait allumé les lumières, ce qui ne se produisait jamais avant sept ou huit heures du soir, d'habitude, au moment où l'équipe de nettoyage rangeait tout. Au loin, le tonnerre a retenti. L'odeur d'ozone alourdissait l'atmosphère.

Je me suis avancée jusqu'à ce que le nez en trompette de Karen Sue soit à moins de trois centimètres du mien, et elle a reculé en titubant, trébuchant sur une racine et manquant de s'étaler par terre. Quand elle s'est eu ressaisie, je lui ai demandé de quoi elle parlait, nom d'un chien.

Sauf que j'ai employé une expression un peu plus imagée que « nom d'un chien ».

Karen Sue s'est mise à parler à toute berzingue, d'une voix encore plus aiguë que d'ordinaire.

— Eh bien, j'ai fait un saut rapide à l'administration pour voir si le fax du médecin d'Amber était arrivé, celui assurant que son infection chronique des oreilles l'empêchait de participer au plongeon du matin, et il se trouve que j'ai surpris une conversation entre la police et le Dr Alistair à propos d'un des résidents du Bouleau qui était descendu au lac avec tout le monde mais n'en est pas ressorti...

Je l'ai chopée par les revers de sa chemise, car elle avait commencé à s'éloigner peu à peu de moi.

— Qui ? ai-je crié. (Bien que la température fricote encore avec les vingt-cinq degrés, et en dépit de la tempête qui se préparait, j'avais la chair de poule.) Qui n'est pas revenu du lac ?

— Celui que tu engueulais tout le temps. Shane. Pendant que tu n'étais pas là, Jessica, Shane s'est *noyé*.

13

Un nouveau roulement de tonnerre a ébranlé le ciel, beaucoup plus près de nous, cette fois. Maintenant, les poils de mes bras étaient hérissés non seulement parce que j'avais froid, mais aussi à cause de l'air saturé d'électricité statique.

— Comment ça, il s'est noyé ? ai-je répété en plaquant Karen Sue contre moi.

— Ça me paraît évident, non ? a-t-elle protesté d'une voix qui déraillait vers l'hystérie. Il est allé au lac, et personne ne l'a revu depuis.

— Conneries ! (Excusez mon langage.) Ce sont des conneries, Karen. Shane sait nager.

— En tout cas, quand ils ont demandé à tout le monde de sortir de l'eau, Shane n'était pas sur la berge.

— C'est qu'il n'est jamais entré dedans, espèce de gourde ! ai-je sifflé entre mes dents.

— Peut-être. Et peut-être que si tu avais été là à faire ton boulot au lieu de te tirer avec ton petit copain (ricanement accompagné d'un hochement de tête en direction de Rob), tu le saurais mieux que personne.

Brusquement, les arbres, le ciel couvert, le sentier, tout a paru se mettre à tourner autour de moi. Comme dans cette scène du *Magicien d'Oz*, lorsque Dorothy se réveille au milieu d'une tornade. Sauf que moi, j'étais immobile au milieu de tout ce mouvement.

— Je ne te crois pas, ai-je crié en secouant Karen Sue de telle façon que son serre-tête rose a lâché et s'est envolé au diable vauvert. Tu mens ! Je vais te casser la figure, espèce de...

— Ça suffit !

Aussi vite qu'il avait commencé à valser, le monde s'est arrêté de bouger. Rob était à côté de moi, libérant Karen Sue de ma poigne.

— Ça suffit, Mastriani, a-t-il répété. Laisse-la.

— Tu mens ! ai-je craché au visage de mon ennemie intime. Tu es une menteuse invétérée, tout le monde sait ça.

Blanche comme une morte, Karen Sue a ramassé son bandeau et l'a rajusté d'une main mal assurée. Des feuilles s'y étaient collées, mais elle n'a pas semblé s'en apercevoir. J'avais une envie folle de lui sauter à la gorge, de la plaquer au sol et de lui frotter le museau dans la terre. Malheureusement, c'était impossible, car Rob avait serré ses bras autour de ma taille et refusait de me lâcher, bien que je me débatte comme une furie. Si Goodheart avait été présent, il aurait été extrêmement déçu par mon comportement. Je paraissais avoir tout oublié de l'enseignement qu'il m'avait dispensé sur la manière de contrôler mes pulsions colériques.

— Et puis, tu sais quoi, Karen Sue ? ai-je continué. Tu es nulle en flûte ! Ils ne t'auraient même pas acceptée, ici, avec le minable cinq sur dix que tu as obtenu à ton audition, si Andrew Shippinger n'avait pas attrapé une mononucléose. C'est seulement parce qu'ils étaient désespérés, qu'ils...

— Bon, a décrété Rob en me soulevant du sol. Y en a vraiment marre.

— Tu m'as volé mon chalet ! ai-je hurlé par-dessus son épaule. J'étais censée m'occuper des Frangipaniennes !

Rob m'avait détournée de Karen Sue, si bien que je faisais maintenant face à Ruth.

— Du calme, Jess, m'a dit celle-ci.

— Il n'est *pas* mort ! ai-je braillé, furax. Il n'est *pas* mort !

Ruth a cligné des paupières, a regardé Scott, est revenue sur moi. Je les ai fixés moi aussi, et c'est là que j'ai pris conscience qu'ils étaient éberlués parce que j'avais quelque chose de zarbi sur le visage. Levant la main, j'ai senti une humidité.

Génial. Je pleurais. Je chialais, et je ne m'en étais même pas rendu compte.

— Elle ment ! ai-je répété une dernière fois, mais à voix basse.

Rob devait avoir estimé que j'avais perdu de mon bellicisme, car il m'a reposée sur terre. Mais il a laissé une de ses mains sur ma nuque.

— Il n'y a qu'une seule façon de le savoir, non ? a-t-il ensuite murmuré en désignant du menton les bureaux de l'administration.

— D'accord, ai-je acquiescé en essuyant mes joues.

Ruth a insisté pour nous accompagner et, à ma grande surprise, Scott a tenu absolument à la suivre. Mon inconscient engourdi a capté qu'il se passait quelque chose entre ces deux-là, mais j'étais trop inquiète au sujet de Shane pour deviner quoi exactement. Ça attendrait. Lorsque nous sommes entrés dans les bureaux, la secrétaire aux allures de John Wayne s'est levée.

— Les enfants ne sont encore pas au courant, a-t-elle lancé. Je sais que vous êtes soucieux, mais si vous pouviez rester avec vos colons...

— Shane est l'un des miens, ai-je précisé.

Ses épais sourcils se sont soulevés, et elle m'a toisée, visiblement pas très sûre de la façon dont elle devait me répondre. Je suis venue à son secours.

— Où sont-ils ? ai-je demandé en passant devant elle et en empruntant le couloir. Chez le Dr Alistair ?

— Hé ! a-t-elle protesté en s'extirpant de derrière sa table de travail. Tu ne peux pas...

Trop tard ! J'étais déjà devant la porte du directeur. Je l'ai ouverte à la volée. Alistair, le visage rouge et le cheveux blanc, était assis derrière un vaste bureau. Les divers sièges et canapés étaient occupés par Pamela, deux agents de police de l'État, le shérif et le shérif adjoint du comté de Wawasee.

— Jess ! s'est exclamée Pamela en sautant sur ses pieds. Te voilà ! Dieu merci ! Nous t'avons cherchée partout. Le Dr Alistair a dit que tu n'étais pas venu à l'entretien prévu entre vous deux cet après-midi...

Je l'ai regardée. À quoi jouait-elle ? Elle était forcément au courant de l'endroit où j'étais. Jonathan Herzberg ne lui avait donc pas téléphoné pour lui annoncer que, grâce à moi, il avait retrouvé sa fille ? Mais bon. Jugeant que le moment était malvenu pour aborder le sujet, j'ai éludé.

— J'étais retenue ailleurs, ai-je expliqué. Une urgence. Quelqu'un peut-il m'expliquer ce qui se passe ?

Alistair s'est levé. Il ne ressemblait plus à un chef d'orchestre de renommée mondiale. Et pas à un directeur de colonie de vacances. Il ressemblait à un homme âgé et frêle, bien qu'il n'ait sans doute pas dépassé les soixante ans.

— Ce qui se passe ? a-t-il répété. Ce qui se passe ? Vous voulez dire que vous l'ignorez ? Vous n'êtes pas cette fameuse fille dotée de pouvoirs paranormaux ? Comment est-il possible que vous ne sachiez rien, avec vos dons magiques si spéciaux, mademoiselle Mastriani ?

J'ai jeté un coup d'œil à Pamela. Avait-elle vendu la mèche ? Oui, sans doute. Pourtant, son air ahuri semblait signifier le contraire.

— Je vais vous dire ce qui se passe, a enchaîné Alistair. Puisque vos supers-pouvoirs paraissent vous faire défaut pour le moment. Un de nos colons a disparu. Pas n'importe lequel, qui plus est, mais un des garçons dont *vous* aviez la charge. Tout indique qu'il s'est noyé. Pour la première fois en cinquante-cinq ans d'existence, la mort frappe le camp.

J'ai tressailli comme s'il m'avait giflée. Pas à cause de ses paroles, même si elles étaient affreuses. À cause du ton qu'il avait employé et qui suggérait une chose : tout était ma faute.

— Je suis cependant surpris que vous ne soyez pas au courant, a-t-il terminé, railleur, vous la Fille Électrisée.

— Allons, Hal, a bougonné le shérif. Et si on se calmait, hein ? Nous ne sommes sûrs de rien, pour l'instant. Nous n'avons pas de cadavre.

— La dernière fois qu'on l'a vu, il se rendait au bord du lac avec les autres. Depuis, il est introuvable ! Le gosse est mort. Et nous sommes complètement responsables. Si cette monitrice avait été là pour veiller sur lui, ça ne se serait pas produit.

J'avais la gorge sèche. J'ai essayé de déglutir, en vain. Dehors, un éclair a brillé, aussitôt suivi par un grondement de tonnerre. Puis les cieux se sont ouverts, et la pluie s'est mise à battre les vitres de la pièce, derrière le bureau du directeur. L'un des policiers d'État, observant le déluge, a grommelé, morose :

— Ça va pas être fastoche de draguer le lac, maint'nant.

Pardon ? *Draguer le lac ?*

— Le maître nageur n'était pas là ?

C'était Rob. Rob qui tentait de m'aider. Qui s'efforçait de me défausser d'une partie du blâme. Très mignon de sa part, mais inutile. C'était ma faute. Si j'avais été présente, Shane ne se serait jamais noyé. Je l'en aurais empêché.

— Il me semble, a néanmoins poursuivi Rob d'une voix raisonnable, que si le gosse se baignait c'était sous la surveillance d'un maître nageur. Ce dernier n'aurait donc rien remarqué ?

— Qui êtes-vous ? a rugi le Dr Alistair en louchant derrière ses lunettes à double-foyer. Et qu'est-ce que c'est que ça ? a-t-il ajouté en repérant

Ruth et Scott sur le seuil. Qu'est-ce que vous fichez dans mon bureau, vous autres ? Dehors !

Ni l'un ni l'autre n'ont bougé, bien que Ruth ait eu l'air d'avoir envie de se trouver à des kilomètres de là. Loin des forces de l'ordre ou d'un directeur furibond. Exactement comme la fois où son frère Skip avait été piqué par une abeille, sauf qu'au lieu de tomber dans un coma anaphylactique, la présente victime – moi – succombait d'une mort lente... celle de la culpabilité.

— Alors, a insisté Rob, il était là, ce maître nageur, oui ou non ?

— Oui, a répondu le shérif. Il n'a rien remarqué d'inhabituel.

— Parce que, ai-je murmuré, plus pour moi que pour l'auditoire, Shane détestait l'eau.

Je n'étais pas certaine de ce que j'avançais, là. J'avais juste de forts soupçons. Pour autant, Alistair ne s'est pas calmé.

— Vu votre absence sur les lieux du drame, a-t-il aboyé en me toisant par-dessus la monture de ses lunettes, qu'est-ce qui vous permet de suggérer pareille hypothèse ? Vos dons surnaturels ?

Il était si agressif que Rob a fait un pas en avant. Le shérif l'a arrêté d'une main.

— Du calme, fiston. De quoi est-ce que vous parlez, Hal ?

— Vous ne la reconnaissez donc pas ? s'est écrié l'autre sur un ton très collet monté.

Un instant, j'ai cru qu'avoir perdu une de ses pupilles l'avait fait déjanter. D'ailleurs, il ne m'avait jamais semblé très équilibré, à en juger par son attitude erratique durant les répétitions de l'orchestre du camp. Il s'emportait si souvent contre les cornistes qu'il leur jetait régulièrement sa baguette à la tête, ne les loupant que parce que les moutards avaient vite compris à quel moment se baisser.

— C'est Jessica Mastriani, a-t-il continué, la fille aux pouvoirs divinatoires qui est capable de retrouver des personnes disparues. Évidemment, elle arrive un peu tard, dans le cas qui nous occupe. Puisque l'enfant est décédé.

— Voyons, Hal, s'est récriée Pamela. Nous n'en savons rien. Il s'agit peut-être que d'une fugue. Il n'a pas été mêlé à une altercation, aujourd'hui ? a-t-elle demandé en m'interrogeant des yeux.

J'ai acquiescé en me rappelant l'incident de la tique et mon refus de flanquer un avertissement à Lionel, bien qu'il ait frappé Shane. Mieux, même. Je me souvenais du regard que m'avait jeté Shane lorsque je lui avais menti à propos de la photo de Taylor Monroe. Il ne m'avait pas crue. Pas un instant, il n'avait été dupe. Était-ce sa façon à lui de se venger de moi ? Si seulement j'avais pu aller me coucher tout de suite, j'aurais su où il était. Est-ce qu'en rendant le Dr Alistair suffisamment fou de rage, il m'assommerait avec sa baguette de chef d'orchestre comme il essayait de le faire avec les cornistes ? Étais-je capable de localiser des mômes manquant à l'appel si j'étais inconsciente ? Cela était-il pareil que de dormir ?

Sans doute pas. Par ailleurs, je ne pensais pas que le shérif autoriserait le directeur à m'expédier dans les vapes. Quant à Rob, il était évident qu'il s'interposerait. Est-ce que, par chance, ce côté protecteur était listé dans les *Dix manières de deviner s'il pense à vous plus que comme à une amie* ?

Je déraillais ! Comme si cela avait de l'importance, en ce moment crucial, où il semblait que j'avais tué un gosse. Indirectement, du moins.

— Que racontent les autres gaillards du Bouleau ? me suis-je enquise. On les a questionnés ? Ont-il aperçu Shane ?

Dave ? Où était-il, celui-là ? Il avait promis de garder un œil sur mes colons.

— Mes hommes sont en train de les interroger, a précisé le shérif. Dans leur bungalow. Malheureusement, jusqu'à présent... ça ne donne aucun résultat.

— La dernière fois qu'on l'a vu, il se rendait au lac avec ses compagnons, s'est entêté Alistair.

— Voilà qui ne prouve pas qu'il s'est noyé, a souligné Rob.

— Qui êtes-vous ? a beuglé le directeur, derechef. Pas un de nos moniteurs, n'est-ce pas ? Pamela !

— Non, Hal, a soupiré celle-ci, épuisée, en passant une main dans ses cheveux blonds.

— C'est mon ami, suis-je intervenue.

Je n'ai pas précisé « petit » ami, dans la mesure où il ne l'est pas. Et puis, j'avais l'impression que ça ne ferait qu'empirer ma situation. Déjà que je m'étais absentée pendant des heures...

— Et nous étions sur le point de partir, ai-je ajouté.

Mes louables efforts pour dissimuler mes sentiments réels envers Rob se sont révélés inutiles, dans la mesure où le Dr Alistair a rétorqué, plutôt méchamment :

— Partir ? Elle est bien bonne, celle-là. Vous semblez avoir le chic pour disparaître aux moments où l'on a le plus besoin de vous, mademoiselle Mastriani.

Ma mâchoire s'est décrochée. Qu'est-ce c'était que ce délire ? S'il comptait me virer, pourquoi n'annonçait-il pas tout de suite la couleur ? J'avais hâte d'aller dormir, si nous souhaitions retrouver Shane.

— Qu'en est-il de vos pouvoirs si particuliers ? a continué le dirlo. Vous n'éprouvez donc pas le moindre désir de nous aider à localiser ce garçon ?

Même là, je n'ai pas vu venir le coup. J'ai juste pensé qu'Alistair avait pété les plombs. Rob devait avoir la même impression, car il m'a attrapée par le coude, comme pour me tirer du chemin, au cas où l'autre dingue aurait tiré sa baguette de sa poche et se serait mis à tirer.

— Je n'ai plus de pouvoirs spéciaux, ai-je rétorqué.

— Ah bon ? s'est-il faussement étonné en haussant ses sourcils broussailleux. Alors où étiez vous, cet après-midi ?

Mon estomac a soudain dégringolé, comme si j'étais dans un ascenseur ultra-rapide. Comment avait-il su ? Qui l'avait rencardé ?

— Ça suffit, a décrété Rob en m'entraînant vers la porte (j'étais si ébahie que j'étais incapable de bouger), nous partons.

— Vous n'irez nulle part ! a tonné Alistair en abattant son poing sur son bureau. Vous êtes une monitrice du camp de Wawasee, et vous...

Un détail a enfin percé le brouillard de stupéfaction dans lequel m'avait plongée sa question concernant mes activités de l'après-midi. À savoir qu'il s'adressait à moi comme si j'avais encore bossé pour lui.

— Je ne le suis plus, l'ai-je interrompu. Je suis renvoyée, non ?

— Renvoyée ? s'est écrié le directeur, presque alarmé.

— Oh, Jess, bien sûr que non, a protesté au même moment Pamela. Rien de tout ça n'est ta faute.

Pas renvoyée. Comment ça, pas renvoyée ? Comment pouvaient-ils ne pas me renvoyer ? Je m'étais octroyé une permission sur mes heures de travail sans même donner une bonne excuse à mon comportement et, durant mon absence, un de mes mômes s'était volatilisé. Malgré tout, je n'étais *pas* renvoyée ? L'inconfort que je ressentais depuis que j'avais mis le pied dans le bureau d'Alistair s'est encore accru. Brusquement, j'ai su ce qu'il me restait à faire.

— Si je ne suis pas virée, ai-je déclaré, je démissionne. Viens, Rob.

— Jess ! s'est exclamée Pamela, stupéfaite. Tu ne peux...

— Vous n'avez pas le droit de partir ! a hurlé le dirlo de son côté. Vous avez signé un contrat.

Il a continué sur le même ton, mais je ne suis pas restée pour l'entendre. Je me suis tirée. Comme ça.

Rob et les autres m'ont suivie dans la salle d'attente. Mme John Wayne était au téléphone. En nous voyant, elle a baissé la voix, sans pour autant raccrocher.

— Tu es folle, Jess ? m'a lancé Ruth, mécontente. Démissionner alors que personne ne l'exige ? Ils avaient l'intention de te garder, tu sais.

— Je sais. C'est pourquoi je me casse. Quels patrons souhaitent s'accrocher à une salariée telle que moi, hein ? Je vais te le dire, moi : des patrons qui ont des idées derrière la tête.

— Je ne comprends pas vraiment tout ce cirque,

est intervenu Scott, qui n'avait pas encore pris la parole, et ça ne me regarde probablement pas. Mais si tu as réellement des pouvoirs de télesthésie, et si on te demande de les utiliser, ne serait-il pas mieux d'accepter ? Tu pourrais sûrement gagner des tonnes de fric, par exemple.

Rob et moi l'avons dévisagé avec incrédulité. Ruth, avec plus de pitié.

— Pauvre nul, lui a-t-elle dit gentiment.

Au même instant, la double porte vitrée des bureaux s'est ouverte en grand. Nous avons reculé pour laisser de la place aux deux personnes qui, armées de parapluies dégoulinants, sont entrées dans la salle d'attente. Ce n'est pas avant qu'elles aient eu fermé leurs pébroques que je les ai reconnues.

— Vous ? ai-je gémi. C'est le bouquet !

14

— Il faut qu'on parle, Jess, a lancé l'Agent Spécial Smith en s'ébrouant.

J'étais sciée. Non mais quel monde ! Avoir le FBI aux fesses vingt-quatre heures sur vingt-quatre est une chose. C'en est une tout autre quand ce même FBI, censé vous traquer en conservant l'anonymat, déboule comme ça, histoire de tailler une petite bavette. Ça ne se fait pas, nom d'un chien. Tout le monde le sait. Vous connaissez quelque chose de moins cool, vous ?

— Écoutez ! ai-je protesté en levant la main, je n'ai absolument pas le temps, je traverse une crise personnelle, et...

— Et elle risque de devenir encore plus personnelle quand Clay Larsson vous aura mis le grappin dessus, m'a coupée l'Agent Spécial Johnson dont les lèvres semblaient encore plus fines que d'habitude.

— Clay Larsson ?

Qui c'était, celui-là ?

Soudain, ça m'est revenu.

— Le nouveau papa de Keely ?

— Exactement, a confirmé l'Agent Spécial Johnson en jetant un coup d'œil à Rob. Le petit ami de la mère de la cousine de celui-ci.

— Ma quoi ? a marmonné Rob, en tordant le nez.

Le pauvre. Il ne pouvait pas savoir que l'autre nous resservait un de mes petits mensonges.

— Après que vous l'avez quitté, cet après-midi, a expliqué l'Agent Spécial Johnson, M. Larsson a deviné que ceux qui avaient enlevé la fille de sa maîtresse avaient été recrutés par le père de l'enfant. Il a donc décidé de rendre une petite visite à votre ami M. Herzberg, qui était retourné à son bureau après son rendez-vous avec vous au McDonald.

Je vous jure, il y a des fois où j'ai le sentiment d'être une crétine achevée.

— Oh... Il... il va bien, n'est-ce pas ? ai-je demandé.

— Il a la mâchoire brisée, trois côtes cassées, une commotion cérébrale, un genou disloqué et une hanche méchamment abîmée, m'a aimablement renseigné l'Agent Spécial Johnson en consultant son calepin.

— Omondieu ! Et Keely...

— Elle va bien, est intervenue l'Agent Spécial Smith d'une voix rassurante. Nous l'avons placée en lieu sûr, et elle y restera tant que M. Larsson n'aura pas été appréhendé.

— Vous n'avez pas réussi à le coincer ? me suis-je récriée, indignée.

— Ç'aurait été plus facile, a souligné l'Agent Spécial Johnson, teigneux, si certaine personne de notre connaissance avait été un peu moins réservée sur ses activités de l'après-midi.

— Hé, mollo ! Pas question de me coller ça sur le dos. Je n'y suis pour rien. Je ne faisais que passer, et...

— Jess, a grogné l'autre, nous sommes au courant. Jonathan Herzberg nous a tout raconté.

J'en suis restée comme deux ronds de flan. Le putois ! Le sale petit putois !

— Malgré sa mâchoire en miettes ? a demandé Rob, soupçonneux.

L'Agent Spécial Johnson a feuilleté son calepin, puis nous l'a tendu. D'une écriture tremblée que je n'ai pas reconnue – en tout cas, ce n'était certainement pas celle, précise et raide, d'Allan Johnson – Herzberg étalait sa version des faits qui avaient conduit à son agression par le mec de son ex-femme. Mon nom revenait souvent.

Le salopard ! (Excusez mon langage.) Le salopard

m'avait mouchardée. Je n'en croyais pas mes yeux. Alors que je m'étais tant décarcassée pour lui...

Jill s'est avancée d'un pas. Son tailleur bleu poudre lui donnait plus l'allure d'un agent immobilier que d'un agent du FBI. C'était le but recherché, j'imagine.

— Jess, m'a-t-elle dit, Clay Larsson n'est pas un individu très équilibré. Son casier judiciaire est long comme un jour sans pain. Agressions, voies de fait, résistance aux forces de l'ordre, coups et blessures contre des policiers... C'est un homme dangereux et instable. D'après ce que M. Herzberg nous a confié, nous avons des raisons de croire que, à cet instant précis, il... vous garde un chien de sa chienne, Jess.

Voilà qui ne m'étonnait pas, si l'on repense au coup de tatane que je lui avais balancé dans la tronche. Mais Clay Larsson ignorait qui j'étais et n'avait aucune idée de l'endroit où je me trouvais.

— C'est justement le problème, a admis l'Agent Spécial Smith quand j'ai eu formulé ces objections à voix haute. Il est parfaitement au courant de tout ça. Voyez-vous, Jess... il a pas mal torturé le père de Keely pour obtenir ces renseignements.

— OK, a aussitôt décrété Rob. Inutile d'en dire plus. Rassemble tes affaires, Mastriani, on se tire.

J'ai mis plus de temps que Rob à piger ce que je venais d'entendre. Clay Larsson, qui visiblement avait des difficultés à maîtriser ses emportements encore plus sérieuses que les miennes, savait qui et où j'étais, et il avait bien l'intention de se venger de moi pour a) lui avoir filé un coup de saton dans la figure, et b) avoir kidnappé la fille de sa copine qui l'avait elle-même auparavant enlevée à son ex-mari. Si j'étais pas une petite veinarde, moi ! Franchement, vous avez déjà rencontré quelqu'un d'aussi verni que moi ?

— Formidable, ai-je fini par marmonner. Tout bonnement génial. Dois-je en déduire que vous deux avez rappliqué ici pour me protéger ?

L'Agent Spécial Johnson a rangé son calepin, ce qui m'a permis d'entrevoir son pistolet, rangé dans le holster, prêt à servir.

— On peut dire ça comme ça, a-t-il reconnu. Vous garder en vie relève de l'intérêt national, Jess. Bien que vous ayez prétendu ne plus être en possession des... euh... dons qui, à l'origine, ont attiré l'attention de nos supérieurs. Nous allons juste traîner dans les parages, histoire de nous assurer que M. Larsson ne vous porte pas préjudice, au cas où il arriverait à pénétrer dans le camp de Wawasee.

— La meilleure façon de la protéger serait de l'emmener loin d'ici, a objecté Rob.

L'Agent Spécial Johnson a toisé mon chevalier blanc de haut en bas, comme s'il le voyait pour la première fois de sa vie, ce qui n'était pas faux, d'ailleurs. D'aussi près, en tout cas. Ils étaient environ de la même taille, ce qui a semblé vaguement surprendre

Allan. Il est vrai que, pour quelqu'un censé passer inaperçu, il était drôlement grand.

— C'est précisément ce que nous comptons faire, a-t-il répondu. Nous allons l'emmener dans un endroit sécurisé, où elle attendra que M. Larsson ait été capturé.

— Je ne crois pas, a rétorqué Rob, tandis que Ruth, derrière nous, lançait :

— Ah non, ça ne va pas recommencer !

— Vous avez donc oublié ce qui s'est passé, la dernière fois que vous m'avez enfermée dans un endroit prétendument sécurisé ? ai-je lancé à l'Agent Spécial Johnson.

Lui et sa collègue se sont brièvement consultés du regard.

— Cette fois, a commencé l'Agent Spécial Smith, je vous promets que...

— Des clous ! l'ai-je coupée. Je ne vais nulle part avec vous deux. En plus, ai-je ajouté en contemplant la pluie qui tombait à seaux de l'autre côté des portes vitrées, j'ai encore un boulot à terminer, ici.

— Mais Jess...

— Non, Jill. (Mes relations avec les Agents Spéciaux Smith et Johnson en étaient arrivées à un degré d'intimité étonnant, depuis que je leur avais apporté de quoi se restaurer dans leur camionnette blanche.) Laissez tomber. J'ai du pain sur la planche. Et des responsabilités à assumer.

— Ce n’est vraiment pas le moment de...

— Inutile d’insister. Et maintenant, il faut que j’y aille.

Ce que j’ai fait. Je suis sortie de l’administration, en plein dans le déluge. Bon, d’accord, c’était peut-être plus une grosse averse qu’une pluie torrentielle, mais quand même. Il n’a fallu que quelques secondes pour que mon T-shirt et mon jean soient trempés.

Je n’y ai pas prêté attention. Je ne leur avais pas menti. J’avais du boulot. Retrouver Shane, où qu’il soit, était une priorité sur ma liste. Était-il dehors, dans la tempête ? me suis-je demandé en marchant à grands pas en direction de mon chalet. Avait-il réussi à se réfugier quelque part au sec, au chaud ? Cela m’importait-il vraiment ? En dépit du nombre de fois où j’avais eu envie de lui tordre le cou – et Dieu sait que ça m’était arrivé souvent – le sort de Shane m’inquiétait-il ?

Oui. Pas seulement parce que cette grosse tête d’artichaut était capable de produire une musique aussi belle. Parce que, en quelque sorte, je l’appréciais. Étonnant mais vrai, cet affreux moutard me plaisait bien.

Le tonnerre a roulé. Il s’éloignait. Rob m’a rattrapée au petit trot.

— Quelle sortie théâtrale ! a-t-il ricané.

Comme moi, il était en train de se transformer en éponge.

— Ma spécialité, ai-je répondu.

— Tu te trompes de chemin.

Je me suis arrêtée net et j'ai contemplé les environs, oubliant que Rob n'avait jamais mis les pieds à la colo et ne pouvait par conséquent savoir où était situé le Bouleau.

— Non, ai-je dit.

— Si, a-t-il persisté avec un geste du pouce derrière lui. La moto est là-bas.

— Je ne pars pas, Rob. C'est impossible.

— Jess.

Il m'appelle rarement par mon prénom. Le plus souvent, j'ai droit à mon nom de famille, comme en colle, un lieu où, grosso modo, nous ne sommes que des dossiers à problèmes exigeant d'être disciplinés. Donc, quand il utilise mon prénom, c'est qu'il ne rigole pas. Ce coup-ci, cela concernait ma sécurité. Malheureusement, j'étais dans l'obligation de le décevoir.

— Économise ta salive, Rob, je reste ici.

Il n'a pas répondu immédiatement. Je l'ai observé en plissant les paupières, à cause de la pluie. Il me dominait de toute sa hauteur, son regard bleu pâle empli d'une émotion que j'avais du mal à identifier. Pas de l'amour, ça c'est sûr.

— Jess, a-t-il repris d'une voix basse et mesurée, tu sais que je te trouve sacrément futée, non ?

J'ai cligné des yeux. Pas facile de le contempler,

avec toutes ces gouttes qui me tombaient sur le visage. Sans compter l'obscurité ambiante, seulement trouée par l'éclairage faiblard d'un des réverbères du sentier. Son air sérieux ne m'a cependant pas échappé. La pluie avait plaqué ses cheveux sur son crâne, mais il paraissait s'en moquer comme d'une guigne.

— D'accord, ai-je admis, considérons ça comme un postulat.

— Alors, tu comprendras peut-être ce que je vais te dire. Je ne me suis pas tapé toute cette route pour regarder un dingue t'estourbir. Donc, tu vas me faire le plaisir d'aller poser ton cul (geste de la main en direction de cette partie de mon anatomie ; excusez son langage) sur cette bécane, sinon je te jure que je m'en charge à ta place.

J'avais enfin identifié l'éclat qui brillait dans ses yeux. Pas de l'amour. Oh que non ! De la colère. J'ai essuyé l'eau qui dégoulinait sur mon visage avant de lui servir la seule réponse envisageable :

— Non.

Il a eu ce sourire mi-dégoûté mi-amusé qu'il arbore environ la moitié du temps, quand il est en ma compagnie, puis a scruté l'horizon pendant un instant, bien qu'il n'y ait rien à voir là-bas, si vous voulez mon avis. En tout cas, moi, je ne voyais que de la pluie.

— Je dois récupérer Shane, ai-je crié pour dominer le grondement du tonnerre.

— Ah ouais ? J'en ai rien à battre, de Shane, a-t-il ajouté sans cesser de sourire.

Une rage noire a brusquement bouillonné en moi. J'ai bien essayé de la dominer, en comptant jusqu'à dix, un tuyau que Goodheart m'a refilé gratis il y a longtemps. Parfois, ça marche, même.

— Eh ben moi, si. Et je ne filerai pas d'ici tant qu'il ne sera pas sain et sauf.

Le sourire de Rob s'est effacé. J'aurais dû deviner ce qui allait suivre. Ce mec n'est pas du genre à discuter juste pour s'entendre parler. Cependant, il n'avait jamais recouru à la force avec moi. Ça a été une première.

J'aime à croire que, l'un dans l'autre, j'aurais pu lui échapper. Sans blague. Bon, d'accord, il me tenait cul par-dessus tête, ce qui, je veux bien l'admettre, est assez déroutant. Et il m'avait coincé les bras, un léger handicap pour une jeune fille de bonne famille. N'empêche, je suis convaincue que, à l'aide de quelques coups de boule bien placés – il aurait certes fallu que j'arrive à rapprocher ma tête de la sienne, ce qui, j'en suis persuadée, n'aurait été qu'une question de temps – j'aurais réussi à me sauver.

Malheureusement, notre tendre interlude dans les bois a été interrompu avant que j'aie eu l'occasion de mettre en pratique mes talents de lutteuse.

— Pose-la, fiston ! a lancé la voix de l'Agent Spécial Johnson au milieu de la brume humide.

Rob repartait déjà vers sa moto. Il n'a même pas ralenti.

— Cours toujours ! s'est-il contenté de répliquer.

C'est là qu'Allan a émergé de derrière les arbres. Même la tête en bas, j'ai vu qu'il avait dégainé son flingue. J'ai été surprise, je l'avoue.

Rob aussi, apparemment, car il s'est figé sur place. Une seconde, deux au maximum. Dans ma position inconfortable, je me suis rendu compte que, contrairement à ce que j'avais cru, je n'étais pas trempée jusqu'aux os. Maintenant, avec mon ventre à l'air, c'était chose faite. Est-il nécessaire de préciser que c'était des plus désagréables ?

— Tu ne tireras pas, a lancé Rob à l'Agent Spécial Johnson. Tu risquerais de la toucher.

— Ce serait en effet dommage, a répliqué l'autre, mais vu qu'elle n'a pas cessé de me courir sur le haricot depuis que je la connais, ça ne me dérangerait pas des masses.

— Allan ! me suis-je exclamée, choquée. Que dirait Mme Johnson si elle vous entendait ?

— Lâche-la, fiston.

Rob m'a remise à l'endroit et sur mes pieds. L'Agent Spécial Johnson s'est approché et m'a saisie par le bras. Il n'avait pas rangé son arme, mais il la pointait vers le ciel.

— Et maintenant, monsieur Wilkins, a-t-il ordonné en repassant au vouvoiement (et en retrouvant sa courtoisie habituelle), grimpez sur votre moto et déguerpissez.

— Hé ! me suis-je récriée. (Maintenant que le sang commençait à se retirer de mon cerveau, j'étais capable de réfléchir.) Comment vous savez ça, vous ? Je ne vous ai jamais dit son nom.

— Sa plaque d'immatriculation, a soupiré Allan comme si j'étais la reine des gourdes.

— Ah.

J'ai brièvement regardé Rob qui se tenait debout sous la pluie, son T-shirt collé à la peau. On distinguait ses abdos sous le tissu mouillé. Une fois de plus, j'ai eu l'impression d'une comédie musicale. Vous savez, le genre où le beau gosse reste sous la flotte pendant que sa copine le largue ? Sauf que moi, je ne le larguais pas du tout. Je tâchais seulement de mettre la main sur un môme. Rien de plus. Mais personne ne voulait me laisser faire.

Soudain, une idée m'a traversé l'esprit. Si le T-shirt humide de Rob était aussi transparent, qu'en était-il du mien ? Baissant les yeux, j'ai vivement croisé mes bras sur ma poitrine.

C'était mieux ainsi, ai-je pensé. Pas les vêtements mouillés, bêtas ! Qu'ils obligent Rob à partir. J'avais pleinement conscience qu'il me serait plus facile de me débarrasser des Super Amis[1] que de Rob. Donner des coups de boule aux mecs du FBI ne me gênait pas. En revanche, je crois bien que j'aurais eu du mal à maltraiter Rob.

— Je t'appelle, lui ai-je lancé par-dessus mon épaule tandis que l'Agent Spécial Johnson me ramenait vers l'administration de la colo.

— Rends-moi service, Mastriani, a rétorqué Rob.

— Bien sûr. Quoi ?

Pas fastoche de discuter en marchant à reculons, mais je n'avais pas le choix, car Allan me tirait avec vigueur.

— Ne te donne pas cette peine.

Sur ce, il a tourné les talons et s'est éloigné, rapidement avalé par la brume. Une minute plus tard, le moteur de l'Indian a rugi.

Il était parti.

J'ai regardé l'Agent Spécial Johnson qui, contrairement à Rob, n'avait rien de sexy, trempé jusqu'aux os.

— J'espère que vous êtes content de vous, lui ai-je dit, amère. Ce gars aurait pu devenir mon petit ami, un de ces jours prochains, si vous n'étiez pas venu tout fiche en l'air avec vos gros sabots.

— Vos parents sont au courant de vos rapports

1. En anglais, *The Wonder Twins*, jumeaux dotés de super-pouvoirs, héros d'une BD. Ici, allusion ironique aux Agents Spéciaux Smith et Johnson.

avec M. Wilkins ? a-t-il répliqué en tripotant les touches de son portable.

— Naturellement ! me suis-je indignée. J'ai une vie privée, figurez-vous. Mes parents ne se mêlent pas de qui je vois ou non. Ce ne sont pas des dictateurs, eux !

Quel chapelet de mensonges ! Je suis surprise que ma langue ne se soit pas aussitôt desséchée dans ma bouche. Quant à l'Agent Spécial Johnson, il n'a pas paru me croire.

— Et savent-ils que M. Wilkins a un casier judiciaire ? a-t-il repris. Et qu'il est présentement en période de mise à l'épreuve ?

— Oui, ai-je affirmé avec autant d'aplomb que possible.

Puis, ma curiosité prenant le dessus, j'ai précisé :

— Quoiqu'ils ignorent les raisons exactes de cette mise à l'épreuve.

— Cette information est confidentielle, bien sûr, m'a-t-il renvoyé en fronçant les sourcils. Si M. Wilkins a décidé de ne pas préciser ce détail à... vos parents, il ne m'appartient pas de le faire.

Flûte ! Encore raté ! À ce train-là, je n'allais jamais réussir à apprendre ce dont Rob s'était rendu coupable pour devenir un gibier de potence. Il refusait de m'en parler et voilà que, sans surprise, je n'étais pas parvenue à arracher une réponse claire aux Fédéraux. Ça ne pouvait pas être bien méchant, sinon il aurait terminé en taule, pas avec une simple mise à l'épreuve. Mais bon sang, de quoi s'agissait-il ?

Je n'étais pas prête de découvrir le pot aux roses, maintenant que j'avais bousillé notre relation.

En même temps, j'étais censée agir comment, moi ? C'était la faute d'Allan, na !

L'interlocuteur de ce dernier, qui qu'il soit, avait dû finir par décrocher parce que, tout à coup, il a lancé :

— Cassie sécurisée. Je répète, Cassie sécurisée.

Puis il a coupé la communication.

— Qui est Cassie ? ai-je demandé.

— Désolé, a-t-il répondu en rangeant son mobile. j'aurais dû dire Cassandre.

— Qui c'est, celle-là ?

— Personne.

Je l'ai fusillé du regard. Il me prenait pour une débile ?

— Une minute, mon petit gars. Je me souviens. En Sixième, nous avons étudié la mythologie. Cassandre était une espèce de voyante, un truc comme ça.

— Elle se défendait en prophéties, a admis l'Agent Spécial Johnson.

— C'est ça. Sauf qu'elle était victime d'un sortilège... Quoi ? me suis-je écriée, scotchée. C'est *mon* nom de code ? *Cassandre ?*

— Vous auriez préféré autre chose ?

— Tu parles ! Pourquoi pas de nom de code, par exemple ?

Décidément, ce n'était pas mon jour. D'abord, un timbré persécuteur de femmes voulait me tuer, puis mon mec me jetait, et maintenant j'apprenais que le FBI m'avait collé un nom de code. N'en jetez plus, la cour est pleine.

L'Agent Spécial Smith est sortie de la pénombre, protégée par un grand parapluie.

— Non mais regardez-vous, tous les deux ! s'est-elle exclamée. Vous êtes trempés comme des soupes.

Elle s'est rapprochée, de façon à ce que son pébroque nous abrite tous. Enfin, plus ou moins.

— J'ai réussi à réserver dans l'Holiday Inn à quelques kilomètres d'ici, nous a-t-elle appris. Je ne pense pas que M. Larsson pensera à chercher Jess là-bas.

— J'ai droit à ma chambre particulière ? ai-je demandé, pleine d'espoir.

— Certainement pas, a suavement rétorqué Jill en me souriant. Nous serons coturnes.

— Génial, ai-je ronchonné. Je vous préviens, je ronfle comme un sonneur.

— Je survivrai.

C'était horrible. Affreux. Je ne pouvais décemment pas passer la nuit dans un hôtel pépère pendant que Shane dormirait à la (pas si) belle étoile. Ou pire, pendant qu'il était mort. Il fallait que je le localise.

Mais comment ? Comment allais-je m'y prendre sans qu'Allan ni Jill se doutent de ce que je mijotais ?

— Je dois récupérer mes affaires, ai-je annoncé.

— Pas de problème, a acquiescé l'Agent Spécial Johnson en consultant sa montre. (Il avait une de celles qui s'allument, le veinard.) Nous allons vous escorter à votre bungalow.

Nom d'un chien !

J'ai néanmoins eu l'impression que Jill et Allan commençaient à regretter plus que jamais d'avoir été affectés à l'affaire Cassandre lorsque nous avons pénétré dans le Bouleau, où nous attendait un bazar démentiel. Les mômes étaient déchaînés. En entrant, nous avons failli être heurtés de plein fouet par un morceau volant de colophane pour archet. Archibald jouait du tuba malgré l'interdiction de s'entraîner hors des salles de musique, Lionel hurlait à tue-tête aux autres de la boucler, Doo Sun et Tony étaient en plein duel – des archets en guise d'épées... Au milieu de ce charivari, une femme policier se bouchait les oreilles en suppliant inutilement les gosses.

— S'il vous plaît ! bêlait-elle. Je vous en prie, écoutez-moi. Nous allons retrouver votre ami...

Gagnant la kitchenette à grands pas, j'ai ouvert le boîtier des fusibles et j'ai coupé la lumière. Plongés dans une demi-obscurité, les petits monstres se sont figés sur place. Le bruit a cessé. Je suis revenue dans le dortoir... et me suis immédiatement transformée en sandwich, car tous les garçons se sont rués sur moi, s'accrochant à diverses parties de mon corps en criant mon nom.

— Ça suffit ! ai-je braillé au bout d'un moment. On se calme, on se calme.

Je me suis dégagée de leurs embrassades et suis allée m'affaler sur un lit. Celui de Shane, vide, me suis-je aperçue à la lueur d'un nouvel éclair. Il avait été vite fait mal fait, la housse de couette était décorée de notes de musique. Shane aurait sûrement préféré des draps ornés de tout un attirail footeux. La couche dégageait cependant son odeur, que, une fois n'est pas coutume, j'ai trouvé réconfortante.

J'ai levé la main pour faire taire les exclamations, genre « Où t'étais, Jess ? », « T'es au courant, pour Shane ? ».

— Oui, je sais. Et je veux entendre votre version de ce qui s'est passé.

Les morveux se sont regardés, le visage vide, puis ont haussé les épaules comme un seul homme.

— Il est venu avec nous au lac, a commencé Sam.

— Mais je crois bien qu'il ne s'est pas baigné, a enchaîné Lionel.

Son accent empirait sous l'effet du stress, et j'ai mis un moment à comprendre ses paroles.

— Ah bon ? ai-je demandé. Tu en es sûr ?

— Si Shane s'était baigné avec nous, a raisonné le

Guyanais, il aurait essayé de me couler. Ça n'a pas été le cas.

— Donc, il n'est pas entré dans l'eau ?

Une fois encore, les mômes ont haussé les épaules, indécis. Seul Lionel a vigoureusement hoché la tête.

— Je crois qu'il s'est sauvé, a-t-il repris ensuite. Il était très en colère contre toi, Jess, parce que tu ne m'avais pas donné d'avertissement.

Comme d'habitude, il prononçait « Jayce ». Et, comme d'habitude, il avait raison. Enfin, je croyais. Shane m'en avait vraiment voulu, assez en tout cas pour désirer me donner une leçon. « Où es-tu, Shane ? » ai-je songé en moi-même. « Et qu'est-ce que tu nous prépares ? »

Soudain, la lumière est revenue. L'Agent Spécial Smith est apparue et a indiqué ma chambre du menton.

— Vos affaires sont là-dedans ? s'est-elle enquise.

J'ai acquiescé.

— Je prépare votre sac, a-t-elle décrété en filant dans mon antre.

Son partenaire s'est adossé aux montants de la porte du chalet en regardant de nouveau sa montre.

— Qui c'est, ce mec ? a lancé Tony.

— C'est ton *petit copain* ? s'est exclamé Doo Sun, interloqué.

— C'est *lui*, Rob ? a braillé Archibald.

Je lui ai plaqué une main sur la bouche, ce qui a eu l'air de le surprendre tout autant que moi.

— Chut ! ai-je soufflé. Ce n'est pas Rob. C'est juste… euh… un ami à moi.

— Oh ! a marmonné le gosse. T'as mangé au McDo ? a-t-il ajouté quand j'ai eu retiré mes doigts.

Prenant l'oreiller de Shane, j'ai enfoui mon visage dedans. « Seigneur, ai-je prié dans un accès de mysticisme aussi inattendu que bizarre, donnez-moi la force de ne pas tuer un autre garçonnet aujourd'hui. Un suffit, à mon avis. »

L'Agent Spécial Smith est ressortie de ma chambre avec mon sac de marin.

— Je n'ai rien oublié, il me semble. Ces berlingots de lait sont à vous, ou dois-je les laisser aux enfants ?

Les yeux brillants, Archibald s'est tourné vers moi.

— Hé ! a-t-il rugi. Qu'est-ce qui se passe ?

— Tu t'en vas ? s'est écrié Lionel, dont le menton a commencé à trembloter. Tu nous quittes, Jayce ?

— Les bonbons, les cookies, toutes ces sucreries cookies ne m'appartiennent pas, ai-je lancé sèchement à Jill. N'y touchez pas.

J'étais exaspérée. J'aurais voulu annoncer la nouvelle de mon départ aux enfants d'une autre façon.

— Il n'y a rien d'autre que ce lait, Jess, a répondu Jill, paumée.

— Comment ça ? ai-je protesté. Il devrait y avoir du pop-corn caramélisé, des biscuits fourrés au chocolat, des barres chocolatées, des frites acidulées, des chips, des cookies aux pépites de chocolat, des céréales au chocolat et des pastilles de chocolat en plus de des berlingots de lait concentré sucré à différents parfums.

— Pardon ? a balbutié Jill, de plus en plus médusée.

— Des bonbecs, quoi ! ont hurlé mes gaillards d'une seule voix.

— Désolée, a-t-elle murmuré. Il n'y a rien de tout ça. Juste le lait.

Sans lâcher l'oreiller de Shane, je me suis levée.

— Dites-moi un peu, les garçons, ai-je demandé en les toisant sévèrement, est-ce que, par hasard, vous auriez boulotté les confiseries que je vous ai confisquées l'autre jour ?

Ils se sont interrogés du regard avant de nier de la tête. Ils étaient sincères, j'en aurais juré.

— J'ai bien essayé, a avoué Archibald, mais je n'ai pas réussi à les attraper. Tu les avais mises trop haut.

Trop haut pour lui. Mais pas, me suis-je brusquement rendu compte, pour le plus solide des résidents du Bouleau.

Plusieurs choses se sont imposées à moi en même temps. D'abord, que Ruth, Scott et Dave grimpaient notre porche, pour me dire au revoir, j'imagine. Ensuite, que, dehors, la pluie avait cessé et que la tempête, roulant son tonnerre, s'éloignait à présent vers le lac Michigan. Enfin, que l'odeur de Shane, qui émanait de son oreiller toujours serré dans mes mains, était devenue écrasante.

Parce que j'avais tout à coup deviné où il se trouvait.

Et ce n'était pas au fond du lac de Wawasee.

15

Qu'est-ce que vous voulez que je vous dise, hein ? Je ne comprends pas plus que vous ces phénomènes psychiques. À la base militaire de Crane, dont j'avais été une invitée de marque au printemps, ils avaient procédé à toute une batterie d'examens sur ma petite personne. Grosso modo, ils en étaient arrivés à la conclusion que, lorsque je glissais dans une phase de sommeil paradoxal, quelque chose se produisait. Comme si le webmaster de mon cerveau se mettait soudain à télécharger de nouvelles informations. Voilà comment, au réveil, je savais des choses.

Sauf que, cette fois, ça s'était déroulé à l'état de veille. Sans charre. Tandis que je tenais l'oreiller puant de Shane. Et je n'avais rien ressenti. Dans les BD que mon frère Douglas lit tout le temps, lorsqu'un des personnages a une vision, ce qui arrive souvent, il plisse le visage et pousse des « Aaaarrrrgggghhh »…

Je ne blague pas. *Aaaarrrrgggghhh*. Comme si c'était douloureux.

Mais croyez-moi, télécharger une vision ne fait pas mal du tout. On ne s'en rend même pas compte : à un instant donné, il n'y a rien ; la fraction de seconde qui suit, c'est là.

Comme un mail.

Voilà pourquoi, quand j'ai relevé la tête de cet oreiller, j'ai vraiment eu du mal à me contenir. Je ne tenais cependant pas à hurler ma découverte devant les Agents Spéciaux Johnson et Smith. Après tous les efforts que j'avais déployés pour les persuader que j'avais perdu tout don divinatoire, merci bien. Malheureusement, lorsque j'ai enfin eu l'occasion de partager avec mes amis ce qui me semblait relever du miracle, personne n'a eu l'air très impressionné.

— Une grotte ? s'est exclamée Ruth d'une voix que la panique éraillait. Tu veux que j'aille dans une grotte chercher ce petit misérable ? Des clous, ma vieille !

Du geste, je lui ai intimé de baisser d'un ton. Les Fédéraux étaient juste dans la pièce voisine, quoi !

— Pas toi, l'ai-je rassurée. C'est moi qui entrerai dans la caverne.

Inutile de la vexer en lui précisant qu'elle aurait été la dernière personne au monde que j'aurais choisie pour m'accompagner dans une petite expédition spéléologique.

— Mais pourquoi une grotte ? a-t-elle persisté, sceptique. Pourquoi se serait-il caché là-bas ?

— Paul Huck, ai-je expliqué.

— Qui ça ?

— Un type qui s'était réfugié dans une caverne quand il s'était cru persécuté.

Nous devions chuchoter, car nous étions séquestrés dans ma chambre riquiqui – j'étais supposée faire mes adieux à mes amis, pendant que les Agents Spéciaux Johnson et Smith montaient la garde dans le chalet. Ils m'avaient généreusement accordé dix minutes pour ça. Ces naïfs devaient penser que j'aurais du mal à semer la zizanie dans mon cagibi.

Visiblement, ils ignoraient que : a) la fenêtre de ma piaule était assez large pour que quelqu'un puisse s'y faufiler ; b) deux personnes s'étaient déjà éclipsées par ce chemin afin de me rendre un petit service ; c) au lieu de dire au revoir à Ruth, Scott et Dave, je guettais l'occasion de me tirer pour aller retrouver Shane, dont je savais avec certitude qu'il n'était pas mort, mais bien vivant sur le territoire de la colonie de vacances.

— Rappelle-toi, ai-je repris, le premier soir à la Fosse, quand ils nous ont lu les règlements du camp. L'un d'eux stipulait que la grotte du Loup était interdite. Quel môme, après avoir entendu l'histoire de

Paul Huck et s'estimant persécuté à son tour, n'aurait pas foncé directement là-bas ? En plus, il a piqué toutes les cochonneries entassées dans ma chambre et ma lampe de poche.

— Aurais-tu par hasard d'autres raisons de penser qu'il est là-bas ? m'a demandé Ruth d'un ton soupçonneux.

— Oui.

Surprenant, non ? Ruth a haussé les sourcils.

— Vraiment ? Qu'en est-il alors de ces théories sur le sommeil paradoxal ?

— Aucune idée. Je n'en ai peut-être pas besoin si je suis suffisamment énervée.

J'étais incapable de formuler ce qui était arrivé lorsque j'avais serré contre moi l'oreiller de Shane. La façon dont le parfum de son shampooing avait évoqué une image de lui, blotti dans la lueur de la torche et se gavant de pop-corn. J'ignorais comment ça s'était passé, et si ça se reproduirait jamais. Mais j'avais eu la vision d'une personne disparue, alors que je ne dormais pas... En tout cas, j'étais bien décidée à agir et à réparer mes erreurs.

— Si tu veux mon avis, ce jeune crétin n'en vaut pas la peine, a décrété Ruth.

— Jolie attitude pour une monitrice, ai-je riposté.

— Ce gosse est une purge.

— Tu ne dirais pas ça si tu l'avais entendu jouer.

— Il ne peut pas être aussi extraordinaire.

— Il l'est. Crois-moi.

Mon souvenir de la merveilleuse musique de Shane était aussi vif que la vision que j'avais eue de lui en train de s'empiffrer à la lumière de la lampe électrique.

— Si tu l'affirmes, a soupiré Ruth. N'empêche, à ta place, je le laisserais pourrir là-bas. Il reviendra de lui-même quand il sera à court de provisions.

— Je te rappelle qu'un môme s'est déjà perdu, dans cette grotte, et qu'il en est mort. Voilà pourquoi, il est interdit de s'y rendre. Si ça se trouve, Shane n'a pas réussi à sortir de la caverne, ce qui explique pourquoi il est encore là-bas.

— Et qu'est-ce qui te pousse à croire que, toi, tu arriveras à ne pas te perdre, hein ?

— Mon sens inné de l'orientation.

— Bah !

Soudain, la tranquillité qui s'était emparée du camp de Wawasee après la tempête a été déchirée par une explosion si violente que, en comparaison, le tonnerre qui l'avait précédée ressemblait à un simple claquement de doigts. Ruth a plaqué ses mains sur ses oreilles.

— Wouah ! me suis-je exclamée, impressionnée. Juste à l'heure ! Ton petit ami est drôlement doué pour créer une diversion.

— Scott n'est pas mon petit ami, a rétorqué Ruth,

revêche. Quant aux diversions, a-t-elle ajouté, c'est sûrement un as. Il a été scout, après tout.

La porte de la chambre s'est ouverte à la volée. L'Agent Spécial Smith est apparue, son flingue à la main.

— Dieu merci, vous n'avez rien ! a-t-elle dit en me voyant, ses yeux bleus écarquillés par l'anxiété. Ça ne peut être que lui, Clay Larsson. Ne bougez pas d'ici. L'Agent Spécial Johnson et moi-même inspectons les environs. Compris ? L'agent Deckard et un des adjoints du shérif restent là...

— Pas de souci, ai-je répondu. Allez-y.

Jill m'a adressé un sourire nerveux, qu'elle voulait rassurant j'imagine. Puis elle a fermé la porte. Dieu merci, elle n'avait pas remarqué l'absence des deux garçons.

— On se tire ! ai-je annoncé en sautant aussitôt sur mes pieds pour me diriger vers la fenêtre.

— J'espère que tu sais ce que tu fais, a ronchonné Ruth en m'emboîtant le pas. J'ai l'impression qu'ils prennent un peu trop au sérieux ce Larsson. N'empêche, s'il était vraiment à tes trousses ?

— Hé, ma vieille, ai-je riposté avant de me laisser tomber dehors en lui jetant un coup d'œil écœuré, c'est à moi que tu parles. Tu crois vraiment que je ne suis pas capable de régler son sort à une espèce de brute qui aime tabasser les bonnes femmes ?

— Effectivement, vu sous cet angle...

Elle m'a rejointe à l'extérieur du bungalow. L'obscurité régnait dans le camp, mis à part une mystérieuse et vive lumière orange en provenance du parking. La température avait également chuté, grâce à la pluie. En revanche, tout était humide. Mes baskets et le bas de mon jean, qui avaient eu le temps de sécher, n'ont pas tardé à être de nouveau complètement imbibés. Des gouttes d'eau tombaient des arbres chaque fois qu'un vent léger agitait ces derniers. C'était assez désagréable, ainsi que Ruth n'a pas hésité à s'en plaindre à la première occasion.

— Mes chevilles me démangent, a-t-elle chuchoté.

— Personne ne t'a demandé de venir.

— Ben voyons ! Et je serais restée toute seule à me dépatouiller avec les flics ? Merci du cadeau.

— Si tu suis, tu la boucles.

— D'accord. N'empêche que toute cette pluie va réveiller mes allergies.

Y a des fois, je vous jure, je pense qu'il me serait plus facile de ne pas avoir de meilleure amie.

Nous n'avions parcouru qu'une dizaine de mètres quand nous avons entendu des bruits de pas qui se rapprochaient. J'ai soufflé à Ruth d'éteindre sa lampe de poche, mais ce n'étaient que Scott et Dave qui se dépêchaient de nous rattraper.

— Bravo, les gars ! les ai-je félicités. Ils sont tombés dans le panneau.

— Tu avais raison, a murmuré Scott en prenant l'air modeste, les tampons sont d'excellentes mèches.

— Quand je pense que tu as osé affirmer que les retenues étaient inutiles, ai-je dit à Ruth, triomphante.

— Le système d'enseignement américain n'a visiblement pas été conçu pour des ingrats comme vous, a-t-elle soupiré en secouant la tête.

Dave a jeté un coup d'œil par-dessus son épaule, en direction du parking d'où s'échappaient d'épaisses volutes de fumée noire. Il haletait, était taché de boue et couvert de feuilles et, sans doute aucun, enchanté. Je comprenais. Après dix-sept ans de trompette et de parties de *Donjons et Dragons*, ce fort en thème découvrait enfin les joies de la vie... et du danger.

— Je n'en suis pas persuadé, a-t-il répondu à Ruth. J'envisage de gagner quelques points supplémentaires en chimie à la rentrée prochaine. Faire sauter une camionnette à l'aide d'un cocktail Molotov doit bien valoir une mention.

— Vous êtes complètement cinglés, a bougonné Ruth.

— Hé ! a protesté Scott, vexé. Nous avons pris toutes les précautions nécessaires. Ni enfants ni animaux n'ont été touchés dans l'exécution de cette petite blague.

— Non plus que des membres des forces de sécurité, a renchéri Dave.

— Je suis cernée par des aliénés, a persisté Ruth.

— Allons-y, ai-je décrété en écourtant cette conversation stérile.

Finalement, nous n'avons pas eu besoin des torches pour parvenir jusqu'au lac et le contourner. La tempête, en s'éloignant, avait laissé derrière elle un ciel relativement dégagé. Une jolie nouvelle lune brillait au-dessus de nos têtes, à peine un croissant, mais suffisamment lumineux pour que nous y voyions (du moins tant que nous n'étions pas sous le couvert des arbres), qu'aidait une traînée d'étoiles.

Si la remarque sur les allergies n'avait pas suffi à ce que je comprenne, je me suis rendu compte à la moitié de notre périple autour du lac qu'amener Ruth avait été une grave erreur. Elle ne cessait de bavasser... pas parce qu'elle tenait à ce que la terre entière sache à quel point ses chevilles la grattaient ou se ses yeux coulaient ; parce qu'elle voulait que Scott apprenne combien elle le trouvait génial et courageux, s'attaquant au FBI tout seul... bon, d'accord, avec l'aide de Dave, mais quand même. J'espérais sincèrement ne pas lui ressembler quand je parlais de Rob, genre énamourée puérile et idiote. Je me suis rassurée en pensant que, aurait-ce été le cas, Rob m'aurait vite priée d'arrêter mes délires. Enfin, je crois.

J'ignore ce que Scott pensait de tout ça. Il ne répondait que par des onomatopées. En même temps, leur journée, à lui et à Dave, avait été des plus crevantes. Ils avaient rencontré un médium en chair et en os, avaient déjoué les projets d'agents du FBI, détruit une fourgonnette. Pas étonnant qu'ils ne soient guère bavards. Ça leur faisait beaucoup à digérer d'un seul coup.

Moi-même, j'avais du mal à assimiler certaines choses. Ainsi, pour être franche, l'épisode Rob m'inquiétait bien plus que le fait d'avoir réussi à localiser un gamin sans avoir eu besoin de pioncer d'abord, surtout quand on songe que je suis une femme indépendante n'ayant nul besoin d'un homme pour se sentir pleinement accomplie. J'avais dit que je l'appellerais, et il avait refusé. Qu'est-ce que c'était que ces âneries ? Était-ce ma faute si j'avais une carrière importante à mener qui, parfois, me contraignait à oublier ma propre sécurité au profit de celle des enfants disparus ? Était-il incapable de comprendre que ça n'avait rien à voir avec lui, ou moi, mais qu'un moutard de douze ans qui s'était volatilisé dans la nature, y compris un qui aimait les blagues idiotes, ne méritait pas de mourir dans les espaces sauvages du nord de l'Indiana ?

Certes, il y avait aussi le détail insignifiant de la façon dont j'avais entraîné ce pauvre Rob dans tout ce bazar. Après tout, il s'était tapé le trajet jusqu'ici, m'avait conduite à Chicago, m'avait aidé à régler le problème Keely, juste parce que je le lui avais demandé. Et sans rien exiger en retour. Même pas un petit baiser de rien du tout.

Tout ce à quoi il avait eu droit, ç'avait été un pistolet brandi sur lui par un membre du FBI.

Quand on mettait tout ça bout à bout, il n'était guère surprenant, à la réflexion, qu'il ne souhaite pas que je le rappelle.

Si ces pensées constituaient mes soucis les plus personnels tandis que j'avançais en direction de la grotte du Loup, elles n'étaient nullement les seules à m'accabler. Car il y avait, bien sûr, l'énigme concernant la façon dont le Dr Alistair avait appris qui j'étais. Je ne croyais pas un instant que Pamela avait vendu la mèche. Il était étrange qu'il ait su où je me trouvais cet après-midi-là, alors qu'elle n'en avait aucune idée. Certes, elle avait sûrement soupçonné quelque chose, mais je ne lui avais pas confié mes plans quant au cas Keely Herzberg. Je partais du principe que moins de gens étaient au courant, mieux ça valait.

Donc, d'où Alistair tenait-il ses infos ?

Quand nous avons atteint la rive richement boisée du côté de laquelle se trouvait la caverne, le clair de lune a disparu. L'herbe mouillée m'avait déplu, c'était encore pire ici. La pente était raide, et il n'y avait pas de sentier, puisque personne ne venait jamais dans le coin. Le sol était essentiellement constitué de boue et de feuilles glissantes. Mes complices n'ont pas eu d'autre choix que d'allumer leurs lampes de poche, histoire que nous ne nous rompions pas le cou en trébuchant sur des racines ou je ne sais quoi d'autre.

Malgré nos efforts pour approcher en silence de la grotte, nous avons dû être aussi bruyants qu'un troupeau d'éléphanteaux. Surtout avec Ruth qui refusait obstinément de la boucler. La forêt alentour était des plus calmes. Les criquets stridulaient à qui mieux mieux mais, pour la première fois depuis mon arrivée au camp, les cigales se taisaient. La tempête les avait peut-être toutes noyées.

Bref, Shane a dû nous entendre approcher sans trop de difficultés.

Ce qui explique pourquoi, quand nous avons enfin atteint l'entrée de la grotte du Loup, rien qu'un point sombre sous une saillie rocheuse qui se détachait sur le flanc de la falaise escarpée que nous venions d'escalader, nous n'avons découvert aucun signe de sa présence... enfin, mis à part des emballages de bonbons et des sachets vides de pop-corn qui jonchaient l'accès étroit à la caverne.

Empruntant la torche de Ruth, j'ai éclairé le boyau conduisant à l'intérieur. L'embouchure de la grotte était étonnamment petite, à peine un mètre de haut et soixante centimètres de large. L'idée de se faufiler à l'intérieur était tout sauf engageante, croyez-moi.

— Shane ! ai-je appelé. Sors d'ici, Shane. C'est

moi, Jess. Je sais que tu es là. Tu as laissé des tas de détritus, ici.

Un bruit a résonné au fond de la grotte, celui de quelqu'un rampant sur le sol. Mais pas vers nous : dans la direction opposée.

— Bah, laisse-le ici ! a suggéré Ruth. Ce petit crétin ne mérite rien de mieux.

Scott a semblé quelque peu choqué par autant de brutalité.

— Nous ne pouvons pas faire ça, s'est-il récrié. Et s'il se perdait ?

— Oh, Scott ! a minaudé Ruth en battant des cils, tu as tellement raison ! Je n'y avais pas songé.

Beurk !

— Il y a peut-être un autre accès, est intervenu Dave. Plus grand. C'est souvent le cas.

— Shane ! ai-je crié. Écoute, je suis désolée. OK ? Je regrette de ne pas avoir flanqué un avertissement à Lionel. Je te jure qu'il en a reçu un, depuis.

Pas de réponse.

— Shane, ai-je tenté une nouvelle fois. Tout le monde est mort d'inquiétude. Même Lionel. Même les filles du Frangipanier. D'ailleurs, ce sont à elles que tu manques le plus. En ce moment, elles tiennent une veillée à la bougie pour toi. Si tu sors, nous organiserons une descente là-bas, histoire de leur flanquer une bonne frousse avec bataille de polochons à la clé. Je te promets de te passer le mien, même.

Rien.

— Je vais être obligée d'aller le chercher, ai-je murmuré en me redressant.

— Je t'accompagne, s'est proposé Dave.

Ce qui était des plus galants. Même si je soupçonne que son geste devait pas mal au sentiment de culpabilité qu'il éprouvait pour avoir laissé Shane échapper à sa vigilance.

— Tu n'entreras pas, ai-je répondu en le jaugeant de l'œil.

En effet, la seule de nous quatre à être assez menue pour ramper dans la caverne, c'était moi.

— D'ailleurs, ai-je continué, c'est une affaire entre Shane et moi. Mieux vaut que j'y aille seule. Restez ici, vous autres, et assurez-vous qu'il ne file pas par un autre chemin, s'il y en a.

Ruth ne se l'est pas fait répéter deux fois. S'affalant sur un rocher tout proche, elle a aussitôt entrepris de frotter ses chevilles endolories. Scott et Dave m'ont abreuvée de quelques-unes des astuces qu'ils avaient apprises durant leurs années de scoutisme. Genre, si vous mettez votre lampe dans un trou, et que vous n'en voyez pas le fond, évitez-le.

Armée de ces précieuses informations, je me suis mise à genoux et j'ai entrepris de m'insinuer dans le goulet. Ce n'est pas une tâche facile d'avancer à quatre pattes tout en essayant de voir où vous allez. J'ai cependant réussi à ne pas tomber dans des trous sans fond. Enfin, pas dans l'immédiat. J'ai crapahuté le long d'un boyau étroit et, par bonheur, sec. À mon grand soulagement, nulle présence de chauves-souris ni de bestioles gluantes. Juste des jonchées de feuilles mortes et des bouts de gâteaux rongés.

Il y a une chose à dire en faveur de Shane : si c'était d'attention dont il avait envie, il savait fort bien l'obtenir. Sa monitrice était en train de ramper sous terre, le suivant à la trace, grâce aux emballages de barres chocolatées et aux miettes de biscuits qu'il avait pris soin de semer. Que demander de plus ?

Mais plus j'avançais, plus je commençais à trouver qu'il poussait le bouchon un peu loin. Je l'ai hélé plusieurs fois, n'obtenant pour toute réponse que de nouveaux frottements de jean contre la roche. Pour un môme un peu enrobé, il progressait drôlement vite.

Impossible de déterminer le chemin parcouru. Deux cent cinquante mètres ? Cinq cents ? Tout à coup, le boyau s'est élargi, se transformant peu à peu en véritable caverne. Je distinguais des stalactites – elles descendent du plafond – et des stalagmites – elles montent du sol, connaissances acquises en CM2. Je me rappelais aussi qu'elles étaient formées par la concrétion de calcite, quoi que cela puisse signifier. En tout cas, ça prouvait au moins une chose : que cette grotte n'était ni aussi confortable ni aussi sèche que les apparences le laissaient penser.

Non que cela me dérange beaucoup, dans la mesure où cela signifiait aussi que les risques étaient moindres que je rencontre des créatures des bois ayant décidé de s'y installer. Ça m'allait très bien.

Bientôt, l'espace a été suffisamment vaste pour que je m'y tienne debout, et j'ai fini par me retrouver dans une salle de la taille de ma chambre, chez moi.

Mais contrairement à ma chambre, cet endroit était empli d'ombres qui paraissaient grimper vers le plafond et s'accrocher aux parois. Des stalactites pendouillaient de partout et, même quand je les balayais du faisceau de ma lampe, je n'arrivais pas à déterminer si elles constituaient le refuge de chauves-souris, ou si les machins qui poussaient à leur base étaient de la mousse ou autre chose.

Cette nuit-là, j'ai appris une chose. Je n'apprécie pas tellement les grottes. Et je me suis dit qu'on ne me reprendrait pas à raconter l'histoire de Paul Huck à des morveux impressionnables à proximité d'une caverne.

Heureusement, Shane semblait aussi terrorisé que moi, car en dépit des différents tunnels qui partaient de la salle, il était figé sur place. Nos torches n'ont pas tardé à se croiser. Assis au pied d'un rocher, en jean et maillot rayé bleu et rouge, il m'a toisée durement.

— T'es qu'une sale menteuse, a-t-il attaqué, bille en tête.

Un écho sinistre retentissait dans la caverne. Quelque part dans un des conduits qui débouchaient sur la grotte, de l'eau gouttait sans discontinuer.

— Ah ouais ? ai-je répliqué. Voilà une remarque des plus agréables à balancer à qui vient de crapahuter dans les tréfonds de la terre pour te retrouver.

— Comment as-tu su que j'étais ici ?

— Fastoche, ai-je dit en trottant vers lui. Ce n'est un secret pour personne que tu as pris l'histoire de Paul Huck bien trop au sérieux.

— Conneries !

(Excusez son langage.)

Sa voix furibonde a rebondi contre les parois de la pièce, se répétant à l'infini jusqu'à ce qu'elle finisse par s'estomper.

— Pardon ?

— Tu as utilisé tes super-pouvoirs, a-t-il braillé. Tu les as encore. Avoue !

J'ai stoppé net et j'ai braqué ma lampe sur lui, illuminant une bouche pleine de miettes de biscuits et des moustaches en chocolat.

— C'est donc ça, le fond du problème, Shane ? ai-je demandé. Tu voulais prouver que j'étais toujours clairvoyante ?

— Évidemment ! a-t-il reconnu en se trémoussant, une moue de dégoût aux lèvres. Quoi d'autre ? Je savais que tu mentais. Je l'ai su à l'instant où j'ai vu la photo de ce môme dans ta main, cette première nuit. T'es qu'une sale menteuse, Jess. Tu peux me donner tous les avertissements que tu veux, tu ne vaux pas mieux que moi, ma vieille. T'es même pire. Parce que tu mens.

J'ai soufflé un grand coup. Ce sacripant avait décidément un culot infernal.

— Tu ne manques pas d'air, mon pote, ai-je riposté. As-tu la moindre idée du nombre de personnes qui te cherchent ? Toutes croient que tu t'es noyé dans le lac.

— Quel dommage ! a-t-il ricané. Ils avaient qu'à t'interroger. Tu les aurais conduits tout droit ici, non ?

— Tes parents sont sûrement aux cent coups.

— Bien fait pour eux. Ça leur apprendra à m'expédier dans cette nulle de colo.

J'ai franchi les derniers mètres qui nous séparaient et me suis assise à côté de lui, le dos contre la roche froide et dure.

— Tu veux que je te dise une bonne chose, Shane ? Toi aussi, tu n'es qu'un sale menteur.

Un hoquet scandalisé a secoué le garnement, mais je ne lui ai pas donné l'opportunité de répondre. Évitant soigneusement de le regarder pour me concentrer sur les ombres au fond de la grotte, j'ai enchaîné :

— Tu sais ce que je pense ? Je pense que tu aimes jouer de la flûte. Autrement, tu ne serais pas aussi doué. Tu as peut-être l'oreille absolue, mais ça ne suffit pas. Un jeu comme le tien nécessite des heures d'entraînement.

Il a voulu m'interrompre, je l'en ai empêché.

— Et si tu haïssais ça autant que tu le prétends, tu ne t'exercerais pas. Voilà pourquoi tu es un aussi gros menteur que moi.

Shane a vigoureusement protesté à ma tirade, utilisant un langage des plus fleuris pour exprimer son indignation devant des allégations aussi fausses.

— Tu veux savoir pourquoi je prétends ne plus avoir mon don ? lui ai-je demandé quand j'en ai eu assez d'écouter ses invectives. Parce que ma vie ne me plaisait pas des masses, lorsque tout le monde était au courant de ce que j'étais capable de faire. C'était trop... compliqué. C'est la raison qui m'a poussée à raconter des craques.

— Je suis pas un menteur, a-t-il persisté.

— À ta guise. Explique-moi pourquoi, dans ce cas.

— Quoi ?

— Pourquoi ne deviendrais-tu pas un menteur ? Si tu détestes le camp de Wawasee, il te suffirait de m'imiter et de prétendre que tu as oublié comment jouer de la flûte.

Shane a cligné des paupières plusieurs fois de suite, essayant de comprendre ce que je venais de dire. Puis il a eu un rire hésitant.

— Tu parles ! a-t-il fini par commenter. Ça ne marchera jamais.

— Qu'en sais-tu ? Ça a bien fonctionné, pour moi. Tu es le seul, avec quelques amis proches, à être dans le secret. Tu n'as qu'à mal jouer.

— Quoi ?

— Bien sûr. C'est fastoche ! J'y arrive bien, moi. Tous les ans, quand notre chef d'orchestre nous auditionne, je m'arrange pour ne pas devenir première flûte.

C'est là que le môme a fait un truc surprenant. Il a baissé les yeux sur ses mains, comme si elles n'étaient pas attachées à lui. Comme s'il les voyait pour la première fois.

— Mal jouer, a-t-il répété à voix basse.

— Exactement. Après, tu pourrais aller taper dans un ballon, si c'est vraiment ce que tu désires. Personnellement, je considère qu'abandonner la flûte pour le foot serait débile. Tu devrais arriver à concilier les deux, après tout. Mais bon, c'est ta vie, hein, pas la mienne.

— Mal jouer, a-t-il répété derechef.

— Eh oui. Rien de plus aisé. Dis-leur juste que tu avais un don et que tu l'as perdu. Paf ! Comme ça.

Il continuait à examiner ses doigts. Puis-je me permettre de préciser que ces doigts, qui avaient donné naissance à une musique tout bonnement céleste, n'étaient pas des plus propres ? Ils étaient couverts de terre et de miettes de chips. Ce qui, au passage, ne semblait pas déranger Shane le moins du monde.

— J'avais un don, a-t-il lentement murmuré, et je l'ai perdu.

— Bravo ! Ça commence à venir, l'ai-je encouragé.

— *J'avais* un don, mais je l'ai perdu, s'est-il écrié en relevant la tête, les yeux brillants.

— Bien. Naturellement, ce sera un coup dur pour les amateurs de musique partout dans le monde. T'inquiète, je suis sûre que tu feras un excellent ailier receveur.

L'émerveillement de Shane a tourné au dégoût.

— Homme de ligne d'attaque, a-t-il grommelé.

— Désolée. Homme de ligne d'attaque.

— Pourquoi es-tu venue me chercher, Jess ? a-t-il demandé sans me quitter du regard. Je croyais que tu me détestais.

— Je ne te déteste pas. J'aimerais juste que tu arrêtes de t'en prendre aux plus petits que toi et que tu cesses de me traiter de lesbienne. En plus, je t'assure que si tu continues sur cette voie, un jour quelqu'un t'infligera une correction autrement pire que celle de Lionel. Néanmoins, je ne te déteste pas. D'ailleurs, en venant ici, je me suis même dit que je t'aimais bien. Il t'arrive d'être rigolo, et je crois vraiment que tu seras un bon footballeur. À mon avis, tu excelleras dans tout ce que tu auras choisi d'entreprendre.

— Tu penses ce que tu dis ? a-t-il insisté, ses joues rondes couvertes de taches de rousseur et salies par des traînées de boue et de chocolat.

— Absolument. Et je trouve également que tu devrais changer de coupe de cheveux.

— Je les aime bien comme ça, a-t-il rouspété en tirant sur ceux qui lui tombaient dans la nuque.

— Tu ressembles à Rod Stewart.

— Qui c'est, çui-là ?

Je n'étais pas d'humeur à me lancer dans des explications historiques.

— Aucune importance, ai-je donc répondu. Allez, rentrons au chalet. Cet endroit me flanque la frousse.

Nous sommes retournés vers le conduit qui nous avait amenés ici. C'est alors que je me suis rendu compte d'un truc.

Ce truc, c'est que nous n'étions pas seuls.

— Tiens, tiens, regardez-moi qui voilà ! a ricané Clay Larsson.

16

Je voudrais juste profiter de l'occasion pour vous dire que, moi, je n'avais pas cru les Agents Spéciaux Johnson et Smith lorsqu'ils avaient annoncé que le mec de Mme Herzberg était parti en une sorte de campagne meurtrière, et que j'étais la prochaine victime sur sa liste. Mon scepticisme est sans doute à mettre sur le compte de ma profonde conviction qu'ils essayaient juste de m'effrayer, histoire que j'accepte de les suivre dans un endroit où ils pourraient procéder à leurs observations sur ma personne sans qu'on les dérange.

Ainsi, les aurais-je accompagnés à l'Holiday Inn, l'Agent Spécial Smith se serait sûrement levée aux aurores et, un calepin à la main, se serait tenue prête à mon côté pour voir si je m'éveillais en marmonnant les coordonnées de l'endroit où Shane se trouvait, et ce afin de prouver que j'avais menti en affirmant avoir perdu mes pouvoirs métapsychiques ou autres.

Voilà ce que j'avais pensé. Contrairement à Rob, je n'avais pas pris au sérieux l'idée qu'un homme soit suffisamment mécontent contre moi pour souhaiter ma mort.

Autant vous dire que cette incrédulité a cessé sitôt que je l'ai vu debout devant moi, avec à la main une de ces longues torches comme en ont les agents de sécurité. Une de ces lampes qui, à l'occasion, peuvent se transformer en armes redoutables, pour peu que vous ayez envie d'estourbir quelqu'un d'une bonne patate sur la tronche. Quelqu'un qui, par exemple, vous aurait flanqué un coup de pied dans la figure un peu plus tôt ce jour-là.

— Tu pensais t'être débarrassée de moi, hein, ma poule ?

Clay Larsson nous a reluqués, Shane et moi, d'un air sadique. C'était ce que vous appelleriez une armoire à glace. Ses goûts en matière de mode laissaient fort à désirer. Il ne me semblait pas plus beau maintenant, pris dans le faisceau de ma torche, qu'il ne me l'était apparu au grand jour. Il était d'autant moins attirant que la marque de ma semelle était imprimée sur l'arête de son nez. Un profond hématome jaune et violet cernait ses yeux, provoqué par le cartilage nasal que j'avais écrasé, et ses narines étaient encroûtées de sang. Certes, c'étaient là les conséquences inévitables d'un nez sérieusement amoché, et le malheureux n'y était pour rien. En revanche, il aurait dû remédier de lui-même à sa barbe de trois jours et à sa mauvaise haleine.

— Écoutez, monsieur Larsson, ai-je dit en me plaçant devant Shane, je comprends que vous m'en vouliez.

Vous serez sans doute curieux d'apprendre que, en cet instant, mon cœur ne battait pas plus vite, ni rien. Je ne nie pas que j'avais la trouille mais, dans les situations de crise comme celle-ci, j'ai en général tendance à ne prendre véritablement conscience des choses que lorsqu'elles sont finies. Alors seulement, si je ne suis pas tombée dans les pommes ou assommée, je me mets à vomir.

— Mais vous devez admettre, ai-je continué en reculant lentement, repoussant Shane en direction d'un des tunnels qui partaient de la salle où nous nous trouvions, que je ne faisais que mon boulot. Vous-même avez un travail, non ?

Vu sa sale gueule, j'avoue que j'hésitais à croire qu'un crétin l'aurait embauché. Logique. Qui souhaiterait recruter un mec portant aussi peu d'attention à son apparence et son hygiène ? Sa chemise, par exemple. Nom d'un chien, elle était toute tachée. De ce que j'espérais être du ketchup ou de la sauce barbecue. En tout cas, c'était on ne peut plus rouge.

Peu importe. Visiblement, aucune réflexion digne

de ce nom n'avait présidé à l'habillement de Clay, ce que, personnellement, j'estimais fort dommage car, d'un point de vue technique, ce n'était pas un homme repoussant. Pas un Dieu certes, mais tout à fait Consommable, à condition de le convaincre qu'un brin de toilette s'imposait.

— Après tout, les gens en appellent à moi, ai-je enchaîné sans cesser de m'éloigner, parce que leurs enfants ont disparu, et moi, eh bien, comment suis-je censée réagir sinon en les aidant à les localiser ? C'est mon boulot. Ce qui s'est passé aujourd'hui n'était rien d'autre que cela. Vous n'allez pas m'en tenir rigueur, non ?

Il marchait lentement vers moi, sa lampe braquée sur mon visage. Ce qui compliquait drôlement mes capacités à discerner ses intentions, autres que son inexorable avancée dans ma direction s'entend. J'étais obligée de me protéger les yeux d'une main, tandis que, de l'autre, je continuais à repousser Shane.

— T'as fait pleurer Darla, a proféré Clay Larsson de sa voix grave et sacrément menaçante.

Darla ? Qui c'était, celle-là ?

Ah, oui.

— Je veux bien admettre que Mme Herzberg était bouleversée.

J'aurais bien aimé lui signaler au passage que lui, j'en avais la certitude, avait plus souvent que moi déclenché les larmes de la mère de Keely, en lui jetant des bouteilles au visage, par exemple, mais j'ai pensé qu'il n'était sans doute pas des plus sages d'aborder ce sujet en l'état actuel de nos relations.

— En même temps, ai-je donc dit, elle et vous n'auriez jamais dû enlever Keely à son père. Le tribunal avait de bonnes raisons de lui en confier la garde, et vous n'aviez aucun droit de...

— Et tu m'as cassé le nez, a-t-il repris, l'air de ne pas avoir entendu un seul mot de mon joli discours.

— Certes, ai-je reconnu. Et vous savez quoi ? J'en suis désolée. Mais vous me teniez la jambe, vous vous rappelez ? Et vous refusiez de la lâcher. J'avais peur. Vous n'allez quand même pas me reprocher ça, hein ?

Apparemment, si. Ses paroles suivantes ont confirmé mon malheureux pressentiment.

— Quand j'en aurai terminé avec toi, ma poule, je te garantis que tu auras une autre définition du mot peur.

Définition. Wouah ! Un mot de quatre syllabes. Impressionnant.

— Allons, monsieur Larsson, ne vous laissez pas aller à des gestes que vous risquez de regretter. Je préfère vous avertir que cet endroit grouille de Fédéraux, et...

— Je les ai vus. (Si j'étais incapable de distinguer son expression, à cause de la lampe qui m'éblouissait, j'ai senti l'ironie de son ton.) Ils couraient en direction de cette camionnette incendiée. C'était juste avant que je vous voie, vous et vos amis. J'ai été drôlement content quand c'est vous qui êtes entrée là-dedans...

— Ah ouais ?

Je n'avais pas d'autre repartie sous la main. Je n'avais qu'une idée en tête, le faire parler. Peut-être que Ruth ou un des deux garçons l'entendraient et accourraient pour m'aider... Enfin, pour peu que nous ne soyons pas trop enfoncés sous la terre pour ça.

— J'adore les grottes, m'a informée Clay Larsson. Celle-ci est vraiment super. Avec des tas d'accès différents. Mais seulement une sortie... en tout cas pour toi.

— Du calme, monsieur Larsson, parlons un peu de tout ça, d'accord ? Je...

— T'aurais pas pu choisir de meilleur endroit pour que je mette mes petits plans à exécution.

— Ah.

J'ai avalé ma salive. Ma gorge qui, ça ne m'avait pas échappé, avait tendance à sécher facilement ces derniers temps, ressemblait au Sahara. Et mon cœur... eh bien, maintenant, il battait la chamade. Et pas qu'un peu.

— Euh... bon, ai-je balbutié en m'efforçant de me rappeler ce que j'avais appris sur la gestion des conflits pendant ma formation de monitrice. Donc, si je vous suis, monsieur Larsson, vous êtes mécontent de la façon dont je vous ai privé de Keely...

— Et balancé un coup de saton dans la gueule.

— C'est cela. Et donné un petit coup de pied dans le visage. Si je vous suis, vous nourrissez également quelques récriminations quant à la tournure qu'ont prise les événements...

— T'a tout pigé, ma poule.

— Ce que je tâche de vous dire, ai-je poursuivi en essayant de garder des intonations aimables, ainsi qu'ils nous l'avaient recommandé pendant le stage, ce qui était rudement délicat à cause de mes tremblements intempestifs, c'est que ce contentieux ne concerne que vous et moi. Shane ici présent n'a rien à voir là-dedans. Aussi, si vous le permettez, j'aimerais qu'il s'éclipse...

— Et qu'il coure chercher tes potes les Fédéraux ? a craché l'autre d'un air dégoûté. Compte dessus, ma poule. Je ne laisserai pas de témoins.

J'ai dégluti. Derrière moi, je sentais les halètements du gamin sur mon bras. Accroché à la ceinture de mon jean, il était étonnamment silencieux, pour une fois. J'aurais accueilli avec plaisir un rot rassurant, mais il ne paraissait pas d'humeur. Au vu des circonstances, je regrettais un peu m'être moquée de sa coiffure. Allais-je réussir à tenir assez longtemps pour que Shane puisse foncer dans une des galeries alentour ? Le boyau par lequel nous étions arrivés ici était trop étroit pour Clay Larsson. Si je parvenais à distraire ce dernier...

— Vous savez, ai-je réattaqué, ceci n'est pas la meilleure façon d'assurer à Mme Herzberg un droit de visite à Keely. Un tribunal considérera avec méfiance le fait qu'elle vive avec un homme accusé de tentative de meurtre.

— Qui parle de tentative ? a riposté Clay Larsson.

Sur ce, la lampe qui m'avait aveuglée a brusquement pivoté vers le plafond, tandis qu'il s'apprêtait, j'imagine, à m'assommer avec.

— Sauve-toi ! ai-je crié à Shane.

Celui-ci n'a pas perdu de temps. Il s'est engouffré dans l'étroite cavité qui se trouvait derrière nous, plus vite que n'importe quel personnage d'*Alice au pays des merveilles* dans un trou de lapin. En moins d'une minute, il avait détalé.

J'ai songé que le suivre ne serait pas une mauvaise idée. Mais avant, il fallait que je m'occupe de la lourde torche qui s'abattait sur moi.

Une petite taille a ses avantages. Entre autres, la rapidité. Sans compter que je suis aussi capable de me faufiler dans des endroits pas prévus à cet effet. Dans le cas présent, je me suis accroupie derrière la concrétion formée par une stalactite et une stalagmite sur un côté du tunnel dans lequel s'était carapaté Shane. Du coup, la lampe de Clay Larsson s'est écrasé sur du calcaire relativement solide au lieu de s'abattre sur ma tête. Il y a eu une explosion d'éclats de pierre, et mon agresseur a proféré un fort vilain mot. La sculpture de calcite s'est fendue en deux, la stalactite tombant du plafond, tel un glaçon de la gouttière, en plein hiver, avant de se fracasser sur le sol.

Je n'ai pas attendu la suite et me suis carapatée.

Malheureusement, en chemin, j'ai perdu ma propre lampe.

Mais vu ce qui a suivi, c'était peut-être tout aussi bien. Repérant le faisceau lumineux, Clay a lancé sa torche, avec assez de puissance pour qu'elle émette un sifflement dans l'air, en direction de l'endroit où il me croyait. Un nouveau fracas a retenti, celui du métal heurtant la paroi de la grotte.

Ce grand crétin avait été sérieux quand il avait affirmé qu'il ne s'agissait pas d'une *tentative* de meurtre. Si ma tête s'était trouvée sur le chemin de sa lampe, ai-je songé, le cœur au bord des lèvres, j'en aurais été quitte pour arborer désormais sur le front un creux très pratique pour y garder ma monnaie.

— Petite maligne, a grondé Clay en récupérant ma torche et la sienne par terre. Seulement maintenant, tu n'y vois plus rien. Impossible que tu m'échappes, hein ma poule ?

En effet. Cependant, d'un autre côté, je le voyais, lui, et c'était le plus important. Mieux même, lui ne pouvait me repérer. Autant en profiter pour pousser mon avantage.

Oui, mais comment ? Trois options s'offraient à moi. Je pouvais tout bonnement rester là où j'étais, jusqu'au moment, inéluctable, où il finirait par éclairer ma planque. Ce qui ne saurait tarder, puisqu'il avait deux lampes à sa disposition. La deuxième solution était d'essayer de suivre Shane, aussi vite que possible, dans son terrier. Malheureusement, il suffirait que j'effleure un caillou en marchant pour que Clay me repère. Et je ne pensais pas réussir à être plus rapide que lui. Ma troisième option était celle que j'aimais le moins, même si j'allais devoir m'y résoudre. Tant que l'affreux était préoccupé par ma petite personne, il ficherait la paix à Shane. Donc, plus longtemps je parvenais à le distraire, plus grandes étaient les chances du môme de se sauver.

C'est ainsi que, à mon grand regret, j'ai bougé pour attirer Clay loin de l'endroit où Shane se cachait.

Un détail m'avait cependant échappé, c'était que Larsson était malin et, admettons-le, suffisamment sobre, pour me piéger. Ce qu'il n'a pas manqué de faire. J'avais jeté une pierre quelque part, croyant qu'il se rendrait par-là, et je m'étais aussitôt ruée du côté opposé... pour découvrir, ahurie, que Clay, aussi vif qu'un félin, m'y attendait, bloquant le passage.

J'ai freiné des quatre fers, naturellement... trop tard !

La minute d'après, il me taclait.

Je me suis envolée, manquant de peu quelques stalactites, ce qui m'a donné le temps de penser que le professeur Le Blanc avait eu raison : c'était par paresse que je n'avais jamais appris le solfège. Alors, je me suis juré que, si je sortais vivante de la grotte du Loup, je dédierais le reste de mon existence à combler cette lacune.

Je suis brutalement retombée sur le sol, mais c'est le corps pesant de Clay Larsson qui m'a coupé le souffle, lorsqu'il s'est abattu sur moi. J'en ai illico déduit que me remettre à bouger allait être extrêmement douloureux, voire fatal, vu le nombre de blessures internes qu'il venait de m'infliger sans aucun doute. Allongée par terre, étourdie, persuadée que tous mes os avaient cédé sous l'impact, j'ai eu le loisir de me demander si l'on retrouverait nos pauvres restes, à moi et à Shane, ou si nous serions condamnés à pourrir dans cette caverne jusqu'à ce qu'un prochain colon, un autre candidat au destin de Paul Huck, trébuche sur nos squelettes.

Une perspective plutôt sombre. Car, voyez-vous, j'avais encore des tas de projets dans la vie. Acheter ma propre Harley. Me faire tatouer une sirène sur l'épaule. Assister au bal de fin d'année au bras de Rob Wilkins. (Je sais, c'est un peu nul, mais je m'en fiche : il serait vachement beau, en smoking.) Bref, ce genre de choses.

Autant de vœux qui ne se réaliseraient jamais.

Aussi, quand Clay Larsson a susurré « Bonne nuit,

ma poule ! » en levant bien haut sa torche en acier, j'étais plus ou moins résignée à mon triste sort. Mourir serait d'ailleurs un soulagement, dans la mesure où la douleur que j'éprouvais dans tout mon corps s'estomperait.

Mais, brusquement, quelque chose d'incompréhensible s'est passé. Un coup sourd a résonné, accompagné d'un bruit écœurant que, en bagarreuse accomplie, j'ai aussitôt identifié comme étant celui d'os qui se brisent. Puis Clay Larsson s'est, une nouvelle fois, écrasé sur moi...

Sauf que, là, c'était parce qu'il avait perdu conscience.

Retrouvant soudain l'usage de mes membres et donc de ma mobilité, je me suis emparée de sa lampe, qui avait roulé près de ma tête, et l'ai braquée en l'air.

Là, agrippant un des morceaux de la stalactite qui s'était brisée un peu plus tôt, et qu'il avait, apparemment, écrasée sur la tronche de Clay Larsson à la manière d'une batte de base-ball, l'envoyant au pays des songes, se tenait Shane. Il a contemplé le corps immobile de l'homme encore affalé sur mes jambes, a lâché son arme de fortune, puis m'a jeté un coup d'œil.

— Bien joué, champion ! ai-je lancé.

Le gamin a fondu en larmes.

17

— Qu'est-ce que j'étais censée faire, hein ? ai-je dit. Après ta charmante réflexion me priant de ne pas t'appeler ?

Rob, affichant son expression habituelle de dégoût amusé, a rétorqué :

— Je savais ce que tu mijotais, Mastriani. Tu voulais te débarrasser de moi afin de fausser compagnie aux Fédéraux pour aller chercher le petit gars.

Shane, bordé dans le lit voisin du mien, à l'infirmerie du camp de Wawasee, un thermomètre dans le bec, a émis un son destiné à exprimer son objection quant au qualificatif de « petit gars ».

— Désolé, s'est aussitôt excusé Rob. Je voulais dire petit mec.

— Merchi, a rétorqué Shane, pince-sans-rire.

— Silence ! l'a réprimandé l'infirmière.

— Et ça ne t'a pas dérangé plus que ça ? ai-je demandé à Rob. Que je sème les Fédéraux pour retrouver Shane ?

J'admets que tableau devait être un peu bizarre : nous deux tâchant d'éclaircir nos relations, tandis que l'infirmière s'affairait autour de Shane et moi. Sauf que, de quoi d'autre aurions-nous pu parler ? De mon tout récent flirt avec la mort ? Des visages ahuris de Ruth, Scott et Dave lorsque Shane et moi, contusionnés et meurtris, avions émergé de la grotte du Loup et les avions priés d'alerter la police ? De la réaction de Rob quand, quelques minutes plus tard, il avait déboulé sur sa moto et appris ce qui venait de se passer ?

— Bien sûr que si, ça me dérangeait, a repris Rob, s'interrompant pour laisser l'infirmière prendre mon pouls.

Apparemment satisfaite de sa régularité, elle s'est éloignée pour vérifier celui de Shane.

— Mais tu voulais que je réagisse comment, Mastriani ? a-t-il enchaîné. Le type braquait un flingue sur moi. Si j'ai bien compris qu'il ne comptait pas me dézinguer, il était également clair que ma présence n'était souhaitée par personne, notamment pas par toi.

— Ce n'est pas vrai, me suis-je défendue. Je voudrais que tu sois toujours avec moi.

— Ouais, à condition que j'accepte sans moufter

tous les plans délirants que ton cerveau malade produit à la chaîne. Et l'idée d'aller dans une caverne au beau milieu de la nuit alors qu'un tueur te court après n'était pas de celles que je comptais soutenir sans protester.

— Bah, les choses ont fini par s'arranger.

— Ben voyons ! a ricané Rob. Hé, Shane, tu es d'accord ? Tu trouves toi aussi que tout s'est arrangé ?

Le môme a vigoureusement hoché la tête. Quand l'infirmière lui a retiré de la bouche le thermomètre, il s'est empressé de préciser :

— C'était super, même.

— Tu ne m'as donné cette impression quand tu es sorti de la grotte.

Ce qui n'était pas faux. Shane avait sangloté de manière presque hystérique jusqu'à ce que les Agents Spéciaux Smith et Johnson rappliquent avec le shérif et ses hommes pour arrêter Clay Larsson, lequel était toujours dans les vapes. Ils avaient eu du mal à le tirer de la caverne, même en passant par l'entrée plus large qu'il avait découverte.

— D'accord, a admis le gosse, mais c'était avant que les flics arrivent. J'avais peur qu'il se réveille et se jette de nouveau sur nous.

— Après la patate que tu lui avais infligée ? s'est marré Rob en haussant les sourcils. Oublie le foot, petit mec. Tu es taillé pour le base-ball.

Shane a rougi de plaisir face au compliment. Il était éperdu d'admiration pour Rob depuis qu'il l'avait identifié comme le héros de la première histoire que j'avais débitée à mes gaillards. De plus, Rob avait été à peu près le seul à avoir gardé la tête sur les épaules devant l'entrée de la caverne. Une semaine de formation n'avait pas préparé Ruth, Scott et Dave à gérer les deux victimes d'une tentative de meurtre.

— Tu sais, Mastriani, a repris Rob, tu n'as pas qu'un problème de gestion de ta colère. Tu es aussi l'être le plus borné que j'aie jamais rencontré. Quand tu as une idée dans la tête, tu ne l'as pas ailleurs. Tes amis, le FBI, moi surtout, personne ne peut influencer tes décisions. Tu me rappelles un chien que j'ai eu.

Comparaison qui ne m'a semblé ni très flatteuse ni très romantique, mais que Shane a paru trouver hilarante, vu qu'il a explosé de rire.

— Que lui est-il arrivé, à ce chien ? s'est-il enquis.

— Il était convaincu qu'il était capable d'arrêter les voitures avec ses dents, dès lors qu'il parvenait à planter des crocs dans leurs pneus. Il a fini par se faire écraser.

— Je ne suis pas un chien qui court après les bagnoles, ai-je fermement déclaré. Compris ? Il n'y a rien de commun entre moi et un animal assez idiot pour...

Je me suis interrompue en voyant que Rob rigolait.

Il était de bien meilleure humeur qu'un peu plus tôt, lorsqu'il m'avait crue sérieusement blessée. Sur le moment, il m'avait sacrément soufflé dans les bronches, me reprochant d'avoir tenu à rester à Wawasee pour localiser Shane et, par conséquent, d'avoir mis ma vie et celle des autres en danger.

Naturellement, il avait eu raison. J'admets volontiers que j'avais cacaté, sur ce coup-là.

N'empêche, ça s'était bien terminé.

Enfin, sauf pour Clay Larsson.

— Tu n'es plus en colère après moi ? n'ai-je pu m'empêcher de demander.

— Je pense réussir à oublier ça, s'est-il borné à répondre.

Ce qui, pour lui, équivalait à reconnaître... je ne sais pas trop, moi. Son amour fou pour moi ? Quelque chose d'approchant, certainement. Ce qui m'a rassérénée, cependant que j'attendais que l'infirmière finisse par décréter que j'allais assez bien pour subir l'interrogatoire des flics. J'ai songé que, à la rentrée, je serais en Première, ce qui signifiait que je serais autorisée à aller au bal de fin d'année du lycée Ernest-Pyle. Je pourrais inviter Rob et je le verrais enfin en smoking... à condition qu'il accepte d'être mon cavalier, s'entend. Ce serait certes un peu zarbi de participer au bal avec un mec qui avait déjà terminé ses études. De plus, il refuserait peut-être... Sauf que, d'ici là, j'aurais dix-sept ans, donc il était inenvisageable qu'il décline mon invitation. Franchement. Qui était capable de me résister, hein ? Pas lui, en tout cas.

Ces riantes perspectives ont été quelque peu gâchées par Shane qui, dégoûté par notre « sentimentalité », produisait des bruits nauséeux révoltants. De vous à moi, notre attitude n'avait rien de sentimental... pas selon les standards de *Cosmo* en tout cas.

— Bon, a déclaré l'infirmière à cet instant. Je vous trouve assez en forme tous les deux pour recevoir de la visite. Et, à en juger par le nombre de gens attroupés dans le couloir, ce n'est pas ce qui manque, les visiteurs.

À partir de là, la soirée s'est transformée en un tourbillon de visages soulagés et de questions pointues auxquelles nous avons répondu en accord avec l'histoire que nous avions soigneusement élaborée, Rob, Ruth, Scott, Dave et moi, lorsque nous avions attendu que les flics débarquent.

— Alors, a lancé l'Agent Spécial Johnson en s'enfonçant dans le fauteuil installé à côté de celui occupé par Rob, vous avez des détails à ajouter au compte rendu quelque peu rapide que vous nous avez servi sur ce qui s'est exactement passé cette nuit, mademoiselle Mastriani ?

J'ai fait semblant de réfléchir.

— Voyons... ai-je marmonné. Ah, voilà ! Je me suis rappelé avoir raconté une histoire de fantôme où figurait une grotte et j'en ai déduit qu'il me fallait fouiller celle située sur le territoire du camp, au cas où Shane s'y serait caché, et c'est là que ce dingue de Larsson a tenté de nous tuer. Shane l'a estourbi avec une stalactite. Point final.

L'Agent Spécial Johnson n'a pas semblé très surpris. Il a regardé Shane qui, assis dans son lit, jouait avec un insigne de shérif en plastique qu'un des flics lui avait remis pour le récompenser de son courage.

— C'est la vérité ? lui a-t-il demandé.

— Ouais, a répondu le gosse en haussant les épaules.

— Hum... je vois.

Allan a refermé son calepin avant d'échanger un coup d'œil significatif avec sa collègue qui s'était posée au bout de mon pieu.

— Un vrai petit héros, a-t-il commenté, ironique. Et vous, monsieur Wilkins, pouvez-vous m'expliquer précisément comment vous vous êtes retrouvé sur les lieux ? J'avais pourtant l'impression que vous aviez quitté la colonie quelques heures auparavant.

— Certes, a admis Rob, mais je suis revenu.

— C'est ce que je constate. Une raison particulière à ce brusque revirement ?

Rob a alors eu un geste stupéfiant. Il m'a pris la main.

— Je ne pouvais décemment pas laisser les choses

en rester là avec ma copine, non ? a-t-il minaudé. Il fallait que je m'excuse.

Sa copine ? Il m'avait appelée sa copine ! Il m'avait pris la main et m'avait appelée sa copine !

J'ai souri avec tant de force que j'ai eu peur de me fendre les lèvres. Ce que voyant, l'Agent Spécial Johnson a levé les yeux au ciel, parfaitement écœuré par mon enthousiasme juvénile. Mais bon mettez-vous à ma place. C'était irrésistible. Rob m'avait appelée sa *copine* ! Qu'importe s'il ne l'avait fait que pour me débarrasser d'un mec du FBI un peu trop curieux ? Le bal de fin d'année m'est apparu plus plausible que jamais, en cet instant.

— Hum... je vois, a répété Allan. Veuillez me pardonner de ne pas sembler très convaincu. Il se trouve que l'Agent Spécial Smith et moi-même sommes surpris que le seul hasard vous ait menée à la grotte du Loup, Jess. Après tout, vous n'avez signalé à personne que vous aviez songé à cet endroit quand vous avez appris la disparition du jeune Shane.

— Excusez-moi, monsieur, est intervenue l'infirmière en me fourrant sous le nez une tasse de thé bouillant et sucré. Pour le choc, a-t-elle ajouté en guise d'explication en en tendant une autre à Shane.

J'ai bu une gorgée. Étonnamment roborative, en dépit de mes efforts pour avoir l'apparence de quelqu'un qui n'avait besoin de se remettre que d'un choc

– celui d'avoir découvert la langue de son petit ami dans sa propre bouche.

Oh, ça va ! On a le droit de prendre ses rêves pour la réalité, non ?

— Pourquoi ne nous dites-vous pas la vérité, tout simplement, Jess ? s'est soudain enquise Jill.

— C'est ce que j'ai fait, ai-je répondu, heureuse comme un pacha, entre le thé qui me réchauffait les intérieurs et le bras de Rob qui me réchauffait les extérieurs. Je n'ai rien inventé, je vous le jure, ai-je ajouté devant leurs mines sceptiques.

— C'est vrai ! a confirmé Shane.

Nous nous sommes tous tournés vers lui. Comme moi, il sirotait sa boisson. En dépit des événements, il n'avait pas lâché son paquet de cookies aux pépites de chocolat. Il était en train de tremper un des biscuits dans son thé.

— Bien tenté, a commenté l'Agent Spécial Johnson en revenant à moi. Mais je ne vous crois pas.

— Je doute notamment, a insisté sa collègue, que ce petit garçon soit celui qui a incendié notre camionnette à l'aide d'un cocktail Molotov.

— Évidemment ! ai-je soupiré en affichant une moue exaspérée. C'était sûrement Clay Larsson.

Les deux Fédéraux m'ont fusillée du regard.

— Pour distraire votre attention, ai-je continué. Ce type est complètement taré. J'espère qu'on va l'enfermer pour un paquet d'années. S'en prendre à un garçonnet ? C'est inouï !

— Inouï, a répété l'Agent Spécial Johnson, hébété.

— Parfaitement ! me suis-je défendue, vexée. Ce mot existe. Vous n'avez qu'à vérifier dans le dictionnaire.

— Il est surprenant que Clay Larsson ait su quel était notre véhicule, a contré Allan.

— En effet, ai-je bien voulu admettre. Ça doit être ça qu'on appelle le génie criminel.

— Tout aussi stupéfiant qu'il ait choisi notre véhicule parmi tous ceux garés sur le parking, a renchéri l'Agent Spécial Smith. Alors qu'il ne nous connaissait pas.

— L'une des choses les plus difficiles à accepter dans les crimes violents, c'est l'apparent hasard qui semble les guider, a péroré Rob.

Les Fédéraux l'ont dévisagé, et j'ai éprouvé une bouffée de fierté d'être, ainsi qu'il l'avait lui-même dit, sa copine.

Tout à coup, le Dr Alistair a surgi près de mon lit. Il se tordait les mains.

— Vous allez bien, Jessica ? m'a-t-il demandé en contemplant anxieusement les Agents Spéciaux Johnson et Smith.

Je l'ai toisé comme s'il était fou. Ce qu'il était, mes deux mains à couper.

— Dieu merci ! s'est-il exclamé, alors que je n'avais même pas répondu à sa question. Dieu merci ! J'espère, Jessica, que vous voudrez bien me pardonner mon éclat de cet après-midi...

— Celui où vous m'avez reproché de ne pas utiliser mes pouvoirs pour retrouver Shane ?

— Oui, a-t-il marmonné en avalant sa salive. Mais je n'avais pas l'intention de...

— Oh que si ! l'ai-je interrompu. Vous aviez pesé chacun de vos mots. Combien l'avez-vous payé, les gars, ai-je lancé aux Fédéraux d'un ton dur, pour qu'il vous renseigne sur le moindre de mes agissements ?

Jill et Alan se sont interrogés du regard, pas très à l'aise.

— Voyons, a essayé l'Agent Spécial Johnson, que voulez-vous dire, Jessica ?

— Il était tellement évident que c'était lui, votre taupe. Quand il a constaté que je n'étais pas au rendez-vous qu'il m'avait fixé, il vous a prévenus. C'est comme ça que vous avez su que j'avais quitté le camp. Vous n'aviez pas besoin de planquer devant les grilles. Il vous suffisait d'attendre que quelqu'un travaillant dans la colo vous évite cette corvée.

— Tout cela est absolument... a commencé l'Agent Spécial Johnson.

— Allons, allons ! l'ai-je coupé en soupirant. Quand allez-vous vous mettre dans le crâne que vous allez devoir vous trouver une autre Cassandre, vous deux ? Parce que celle-ci, moi, est à la retraite.

— Jessica ! s'est récrié le dirlo. Jamais au grand jamais je n'aurais compromis l'intégrité de ce camp en acceptant de l'argent pour...

— Oh, la ferme, vous ! a braillé Shane.

Apparemment, sa campagne pour être viré de la colonie avait débuté, à celui-là ! Je n'avais aucun doute que le traumatisme qu'il avait subi dans la grotte du Loup allait, pour l'instant du moins, avoir des effets désastreux sur sa capacité à jouer de la flûte.

Alistair a paru surpris, mais il a obéi, à la surprise générale.

— Jessica, a murmuré l'Agent Spécial Johnson à toute vitesse, nous savons pertinemment que Jonathan Herzberg vous a demandé de l'aider à retrouver sa fille, et que vous lui avez rendu ce service. Nous savons aussi que, cette nuit, vous avez de nouveau utilisé vos talents pour localiser Shane Taggerty. Inutile de continuer à prétendre que vous les avez perdus. Gardez cette fable pour d'autres. *Nous* connaissons la vérité.

Sur ce, il s'est redressé et m'a toisée d'un air menaçant.

— Nous vous obligerons à l'avouer, a renchéri l'Agent Spécial Smith. Ce n'est qu'une question de temps.

J'ai pris quelques minutes pour digérer ça, puis j'ai dit :

— Jill ?

— Oui, Jess ?

— Êtes-vous lesbienne ?

Ensuite, l'infirmière a fait sortir tout le monde, car elle s'inquiétait que Shane ne se rende malade à force de rire.

18

— Doug, ai-je dit en trempant ma main dans l'eau fraîche et argentée.

Ruth, étalée sur une bouée à quelques centimètres de la mienne, a contemplé le ciel à travers les carreaux sombres de ses lunettes de soleil.

— Consommable, a-t-elle décrété au bout de quelques instants.

— D'accord. Jeff ?

Elle a ajusté la bretelle de son bikini. Après six semaines d'un régime essentiellement composé de salades, elle avait fini par mincir suffisamment pour s'insérer dans un deux-pièces.

— Consommable.

— D'accord avec toi.

Je me suis étirée, jouissant de la sensation du soleil sur ma gorge... et ailleurs. Après autant d'après-midi consacrés à me prélasser sur la surface miroitante du lac de Wawasee, j'étais de la couleur de Pocahontas. J'avais conscience que j'aurais de l'allure, ce soir-là, au concert de clôture de la colonie de vacances, où je jouerais le morceau que le professeur Le Blanc avait renoncé à m'apprendre autrement que par imitation.

Sauf que je n'avais plus besoin de jouer à l'oreille. Je savais désormais lire chacune des notes qui le composaient.

Un cri a résonné. S'il n'a pas suffi à rompre l'espèce de transe assommée dans laquelle Ruth et moi nous trouvions, il a quand même attiré notre attention. Levant la tête, nous avons regardé en direction de la plage. Scott et Dave disputaient une partie de frisbee avec quelques mômes. Scott nous a saluées de la main et Dave, distrait, a raté le disque de plastique et s'est affalé dans le sable.

— Dave, ai-je dit.

— Consommable, a aussitôt décidé Ruth.

— Oui. Scott ?

— Dieu. Aucun doute là-dessus.

Soulevant mes lunettes noires, je l'ai dévisagée, surprise.

— Ah bon ? Il n'était que Consommable, jusqu'à présent.

— C'est mon flirt de l'été, a rétorqué Ruth. Si je décide que c'est un Dieu, alors c'en est un.

— OK.

— Sans compter que l'incendie de la camionnette des Fédéraux, c'était un truc plutôt cool. Ta tendance à fréquenter des garçons dangereux est peut-être justifiée, en fin de compte.

— Rob n'est pas dangereux.

— Je t'en prie. Tout mec conduisant une moto est dangereux.

— Vraiment ? Et c'est mieux qu'un mec qui a une décapotable ?

— Evidemment.

Wouah ! Quels progrès ! Mon dangereux amoureux, ai-je songé, allait venir jusqu'ici ce soir pour me voir jouer. De même que ma famille. Que se produirait-il si je présentais Rob à ma mère ? Honnêtement, je n'arrivais pas à les imaginer ensemble dans la même pièce. Ç'allait être très...

Quelque chose a effleuré ma main qui traînait dans l'eau. Hurlant, j'ai retiré mes doigts, imitée aussitôt par Ruth. Deux têtes équipées de masques de plongée ont émergé de l'eau. Des éclats de rire moqueurs ont retenti.

— Ha ! Ha ! Ha ! s'est égosillé Archibald en pointant le bras vers moi, une fois à la surface. Tu as crié comme une fille !

— Comme une fille ! a répété Lionel, qui se marrait tant qu'il était difficile à comprendre.

— Très drôle, ai-je riposté. Pourquoi n'allez-vous pas vous noyer ailleurs ?

— C'est ça, a renchéri Ruth. Et inutile de nous appeler à l'aide, parce que nous ne bougerons pas.

— Viens, Lionel, a ordonné Archibald. Elles sont pas marrantes.

Les garnements ont promptement disparu sous l'eau, en direction de la grève. Les deux garçons s'étaient liés d'amitié, une fois Shane disparu du paysage, lorsque Lionel avait cessé de craindre une nouvelle torture à chaque minute.

Comme je l'avais prévu, les aptitudes musicales de Shane s'étaient mystérieusement volatilisées peu après les événements de la grotte du Loup, et bien qu'il fût trop tard pour l'inscrire dans tout camp de foot digne de ce nom, il avait reçu plusieurs propositions pour l'année suivante, rien qu'au vu de son gabarit. M. Et Mme Taggerty n'étaient pas très heureux, selon la rumeur du moins, mais qu'y pouvaient-ils ? Plusieurs entraîneurs leur avaient déclaré que Shane était taillé pour le football.

Du côté de la grotte du Loup, une cigale a entrepris de striduler, l'une des dernières que j'entendrais avant qu'elles s'enfouissent dans le sol pour hiberner jusqu'à l'été suivant.

— Alors, m'a demandé Ruth, le Dr Alistair t'a-t-il invitée à revenir l'année prochaine ?

— Oui, ai-je admis, dégoûtée. Une façon pour lui

d'arrondir ses fins de mois en recommençant à me moucharder aux Fédéraux.

— Comment as-tu su que c'était lui ?

— Aucune idée. J'ai deviné, c'est tout. De la même façon que je suis sûre qu'ils continuent à me surveiller.

Ruth a failli se casser la figure dans la flotte.

— Quoi ? a-t-elle balbutié. Tu rigoles ?

J'ai tendu la main en direction des arbres, vers la rive opposée du lac.

— Tu vois, là-bas, ce machin qui brille au soleil ?

— Non, a-t-elle répondu en plissant les yeux. Attends ! Ouais, je crois que ça y est. C'est quoi ?

— Un téléobjectif. Regarde ! Maintenant qu'il a compris qu'il a été repéré, il va se déplacer pour m'espionner d'un peu plus loin.

Ça n'a pas loupé. Le reflet de lumière a disparu et, au loin, nous avons perçu le grondement d'un moteur.

— Hou ! a piaillé Ruth. Ça flanque les jetons. Comment arrives-tu à supporter ça, Jess ?

— Que veux-tu que j'y fasse ? Ils sont comme ça, je ne vais pas les changer.

— Mais... tu n'as pas peur qu'ils te chopent un de ces jours ? En flagrant délit ?

— Pas vraiment. Le tout, je pense, c'est que je n'arrête jamais.

— Jamais quoi ?

— De mentir, tiens !

— Ça ne va pas être trop difficile, maintenant que… Maintenant que tes pouvoirs sont plus forts ?

— Sûrement, ai-je éludé.

Voilà un détail auquel je n'aimais pas trop réfléchir.

— Hé ! ai-je repris pour changer de sujet. Ce n'est pas Karen Sue, là-bas sur ce matelas gonflable ?

Ruth a regardé avant de grimacer.

— Je ne comprends pas qu'elle porte un de ces serre-tête dans l'eau aussi. Est-ce Todd, avec elle ? Il est vraiment Inconsommable ! Tu l'as entendu répété son morceau de ce soir ? Du Bartok. Quel frimeur !

— Allons les mettre à l'eau, ai-je suggéré.

— Tu rigoles ? C'est tellement…

— Tellement quoi ?

— Infantile, s'est-elle marrée. Tu as raison, allons-y.

Aussitôt dit, aussitôt fait.

Retrouve les incroyables
aventures de Jessica dans
le prochain tome de
la série MISSING
à paraître en janvier 2007.

Planète filles

Retrouve tous les titres de Planète filles

Tu adores les aventures de Mia, retrouve-la vite

dans le tome I « Journal d'une Princesse »,
le tome II « Premiers pas d'une Princesse »,
le tome III « Une Princesse amoureuse »,
le tome IV « Une Princesse dans son palais »,
le tome V « L'anniversaire d'une Princesse »,
le tome VI « Une Princesse rebelle et romantique ».

Composition *JOUVE* – 62300 Lens
N° 1091905e

Impression en France par Hérissey – 27000 Évreux
Dépôt légal imprimeur : 102362 – Éditeur : 72922
20.16.1079.1 / 01 – ISBN : 2.01.201079.2
Loi n° 49-956 du 16 juillet 1949 sur les publications destinées à la jeunesse.
Dépôt légal : août 2006.